サントクロワ修道院異変

——狼を率いる王女——

Régine Deforges 著

秋山　知子 訳

溪水社

もくじ

メロヴィング朝系図（一部）

（＊印―暗殺
//―異母兄弟・姉妹）

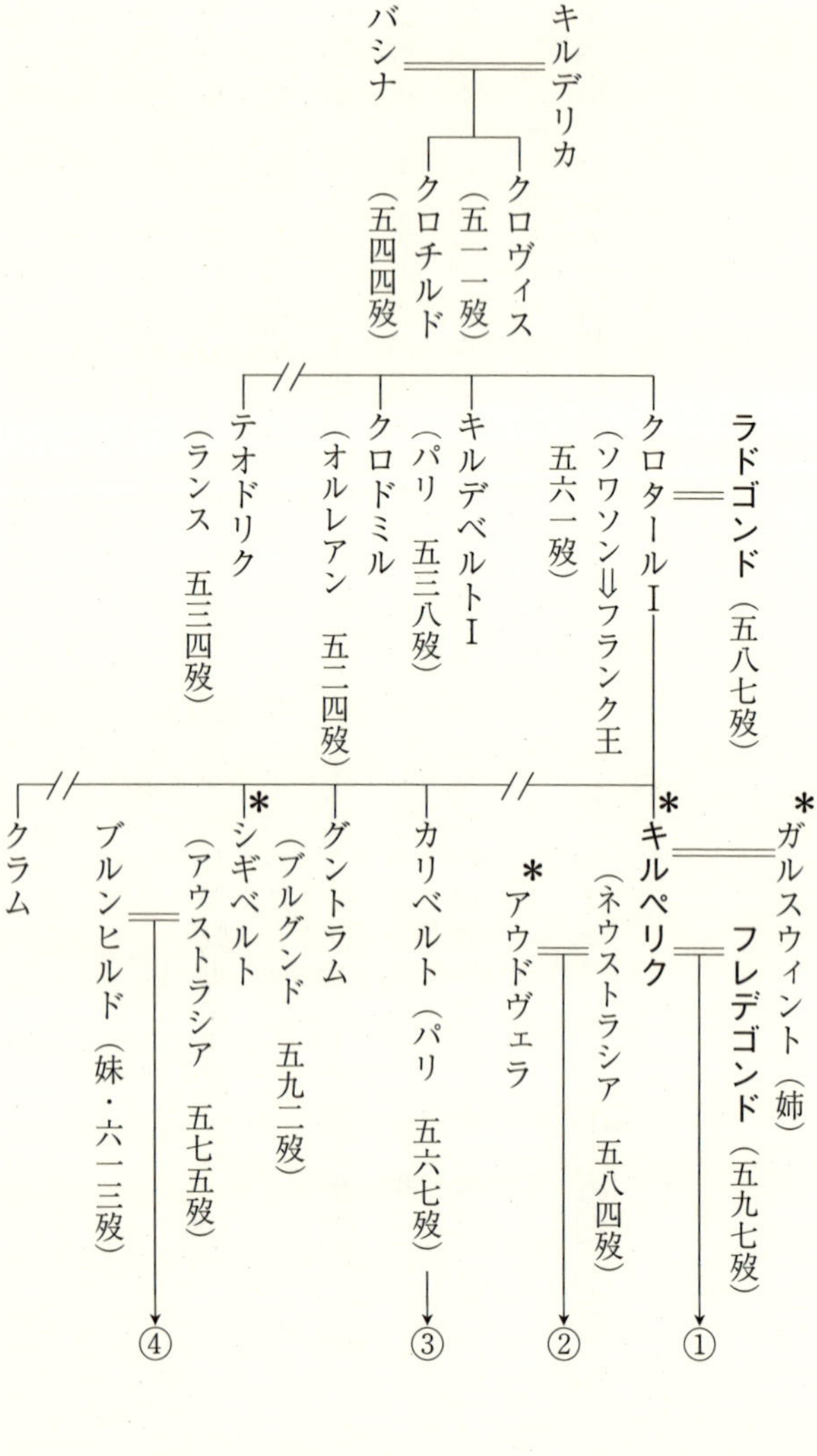
キルデリカ
バシナ
クロヴィス（五一一歿）
クロチルド（五四四歿）
ラドゴンド（五八七歿）
クロタールⅠ（ソワソン⇒フランク王　五六一歿）
キルデベルトⅠ（パリ　五三八歿）
クロドミル（オルレアン　五二四歿）
テオドリク（ランス　五三四歿）
＊ガルスウィント（姉）
フレデゴンド（五九七歿）
＊キルペリク（ネウストラシア　五八四歿）
＊アウドヴェラ
カリベルト（パリ　五六七歿）
グントラム（ブルグンド　五九二歿）
＊シギベルト（アウストラシア　五七五歿）
ブルンヒルド（妹・六一三歿）
クラム
①
②
③
④

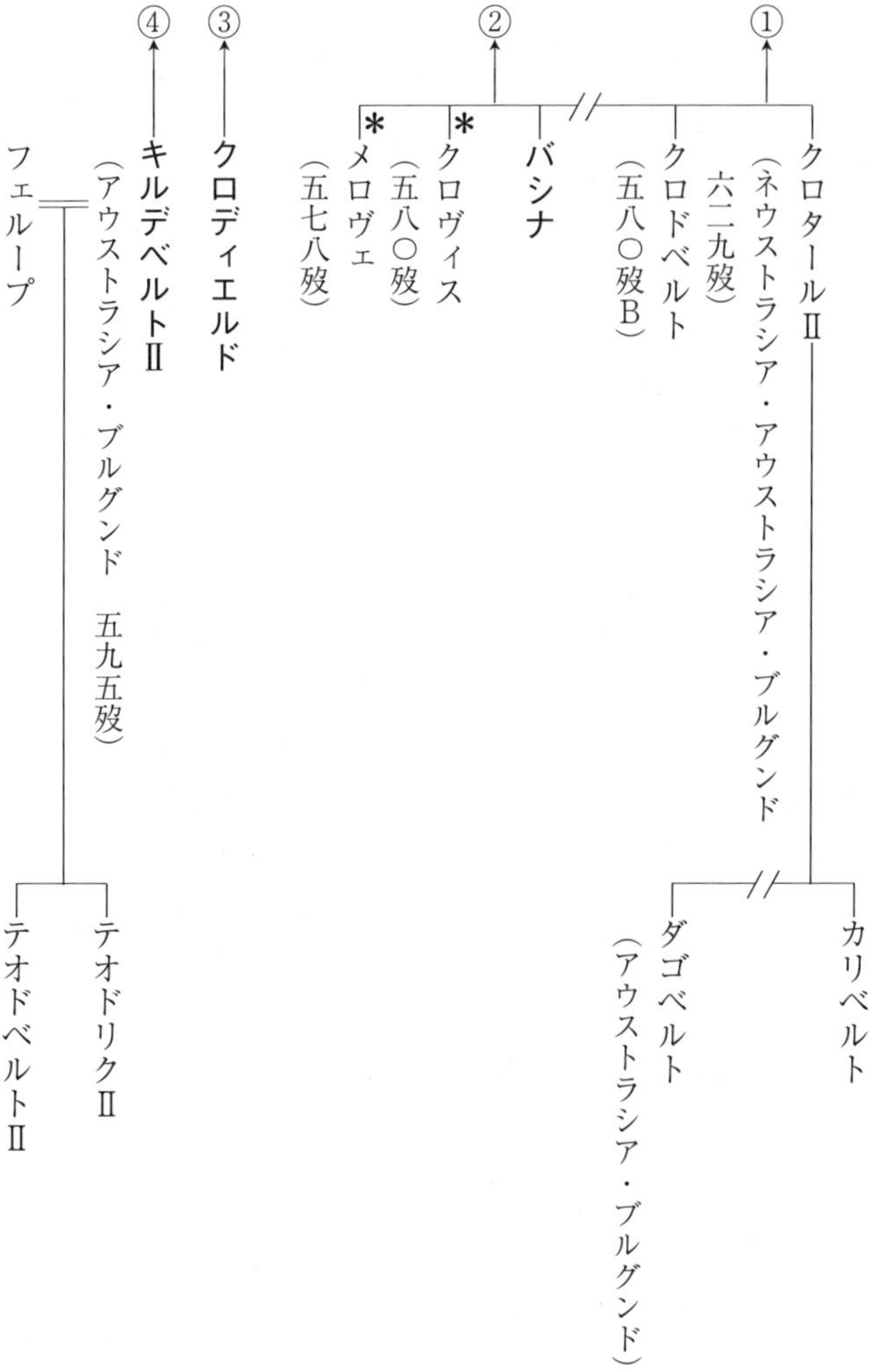
①
クロタールⅡ（ネウストラシア・アウストラシア・ブルグンド　六二九歿）
カリベルト
ダゴベルト（アウストラシア・ブルグンド）
クロドベルト（五八〇歿B）
②
バシナ
＊クロヴィス（五八〇歿）
＊メロヴェ（五七八歿）
③
クロディエルド
④
キルデベルトⅡ（アウストラシア・ブルグンド　五九五歿）
フェループ
テオドリクⅡ
テオドベルトⅡ

主な登場人物

アグネス Agnès　サントクロワ修道院　大修道院長
アルビン Albin　ロムルフの弟　スペインレカレッド王の侍医
アシア Asia　修練女　ヴァンダの従者
バシナ Basine　キルペリク王の娘
ベッガ Begga　修道女　医者
カリウルフ Chariulf　盗賊　ヴァンダの仲間
キルデベルトⅡ Childebert　アウストラシア王
クルデリク（サクソン人）Chuldéric　盗賊
クロティエルド Chrotielde　修道女　キルペリク王の弟カリベルトの娘

フォルテュナット Fortunat　ラドゴンドの友人、司祭、詩人
フレデゴンド Frédégonde　キルペリク王の妻
グレゴリウス Grégoire　トゥール司教
ルボヴェール Leubovère　サントクロワ修道院　大修道院長
ルドヴィン Ludovine　奴隷　ヴァンダの従者
マッコン伯 Comte Maccon　ポワティエ領主
マロヴェ Marovée　ポワティエ司教
ラドゴンド Radegonde　フランク王妃　サントクロワ修道院創立者
ロムルフ Romulf　ガリア人　ヴァンダの養父

ウルバン
Urbain

学生　ヴァンダの仲間

ウリオン
Urion

ヴァンダと同族の仲間

ヴァンダ
Vanda

アッティラの血筋を引く王女、ラドゴンドの養女

サントクロワ修道院異変

——狼を率いる王女——

第1章　引き起こされた石

――五七六年一二月五日

五七六年のある冬の午後、一台の荷車の響きが凍りついた森の空気をふるわせた。曲がり角に姿を現した荷車は、二頭の巨大な赤牛に引かれており、湯気のようにたちのぼる牛の鼻息に包まれていた。突き棒を持ち、獣の皮をまとい、足にぼろを皮の紐でまきつけて木靴を履いた一人の男が前を歩いていた。男は、歩くたびに雪に深くのめりこみ、足跡はかき消されていった。その歩き振りはまるで雷神トラニスを見た人のようだった。短く刈った頭はうなだれ、墓場の闇から引きずり出された者のように歩いていた。

雪にのめりこみながら進む荷車の中には、もう一人別の男が山羊皮のマントにくるまってすわっていた。この男は眠っている。

先刻から牛たちは落ち着かない様子で歩いている。すると、突然、陽の光があふれている空き地の真ん中で、まるで見えない壁に突き当たったかのようにピタリと立ち止まった。たちのぼる湯気だけが、牛たちが生きている証拠だった。突き棒を持った男はなにも気づかずにそのまま歩いていってしまった。寒さと静けさで目が覚めたロムルフは驚いてあたりを見回した。ポワチエに通じるローマ人の道は、どこにも見えなかった。眠っている間に下僕と牛たちが道からはずれたにちがいない。しかし、彼らしくないことだった。この道は、主人と同じくらいよく知っていたはずである。すると雪のためにますます深まっていた静寂を破って、突然、幼児の笑い声が響いた。

この凍てついた白さの中、空き地のわずかなしげみや、霧氷におおわれた小さな草葉がダイヤモンドのように光っている世界にあって、それはあまりにも予期せぬことだったので、ロムルフは自分がまだ眠っていて、夢の中で子どもの泣き声を聞いているのではないかと思った。しかし、陽気な笑い声は、今度は泣き声やうなり声と一緒になって聞こえた。彼は身震いした。牛たちもぶるっと体を震わせて、低いうなり声をあげた。

笑い声はなおも続き、時折楽しそうな叫び声や、森の男なら怖がらずにいられないあの子犬のような鳴き声が混じった。ロムルフは勇敢な男だったが、弟のアルビンを厚い塀に守られた農場に残してきたことを後悔した。間違いなく、すぐ近くに子どもとオオカミがいる……彼は辺りを見回して下僕のウルススを探したが、オオカミたちに気づかれるのを恐れて声は出さなかった。大柄に似合わず敏捷に荷車から飛び降りると、膝まで雪に入り、ベルトから尖ったナイフ（それは蒸留酒ひと樽と交換で代官のラグナールからもらったものだった）を取り出し、声のするほうへ進んだ。数歩のところで、その場所がどこなのかわかった……歩きながら、彼は聖ヒラリウスに短い祈りを唱えていた。こんなところで笑うのは、悪魔か、さもなければ、この空き地で太古からドルイド僧たちが集まっては彼らの神にいけにえをささげていたというから、そうした神の誰かがよみがえってきたにちがいない。

彼の前には土地の者が「引き起こされた石」と呼んでいるものがそびえていた。子どものころ、親や司祭たちからいけないといわれていたにもかかわらず、時々腕白仲間と一緒にここへ遊びにきたものだった。少年たちにとって、この立石群はなにより素敵な隠れ場所であったし、かけっこや鬼ごっこの後、そこで休むのはとても気持ちがよかった。今では、ロムルフはもう少年ではなく働き盛りの男であり、宗教的なものを、キリスト教であれ異教であれまじめに受け取る分別は持ち合わせている。引き起こされた石自体は恐れるに足りないが、目のあたりにした光景にはぞっとした。六匹のオオカミの子と、長い黒毛の若い母オオカミに囲まれて、二歳にもならない一人の幼子が遊んでいた。幼子が寝返りをうつと、母オオカミは顔をなめてやさしく子どもたちの方へ押しやった。幼子はその手でオオカミの鼻面や耳や尾をしっかりとつかんだり、かと思うと、かわいい指で口をこじ開けたり、毛をつかんだりしている。幼子が母オオカミの首をぎゅっと抱きしめると、母オオカミはうれしそうなうなり声を上げて横向きに寝そべった。子どもたちは乳で膨れた乳房めがけて飛び掛った。幼子が着ている羊のマントにつまずいて腹の上に倒れこむと、母オオカミは脚で小さな頭を引き寄せた。ロムルフはオオカミが人間の子どもに乳を与えているという驚くべき光景を見た。

この獰猛な獣に対して感謝にも似た感情が胸に広がると同時にキリスト教徒として見てはいけないものを見てしまったという不安が忍び寄ってきた。子どもたちを養うのに熱中している母オオカミは人間がいることに気づいていない。ロムルフはいつも持ち歩いている投石器をポケットから取り出した。持っている小石は鳥やリスを打ち落とすためのものなので、オオカミを殺すことはできそうもなかったが、一番大きい石を選ぶと、びゅんと投石器を回転させた。弾はオオカミの眉間に的中し、オオカミはゆっくりと頭から崩れ落ちて地面にころがった。倒れるときに乳首が口から外れたので吸い付いていた幼子とオオカミの子たちが不満そうになったが、すぐにあたたかい乳首を探し当てて静かになった。

ロムルフはナイフを振りかざしながら飛び掛って、オオカミの乳房から幼子をもぎとったが、オオカミは吼えなかった。彼はオオカミたちを母子ともども殺そうとしたが、ふと考えた。かりにも種族の違う子どもに乳を与えてくれた母親を、それがオオカミだとしても、殺すのは罪になるのではないだろうか。そこで、走って荷車のほうへ戻ろうとした。そのとき、何かが洞穴のほうで光ったことに気づいた。泣き喚いてもがいている幼子を抱きかかえると、ロムルフは身をかがめて洞穴の中に入った。地面は乾いていて、砂と小枝がしきつめられている。足がすべる。ロムルフはしゃがむとずっしりとした黒髪の頭を持ち上げた。若い女で、顔と手はオオカミの爪でずたずたにされ、黒いしみの中に横たわっていた。引き裂かれた衣服は上等なものに違いなかった。上着も履物も毛皮で裏打ちされていたからである。黒毛のマントは美しく彫刻されたブローチでとめてあったし、頭には金のバンドが光っていた。彼女の贅沢に飾られた帯には財布がかかっており、その中にさまざまな色の宝石や半分消えかかった肖像が彫られた金のかけら、なにやら書き記された一枚の羊皮紙、指輪、変わった形の象牙の像があった。また、彼女の手の近くには金のメダルが一枚落ちていた。彼が光ったと思ったのはこれだった。集めたものを金のバンドと一緒に腰の財布にいれ、ふと見ると、少しはなれたところにも別の遺体があった。それは体格のいい年配の女で粗末ななりをしていた。手の指が欠けていることや衣服が乱れていることから、この女が戦ったことがわかった。首にはぱっくりと悲惨な傷口が開いていた。そのとき、外で吼える声が聞こえたような気がして、ロムルフはあわてて幼子を抱えながら飛び出した。しかし、そこには何もいなかった。ただ、牛の息にも乱されていない森の白い静けさと半分雪に消されたいくつかの足跡があるだけだった。彼はその古い遺跡の周りをぐるっと回って注意深くあたりを見渡した。が、ほかの足跡も荷馬車さえも見当たらなかった。何度もウルススの名前を呼んだが、返事はない。あの男もオオカミの餌食になってしまったのだろうか。おなかの満ちた子どものオオカミたちがロムルフの周りを飛び跳ねながら、彼の靴下をかじろうとした。幼子は必死にもがいてロムルフの腕から抜け出し、笑いながら雪の中に転がった。オオカミたちも一緒になってまた遊びだした。幼子の目は楽しそうに光り、頬はばら色に輝き、寒さも感じないのか、両手をたたいている。

ロムルフが泣き叫ぶ幼子をおかまいなしに引き離したので、どうして楽しい遊び仲間を奪うのかといぶかりながら、オオカミたちが飛び跳ねながらすがり付いてきた。彼は幼子を荷馬車に乗せると、獣の皮でくるんだ。どうやら暖かさが気に入ったのか、幼子は泣き止み、にっこり笑ってかわいいこぶしを口にくわえて眠り始めたので、ロムルフはほっとした。それから、あのガリア人の遺跡にとって返した。オオカミたちは脚でいくら追い払ってもついてきた。傷だらけの栗毛の女性をまず抱え上げ、荷車に運び、同じように大柄の女も運んだ。オオカミたちは吼えなかった。五頭はふたたび乳を飲み始めていた。

日はすでに落ちていた。空が曇り始め、雪がまた降り始めることを告げていた。まもなく夜になるだろう。一刻も早く森を抜け、正規のルートにもどって、ポワチエに急がねばならない。さもなければ、ギュエの門が閉められてしまうだろう。彼は二頭の牛の手綱を引き、たたいたり声を張り上げながら歩かせようとした。

重い車輪がその悲痛な荷を乗せながら、ゆっくり前に動き始めた。

ロムルフはほどなくサントクロワ修道院の大きな正面入り口にたどり着いた。中をのぞくと、門番の仕事をしているトランキルの善良そうな顔が見えた。このユダヤ人は鍵を開け、門が音もなく開いた。

「ようこそ、ロムルフ様。わが主計長のグロドシンド様が今か今かとあなた様のお越しをお待ちしていましたよ」

ロムルフが、グロドシンド主計長を訪ねてくるたびに彼女は噴出したくてたまらなくなる。彼が、まるで身を包む巨大なぼろ布の下に何匹もの子犬たちを隠しているかのように、しゃべるときも歩くときも揺れ動くからだ。あごは長い黒いひげでおおわれており、声は雷のように響いた。しかし、大声やフランク語での会話や粗野なしぐさにもかかわらず、この世でもっとも善良な人間であった。

「まあ、ロムルフさん、遅かったのですね。六時課から九時課の間ごろにはつくかと思っていました。まさか途中で樽のワインを試し飲みしていたわけではないでしょう。神の娘たちのワインをこっそり盗むのは恥ですものね」

「グロドシンド、使用人たちに、もう少し門を広く開けるように言ってください。荷車を中に入れられるように」

彼が話している間に、二つの扉が全開され、荷車は中庭深くまではいって、ローマ風の塔の下で止まった。

「実は、森の中で、悲しい出会いがありました。引き起こされた石の近くです」

「あのような呪われた場所でなにをしようとしたのです？」グロドシンドはたしなめた。

「そこは通り道ではないでしょう」

「わが主がそこにお導きになったのです」

修道女と奴隷は十字のしるしを切った。ロムルフに手招きされ、修道女たちは牛車に近寄ってきた。二つの遺体を見たとき、彼女らはふたたび十字のしるしを切った。別の女性たちもやってきて、修道女たちと使用人たちは、息絶えた二つの体のまえに身をかがめて哀悼をささげた。

「この人たちをあそこで見つけました。キリスト教徒の地に埋葬してあげるべきだと思いましたので」

「あなたの言うとおりです、わが息子よ。修道院長のアグネス様に知らせましょう」

冷たい大理石のような足をむき出しにした若い奴隷の女が走り去った。

「それだけではないのです」

ロムルフは獣の皮を開いた。修道女たちや使用人や奴隷が叫んだり十字を切りながらあとずさりした。ロムルフ自身も、思わず身を引いた。眠っている幼子の腕の中でオオカミの子が丸くなっていた。目を開けて大あくびをしたその口の中に生えてきたばかりの牙が見えた。ロムルフがオオカミをとりあげようとすると、今度は幼子が目を覚ましてぎゅっとその小さな動物をだきしめた。するとオオカミは幼子の顔をなめた。

「そのままにしておきなさい。なんて愛らしいのでしょう」

修道女たちは、院長の声に振り向いた。彼女たちが長々とお辞儀をしているかたわらで、ロムルフはひざまずいた。

「お立ちなさい、勇敢な男よ。私たちの聖なる創設者はこういいました。神の御前以外でひざまずいてはならないと。どこで、この幼子と子犬をみつけたのですか？」

「犬ではありません、院長様。オオカミの子です」

彼は手短にこれまでのことを話した。アグネスは遺体に近づくと、短い祈りを捧げて祝福した。

「グロドシンド、このかわいそうな方々の体を洗って、きれいな白い布で包みなさい。明日埋葬いたしましょう。それから、ロムルフよ、その子とオオカミは引き離すことはできないようだから、私に預けてください。私たちの聖なる王妃さまに引き合わせましょう、ついてくるように」

「まあ、なんてこの子はひどいにおいなのでしょう！　ルドヴィン、すぐにお風呂を用意して、肌着も温めなさい。このままでは、お見せできません」

仲間から呼ばれたほかの修道女たちも走ってきて、彼女たちの白いベールが、闇に翻った。彼女たちは子どものように手をたたいたり、騒いだのでお互いの声も聞こえないほどだった。

「さあさあ、娘たち、もう少しお静かに。神様が、御子イエスの誕生日の前日に、この子を私たちに遣わしてくださったのです。森の中でも特に獰猛な動物も一緒にね。それは、神が、私たちに、人間も動物も子供時代は無垢で弱々しいのだということをじっくりと考えるようにと望まれているからかもしれません。このオオカミは神の創造物のひとつであり、この子のものになんら悪いところはありません。このものの母は、かつてレムスとロムルスがそうしてもらったように、この人間の子に乳を与えたのですから」

　皆は静かになり、院長たちは幼子をお風呂に連れて行った。ロムルフも後を追った。

　腕をまくり、ローブを折り返して、風呂係のファメロルフとメラニーは若いルドヴィンと王妃ラドゴンドの年老いた元奴隷のプラシディに手伝ってもらいながら、お湯の温度について言い争っていた。

「メラニー、言っておきますけど、そのお湯は小さな子には熱すぎますわ」

「あら、ファメロルフ、あなたこそ何にも知らないのね。こんなぬるま湯に入れたら死んでしまうわ」

　ふたりのおしゃべりにはおかまいなしに、ルドヴィンはいつも修道女たちが入浴後に休んだりマッサージをするための大理石のテーブルのひとつに亜麻布のシーツを敷いた木のたらいを置き、その中に湯をたっぷりと入れた。

　部屋を暖めるために、二つの大きな火鉢に炭がいっぱいに入れられ、年配の奴隷たちが消えないように見張ったので、部屋の隅から隅まで蒸し風呂のようになった。部屋の四隅にはたいまつがかけられ、明るく照らした。

　まるで、ひよこを見失っためんどりのように、ファメロルフはテーブルから戸口へ、戸口からかまどへと走り回った。かまどの周りでは象牙の台の上に申し分のない白さのリネンが広げられていた。彼女は奴隷たちをしかりつけ、しまいにはメラニーにまで、いつもお留守なんだから、と怒鳴っていた。そのとき扉が開いて、アグネスが幼子とオオカミを抱いて部屋の中に入ってきた。その後ろから修道女たちと戸惑っているロムルフがつづいた。寒さで青ざめていた院長の美しい顔に、わずかに赤みが差したため、少し若く見えた。彼女は腕の中のものをグロドシンドに差し出した。

「この子と動物は、見かけよりもずっと重いのです」

ルドヴィンが幼子の腕からオオカミを引き離すと子どもは悲鳴をあげ、オオカミも舌をぺろりと出して、歯を見せながらうなった。しかし、ルドヴィンがその鼻先を温かいミルクの椀に押し付けさせると静かになった。幼子が泣いていることも忘れて、女たちは微笑みながら、いずれ人間にとって恐ろしい存在になるこの柔らかい毛の塊を眺めていた。

子どものほうは、いまや怖がってはいなくて、たいそう腹を立てているようだった。プラシディがグロドシンドの手からその子を受け取ると、暖かい布を敷いた机の上で衣服を脱がせた。修道女たちは皆、取り巻きながら静かに見守っていた。グロドシンドが毛皮のマントの紐をほどく。厚くて暖かな服を脱がされていくにしたがい、幼子はだんだん小さくなっていき、まあかわいらしいといった呟きがもれた。そして、絹の帽子が取られ、金髪の巻き毛があらわれると、女たちは叫んだ。

「なんてきれいな髪の毛でしょう」

「みて、クロチルド、このやわらかいことったら」

「ほら、巻き毛の中に金のリボンがひっかかっているわ」

アグネスはそのリボンをつまむと、幼子をじっと見つめたまま思案顔で自分の指に巻きつけた。

子どもがばたばたと動くので、プラシディは汚れた下着をぬがせるのに苦労していた。彼女は幼子の足やすねを覆っていた長い布も、シャツも下着も全部切ってしまった。そして、あまりにも汚かったのでそのますぐにお湯の中につからせた。幼子はしばらくの間黙って動かずにお風呂のぬくもりを楽しんでいたが、そのうちに手を動かして、覗き込んでいる女たちにバシャバシャとお湯をかけた。彼女たちは笑いながら体を引いた。プラシディは髪の毛と体を緑色の液体で洗った。その香りは春の若草に似ており、調合は彼女だけの秘密だった。

「ルドヴィン、下着をお願い」

彼女は幼子を湯から上げた。かわいらしい体はほんのり赤く、湯がしたたりおちた。

「女の子だわ」

いっせいにみんなが叫び、嬉しそうに手をたたいた。そのとき、アグネスが幼子の首に紐がかけられているのに気づいた。その先には、深い青色の石があり、何かが刻まれていた。

ルドヴィンはその幼い女の子の体を一生懸命に拭きあげ、巻き毛をほどいてたたせると、少し後ろに下がって、うまく行ったかどうかをたしかめた。こんなにうつくしい子どもがほかにいるだろうか。幼子は、まっすぐのびた足でしっかりと立っていた。肌が、お風呂で温まったおかげでほんのりと赤く、やわらかく、それにちょっと触れただけでやぶれそうなくらい薄かった。体は全体的に丸々としていて、しかも華奢で、性器はきれいに割れており、へそもきれいで、おしりはやわらかくしまっていた。みなはうっとりと見つめていた。すらりとした腕、長い指の手、ばら色の小さいつめ、細い首、その上の言葉では言い表わせないほど美しい顔、小さな鼻や口、えくぼのできる頬、上品で形のよい耳、広いおでこの半分は燃えるような金髪でおおわれており、揺らめく光の下ではほとんど赤くみえた。形のよい眉の下に、信じられないくらい長いまつげに守られて、瞳が輝いていた。目と鼻は離れていて、瞳の形はほぼ楕円で、その色は、持ち主の気分により緑色と、夕立の空の灰色の間で微妙に揺れ動いていると思われた。指をしゃぶりながら、幼子は動かずにまわりの見知らぬ顔を眺めていた。みな、部屋の暖かさのために上気していた。そのうち子どもはぶるぶるっと体を震わせると立ったままおしっこをしたが、周りが笑っても気にする風でもなかった。急に、暖炉の近くで眠っている子オオカミを見つけると、叫び声をあげた。もし、やさしいプラシディが支えなかったら、呼びに行こうとしてテーブルの上から落ちただろう。ルドヴィンが子オオカミを拾い上げて連れてきた。幼子はもぎ取るように子オオカミを奪うと、大事そうに自分の腕の中で抱きしめた。オオカミも目を覚まし、赤ん坊の首をやさしくかんだり顔をなめたりして嬉しさをあらわした。

「その子をあたたかくくるんで、私と一緒に来るように」修道院長がルドヴィンに言った。隅のほうでじっと動かなかったロムルフは、道を開け、院長の前にひれ伏した。

「あなたも、ついてきなさい。名前は何といいますか？　どこのものです？」

「ロムルフです、院長様。ロムルフ・ル・フォールと申します」彼は顔を上げてほこらしげに言った。「私は自由な民で、弟のアルビンとともに自分たちの土地を持っています。冬は作物が取れないので、ワインや飼料を運搬しております。リジュジェの修道院や、司教様や、それにグロドシンドから頼まれたときはこの修道院にも参ります」

幼子とオオカミを抱いたルドヴィンとロムルフとを連れ、アグネスは回廊を横切って、細長い部屋へと入っていった。そこは青いモザイク模様の丸天井で、空の星や空想上の動物が描かれていた。かすかな光の中でそれらが生きているかに見えた。ロムルフはびくびくしながら周りを見回し、一歩歩いては立ち止まり、頭の上の恐ろしい動物たちを眺めた。それから階段を少し下り、ある部屋の中央の焚かれている火の前にやってきた。火から立ち上る煙は丸天井に作られた開口部から抜けていっていた。それを見たロムルフは、我が家を思い出した。ふみかためた地面の上に立てられた、たった一つの部屋の真ん中にはかまどがあり、そのまわりに、彼と同じく自由の民であるガリア人の友人たちとすわって、灰の中に入れて焼いた栗を食べたり、ビールを飲んだり、年長者たちがガリアの歴史を物語るのを聞いたりするのだった。それはまだローマ人や、フランク人たちがこの地のあるじとなって、恐ろしい土地にしてしまわない前のガリアの話だ。父や祖父が語ってくれた大きな内乱のことを思い出すものもいた。窮乏や圧政よりも反乱を選んだというパリの近くのこの地でも、その内乱によって多くの死者がでたという。ロムルフはまた冬の長い夜の静けさを弟のアルビンと過ごすのが好きだった。弟が横笛を上手に吹くかたわらで、ロムルフは囲炉裏の灯りで道具を修理し、水牛のしなやかな皮で靴をつくった。靴はポワチエの商人に売り、かわりに織物や刃物や世帯道具や塩を手に入れるのだ。彼はこの仕事にとても熟練していたが、商人のすべての要求を満足させることはできなかった。ほんのすこしも傷のないようなきめのこまかい皮を選び、靴を作る。冬場はさらにジャコウネコの皮で靴を二重にした。そうすると、最高に履き心地がよくなるのだ。靴は十分に長めで、ヤギの皮でできた紐を結ぶようになっており、水や雪にぬれても大丈夫だった。時々手を休めると、長いこと炎のよじれるさまをぼんやりと眺めながら、体も心も温まるのだった。

アグネスはくすんだ色の木でできた低い戸を押し開けた。そこにも、それほど広そうではない部屋があり、その奥に火が焚かれていた。暖炉の両側にそれぞれ背の高い椅子があり、細い金の王冠をつけたベールをかぶった修道女と、頭をそりあげた修道士が座っていた。

「おはいりなさい、かわいいアグネス。あなたを待ちあぐねていたのですよ。あなたなら私たちのどちらが正しいのかわかるでしょう。とても賢明なあなたですもの。フォルテュナットは私の本を書くといって聞かないのです。こんな取るに足らない私のことを。私は、彼に、これからの人は聖マルティヌスとか聖ヒラリウスの伝記を書くほうがよっぽどためになると言ってるのだけど」とラドゴンドが言った。

「いいえ、王妃。トゥールの聖マルティヌスの伝記ももちろんですが、栄光より神を選んだわれらの修道院の聖なる創立者の伝記も書いてみせますよ」

「わが友よ、そうすることになんの利益があるのかしら。私を呼び寄せ、わが夫である王クロタールにこの召命を尊重するよう命じたのは神なのですから」

「確かに、神は偉大でありますが、あなたが偉大でないということにはなりません。あなたが神への愛ゆえにその体を痛めていることを私が知らないとでも？」

王妃はぷいと立ち上がった。

「そのことについて話すのはいやだといったじゃありませんか」

「それはそうですが、ラドゴンド、あなたの健康のこともあり、わたしとしては……」

「フォルテュナット、それはあなたではなくて神が望むことです。さあ、もうこれでいいでしょう」

アグネスはほとんど毎日のようにくりかえされている二人の言い争いをくすくすと笑いな

がら楽しんでいた。そのとき、王妃はアグネスがひとりでないことに気づいた。

「だれをつれてきたのですか、シスター」

アグネスはルドヴィンの腕から幼子と子オオカミを受け取って暖炉の前に敷かれた熊の毛皮の上に下ろした。肌着がするりと落ちて、裸の体があらわれた。フォルテュナットはゆっくりと立ち上がり、白いウールの衣服を着た三人は立ったままじっと何も言わずに子どもを見つめた。幼子もじっと黙ってその視線を受けていた。威厳に満ちた真剣なまなざしは、今度はそのおなかに抱えた小さな動物に注がれた。

王妃はかがんで幼子の目の高さにひざまずいた。指でその巻き毛やかわいらしい顔をなでる。さわられるのがうれしいのか、幼子は笑った。ラドゴンドの青ざめてやせた頬を涙がつたった。フォルテュナットはというと、美食のせいで肥満した体にもかかわらず身をかがめて幼子をほめちぎった。

「美しさと魅力にあふれている。まるで詩のようだ」

「アグネス、このかわいらしい神の創造物がどこから来たのか話してくれる?」

修道院長はロムルフから聞いた話を伝えた。

ロムルフは王妃を見たときからずっと膝をついたままでいた。王妃がこちらに来るようにと合図をしたときも、立ち上がらずに膝をついたまま、まるで苦行者のような格好で王妃のところへ近寄った。

「恐れることはない、勇敢な男よ。ほんとうにそんなふうに赤ん坊を見つけたのですか」

ロムルフはうなずいた。それから、はたと手をたたくと、あの長い髪をした女性の遺体のところでみつけた財布を腰からはずした。

「王妃様、もうしわけありません。これを忘れていました」

ラドゴンドはアグネスに支えられて立ち上がると、彼が差し出した財布を手に取った。そして、皮の紐を解くと中身を机の上に広げた。机の上には、本やフォルテュナットの優雅な文章でうめつくされたパピルスの巻物がたくさんおかれていた。金のかけら、銀貨、宝石、メダイ、小さな像、指輪、羊皮紙のかけら、金のバンドが絹のテーブルカバーの上にころがった。

「見て、フォルテュナット、このルビーの美しさと大きさ……このエメラルドは私たちの結婚式の日につけた王冠のものよりも美しいわ……それにこのサファイア、トパーズ、これは高貴な王女の持参金だわ！　このお金や指輪はどこからきたの？　たぶん、この紙切れが私たちにこの子の生まれた場所を知る手がかりを教えてくれるのではないかしら？　旅をたくさんしている私たちの友はどう思う？」

フォルテュナットは答えなかった。羊皮紙の紙切れにかかれたことを何とか解読しようと夢中になっていたのだ。

「これは興味深いですぞ。文字はまるでわかりませんが、スキタイ族の戦士がもっていた盾にこんな形が描かれていたのを思い出しました」

王妃は彼が差し出した羊皮紙を手に取った。

「アヴァール人の使っている文字かもしれません。私の父ベルテール王のもとで、これに似た文字を見たことがあります。見て、三回もこの言葉が出てきているでしょう。なんと読むのかしら」

フォルテュナットはラドゴンドの肩越しにのぞきこんだ。

「うむ、たしかに。ヴァンダ……ヴァンダ……ヴァンダ……ローマで、ヴァンダという名の高い身分の囚人の女性と知り合ったが。彼女はアヴァールの戦利品の中に入っていた。これはおそらくこの子の名前ですね。おいで、ちいさいヴァンダ」そういって、彼は幼子を抱き上げた。

その名を聞くと、幼子は、何かに気づいたような顔をして、両手を胸に当てると、「ヴァンダ、ヴァンダ……」と繰り返した。

「この子はきっと高貴な生まれではないでしょうか」アグネスはそういうと、子どもの髪の毛にまかれていた金のひもを王妃に見せた。上等な下着や財布の中の宝石や首にさげている石もその証拠だった。かわいそうなこの子は、たぶん王女なのだ。

「かわいいアグネス、私はこの子にそういうことは望みません。王妃であることは、この世にあってはそんなにうらやましいことではないのです。なぜなら神の国での居場所を失わせる危険がそこにあるからです。主の言葉を思い出してごらんなさい。『金持ちが父の国に入ることは、らくだがはりの穴を通るよりも難しい』フォルテュナット、この子をどうしたらよいのかしら？」

沈黙が流れ、焚き火のぱちぱちはじける音だけが響いた。ふたたび熊の毛皮の上であそびはじめたヴァンダとオオカミも、声をださなかった。沈黙をやぶったのはロムルフだった。

「王妃様、もし、お許しいただければ、私がこの子をひきとります。必要なら妻をめとって、この子が何不自由のないようにいたします」

「あなたは勇敢な人です。そして私たちの模範です。けれども、愛のない結婚をしてはいけません。あなたも幸せになれないし、妻もなれません。アグネス、規律では、私たちが養子をとることを禁じていますが、このようなケースには例外も作ってよいでしょうね？」

「そう思います、マ・メール。誰を指名いたしましょう？」

「私がこの子の母になりましょう、そして、あなた、名前はなんといいますか？」

「ロムルフです、王妃様」

「ええ、ロムルフ、あなたが父となるのです」

「私が、ですか」

「そうです、あなたです。正義と深い敬意をもってそう望みます。あなたがいなかったら、もちろん主のお導きとはいえ、この子は生きながらえることはできませんでした。もし神がこの子を見守ってくださるのなら、先々この子は父親への愛と尊敬を返さなければなりません。この子が私たちをひとつの愛と思いのうちに結び付けてくれますように。大地の人であるあなたと、王妃ではありますが、あなたの靴の紐を解く値打ちもない私とを」

こういって、ラドゴンドはロムルフの足元にひれ伏した。

恥ずかしさで真っ赤になりながら、ロムルフは黙ってしばらく動けなかったが、それからおずおずと自分を「わが家族」と呼びながら平和の挨拶を与えてくれている王妃の前にひざまずいた。そのとき幼子が泣き出したので、みなわれに返った。フォルテュナットが赤ん坊を抱き上げた。

「この子はおなかがすいているし、寒そうだ、アグネス殿」

「ルドヴィン、この動物にはえさをあたえたのに、この子の食事を忘れていました。連れて行って、あたたかい蜂蜜入りのミルクを飲ませてあげなさい。今夜はわたしの部屋で寝かせましょう。この子の名前を覚えてね、ヴァンダよ」

ルドヴィンはお辞儀をすると、あいかわらずオオカミを抱いている幼子を連れて立ち去った。

「ロムルフ」修道院長はつづけた。「いつでも好きなときにこの子の様子を見に来ていいですよ。二日のうちに、洗礼を授けましょう。私たちは聖務にもどります。あなたもおなかがすいているでしょう。食堂に行きなさい。食堂の係りがあなたに食べ物を用意しますから。

私に言われて来たと伝えて」

ロムルフが出て行き、アグネスとフォルテュナットが後を追った。ラドゴンドは小さくなった火を眺めながら、しばらく物思いにふけっていた。疲れがどっと押し寄せてくる。やっとの思いで立ち上がると、執務室と寝室に隣接する礼拝堂に入った。そして、ろうそくの火が神の現存を示しながらゆれている祭壇の前で、つめたい床に体を投げ出して、天からゆだねられたあの赤ん坊のためにラドゴンドは祈った。

何時間がすぎただろうか、プラシディが彼女を抱き起こして、床につくようにと言った。

「正気のさたではありません。まあ、王妃様、この礼拝堂はこごえそうに寒いのですよ。あなた様がこんなことをされても神様はうれしくないにちがいない」

「おおげさね、プラシディ。神様だって、私たちの罪をあがなうために、ご自分のお子を遣わしてくださったのですから、正気とはいえないわ。私の体は寒さにしびれていても、魂は神の光と熱で輝いているのですよ」

第2章　洗礼

再び日が暮れ、雪が綿のように落ちてきた頃、ロムルフは弟と下僕をつれて修道院に現れた。下僕は森の中で呆然としているところを見つけられたが、何が起こったのか話そうとしなかった。おそらく到着を待ち構えていたのだろう、門がほぼ同時に開けられてトランキルの善良な顔があらわれた。

「お急ぎください。グロドシンド様がさっきもあなたが到着されたかどうか見に来ました。ほら、また戻ってきた」

慌てふためいて走ってくるグロドシンドは今にも転びそうだ。

「急いで、ほら、早く。困った人ね。修道院長がお呼びです。王妃様を待たせるなんて、なんて無作法なのでしょう。こちらはどなた？」

「私の弟のアルビンです。どうしてもついてきたいといったので。それから、私の下僕のウルスス」

「下僕はトランキルとここにいなさい。あなたと弟殿は私についてきて」

兄弟はグロドシンドの後に従ったが、笑いを抑えることができなかった。特にアルビンはこの大柄な女性を見たのが初めてだったからだ。

これほど似ていない兄弟もいないだろう。ロムルフはいわゆる大男で立派な赤い口ひげをたくわえ、髪は濃いくせ毛で、それを櫛でとかし、髪油をぬって、赤い紐でゆわえていた。きているものの色も赤で、膝までの上着を腰のところでギャザーをよせて銅のはめ込み細工の広いベルトで縛り、そこに肌身離さず持ち歩いているナイフをさしていた。かわうその皮で作ったベストも身の丈にあったものだった。ラシャのマントを、青銅の留め金でとめると、それで出来上がりだ。そうしてみると、彼のいでたちはガリアの農民というよりはフランクの兵士のものに近かった。この日の儀式のために、彼は上等の服を身につけてきていた。彼の青く深い目の色は、その誇り高さを物語っていた。弟は平均よりも高めの身長にもかかわらずロムルフの横ではひ弱に見えた。短くカールした金髪は刺繍の入ったバンドで留められていたが、それが彼の柔和さやひげのない顔を引き立てていた。アルビンも兄と同じ装いだったが、色違いの青で、ベストは真っ白な野うさぎの毛皮でできたもので、マントはベージュの羊毛だった。ベルトには、武器はなく、代わりに横笛がさしてあった。

喜びに満ちた鐘の音は、何層にも積もった雪にまるで押しつぶされるようにかき消された。小さな回廊にたどり着くと、グロドシンドは体をゆすりながら、ぶつぶつ文句を言った。

「主よ、この雪は、悪魔のしわざです。あなたたち、何がそんなにおかしいの。まるでいたずらっ子みたいに」

涙が出るほど笑っていたので、ロムルフもアルビンも答えられなかった。彼らは、参事会の部屋を横切った。高い窓から、ほの暗い日の光がさしていた。それから、教会の中に入ったが、入り口のところで立ち止まった。目がくらみ、気後れしたからだ。教会はろうそくの光で輝いていた。そのろうそくは、蝋が溶けながら甘い香りを放っていて、たきつけられた香のかおりと混ざり合い、素朴な彼らはまるで天国の門が背後で閉まったにちがいないと思った。モザイク画の鮮やかな色彩に見とれながらも、二人はこの甘美な場所から逃げ出そうかとするようにきびすを返したが、グロドシンドが彼らを前へと押しやった。

通路の真ん中に、祭服をまとったアグネスがいた。アグネスはガリア系ローマ人の高貴な家系の出身で長い間ラドゴンドといっしょに暮らしてきた。ラドゴンドが娘のようにかわいがり、院長に指名したのだが、このガリア女性には、心を打つ威厳と人の心をつかむやさしさがあった。こうした場面ではその威厳がものをいった。彼女の白いローブは最上の羊毛で織られていた。そのベールも、マントも同じだった。大きな金の十字架が首から下げられている。手に持っているのは、その権威をあらわす品々すなわち聖書と王杖であり、それらは同時に正義とモーゼの杖を思い出させた。彼女を取り巻くように、一二五〇人の修道女がいた。みな、その生まれ、敬虔さ、ギリシャ語やラテン語、また聖なる文書や教父たちの書物の知識、創立者である王妃ラドゴンドが選んだアルルの聖セザールの戒律への服従において、神に仕えその栄光をたたえるにふさわしいと認められたものたちだった。

アグネスは、彼女の前にひざまずいた二人の男を祝福した。それから、後ろを向くと祭壇に向かって歩き始めた。またもやグロドシンドにつつかれて、二人は立ち上がり、あとにしたがった。

フォルテュナットは真っ白に輝く祭服をまとい、その上から金銀の糸で縁取られた色とりどりの格子模様のマントをすっぽりとかぶって、彼らを迎え入れた。その時、聖歌隊が透き通るような声を高らかに響かせながら歌い始めた。教会の扉が大きく開かれ、ゆっくりとした行列が内陣のほうへ進んでくる。一番前を歩いているのはヤドリギとヒイラギの冠を無造作にかぶり、かざりのない長い白装束を着た少女で、布にくるまれたヴァンダを抱いていた。ヴァンダは聖歌隊の歌をかき消さんばかりに泣き叫んでいる。その後ろにはルドヴィンがいた。彼女は奴隷の衣服を脱ぎ、かわりに同じような白い服をきていたが、丈はやや短かった。その後ろは一五人の若い女たちで、まだ少女の面影があるものもいた。みな修道服を着ていたがベールはかぶっていなかった。解いた髪にヒイラギの冠をかぶっているようすは、まるで異教の行列の雰囲気を与えたが、彼女たちは修練女だった。次に、リギュジェから来た修道士たちが、同じように白い服を着、手は袖の中に入れ、剃髪の頭が見えるように頭巾をおろして、教会に入ってきた。彼らの低い声がわきあがると、聖歌の響きに新たな深みが増した。そして最後にラドゴンドが、修道女の服の上に王妃のマントをはおり、黄金や宝石で飾られた重厚な王冠をかぶって入ってきた。その贅沢な衣装の下に、王妃は苦行衣を肌にじかにつけていた。それは、彼女が動くたびに、その体を無慈悲に痛めつけるのだった。王妃はそれをつけることで、この世の栄光にいまだしがみつくことの許しを神に乞い願っていたのである。ラドゴンドはゆっくりと祭壇に向かい、その前でひざまずいた。すぐにその場のみなが倣った。歌がやみ、ヴァンダの叫び声もとまった。ここでの静寂はあっさりしすぎで非現実的に思えた。フォルテュナットは立ち上がると侍者をしたがえ祭壇の右のほうへ進んだ。そこには、一段高くなったところに洗礼盤があった。ばら色の大理石でできた、大きな水盤で、澄んだ温水が満たされていた。ヴァンダを抱いたアシアが前に進み、その後ろに修道院長とロムルフと、ロムルフに右手をあずけたラドゴンドが続いた。フォルテュナットが赤ん坊を受け取り、ラドゴンドに渡す。彼女は赤ん坊を包んでいた布を開いた。裸の赤ん坊は、さむさに震えた。そして、洗礼の儀式が始まった。

再び歌が、さらにやさしく子守唄のように響き始めた。アルビンは横笛を取り出して歌声に合わせて鳴らした。フォルテュナットは聖油を赤ん坊の美しい体に塗った。ラドゴンドとロムルフが宣誓の言葉を読み上げる。この言葉が血のつながりよりも取り消しのできない仕方で、二人をこの赤ん坊に結びつけることになる。司祭がこういいながら水の中に赤ん坊を三回浸した。

「ヴァンダよ、私は父と子と聖霊の名によってあなたに洗礼を授ける」

一同が唱和する。

「アーメン」

感謝の賛歌が教会に響き渡り、みなは喜びでみたされた。

水の中に落ちた猫のように泣き叫んで、ヴァンダはこの一方的な取り扱いに抗議した。しかし、アシアとルドヴィンがさするると、ばたばたするのをやめて、おとなしく服を着せられた。暖かく衣服を着せてもらうと、代父の膝にすわってまわりをきょろきょろとみまわし、やがて飽きるとロムルフの長いひげをつかんで遊び始めた。ロムルフは黙って動かずにじっと耐えていたが、その様子をおもしろそうに王妃と修道院長は眺めていた。ヴァンダはそのうち眠ってしまったが、ひきつづきミサがあげられた。


大食堂はいつもの修道院とはちがっていた。壁には金の縁取りがあるずっしりとした赤い布が張られ、高い三脚の香炉が置かれ、壁にはたいまつが掛けられ、冬の枝が描かれた白いテーブルクロスの上には金や銀の食器、色とりどりの重厚なゴブレットが並ぶ。細工を施した台の上に水牛の角が置かれ、栓を抜かれたワインやビールのたるは燃え盛る暖炉の近くに置かれていた。床にはビザンツ様式のタペストリーが敷かれていて、その上を奴隷たちが肉や蜜の滴るデザートを持って絶えずあちこち歩き回っていた。さまざまなにおいが立ち込め、大声や笑い声が響いていた。どれをとってもラドゴンドの修道院というより、ブルンヒルドやフレデゴンドの宮殿でのお祝いにふさわしい光景だった。

いかに広いとはいえ、食堂はこの修道院の二五〇人の修道女と儀式に参列したリギュジェの修道士一五〇人を収容するほどの大きさはない。誤解のないようにくじ引きをした結果、選ばれたものだけが王妃と一緒の食卓の栄誉を受けることになった。一〇〇人の修道女と一〇〇人の修道士が二列になって入ってきて、二本の長いテーブルに分かれて、王妃のテーブルを囲むように座った。右側は男性で、左側が女性だった。みなが席に着くと、金の飾り紐がついたローマ風の緋色のチュニックを着た、四人の若者が入ってきた。そのうち二人は、人の背丈ほどの角笛を肩に担いでいたが、戸口の両側に立つとその楽器を床にすべり下ろした。もう二人がそれを支える。目に見えない合図で二人の楽師は到着を告げる音を奏でた。

最初に修道院長が重要な職務にある修道女を従えて入ってきた。修練女をまとめるルボヴェール、仲間たちがポワチエ随一の医者と称えるベッガ、修道院の経営をまかされているグロドシンド、ギリシャ語を教えているナンチルド、ラテン語を教えるエルスイント、みんなの衣服の責任者であるドートリ、庭をまかされているイッタ、家畜の世話をするプレクトルード、一番頭がよくて写本の指導にあたっているベルタ、図書室を牛耳るボードヴィニ、典礼の服や聖堂の管理の責任者であるゴンドベルグ。次に入ってきたのはフォルテュナットだ。彼は、リギュジェ修道院の司祭やいつものごとく出席しなかったマロヴェ司教の代理人と談笑しながら入ってきた。もったいぶった歩き方をする三人の太った修道士と一緒なのは真っ赤になって恥ずかしそうにしているアルビンだ。彼らの後からラドゴンドがロムルフと腕を組みながらやってきた。ラドゴンドは彫金細工のされた大きな木製の椅子に腰掛けるとロムルフに隣に座るように指示した。右側にはマロヴェ司教の代理人が座った。こうしてみなの者が着席すると、彼女は手を上げて、一同に三回祝福を与えた。フォルテュナットは祈りをとなえ、みなそれを繰り返し、彼も祝福をした。今度は代理人が祝福をした。奴隷たちが、香りのついた水をいれた金のたらいをもって回り歩き、ひとりひとり指を浸して洗ってから、食事が始まった。

かつてないようなおいしい料理が次々に運ばれてきた。香草や砂糖漬けのレモンをつめた鯉をさらにサギにつめたもの、蜂蜜で焼いたがちょうがおなかからあふれ出さんばかりのいのしし、牛タンにかけられたソースはあまりに強烈で客人たちの目から涙がでる。砂糖漬けの夜鳴き鳥の舌を並べた上に子羊の脳みそが盛られ、クローブがあちこちにささった羊の足、厚く層ができた氷の上に並べられたカキ、星や三日月の形の色とりどりの砂糖菓子や砂糖漬けの果物やアーモンド、そして究極の珍品は東ローマ帝国からとりよせたオレンジだった。強いワインがふるまわれ、ナプキンと口のまわりにしみをつくった。

修道女や修道士たちは最初は物静かで控えめにしていた。が、しだいに熱気やワインや香料が効いたゆたかな料理がかれらのいつもの節制を打ちのめしてしまった。祝いの席はこうしてにぎやかな音とその気前のよさにふさわしい華やかさのうちに続けられた。

「フォルテュナット殿、わたしたちがこのようなすばらしい食事につけるのはあなたのおかげです」とリギュジェ修道院の司祭が言った。

口がいっぱいにふさがっていたので、フォルテュナットはすぐに答えなかった。彼はゆっくりと重い杯を飲み干し、ナプキンで口の周りと指をぬぐった。

「神父様、そのとおりですな。これを罪だとはおっしゃらないように。すべてを、とりわけよいものをおつくりになった神は、私たち被造物に死の運命を忘れさせるためのいくらかの息抜きを与えてくださるのです」


フォルテュナットがガリア中を長い間旅行した後イタリアから戻ってきて、一〇年近くが過ぎていた。その間、アウストラシアの王に招かれて美しいブルンヒルドへの愛をたたえる詩を書いたり、叙情短詩で食事に花を添えてくれるうえに陽気な人柄であるのを見込まれて伯たちに呼ばれたり、彼がその功績や聖性を語った司教たちに招かれたりしたが、ラドゴンドとアグネスの熱烈な歓迎にほだされて旅をやめ、ポワチエに落ち着くことにしたのである。

この善良で陽気な男に修道院の静けさはとても合いそうに無かった。しかし、数ヶ月の楽しい滞在の後、「なぜ、出発するのです？　どうして私たちのそばにいてくださらないのですか？」というラドゴンドの強い希望にノーと言えなかった。彼は司祭に叙階してもらうことを願い出た。こうして立場を変えたことで、二人の友人との関係も楽になり、彼女たちをマザーとかシスターと呼ぶようになった。男性の存在は、二人にとっても困難だった修道院経営の助けになった。修道院にはかなりの財産があり、とりわけ略奪や軍隊の侵入から守らなければならなかった。そのためには諸侯、諸伯たちや裁判官たちとの交渉が不可欠だったのである。こうした仕事には器用さが必要だし、王の宮廷になんども足を運ばなければならなかった。フォルテュナットはこの仕事にあらゆる才能とエネルギーを尽くした。彼は王妃と修道院長の助言者であり、信頼を置かれた特使であり、代理人となったのである。彼の影響力は外交面だけではなく、修道院内のことにおいても大きくなった。争いごとの仲裁者にもなり、みなに慕われた。しなやかな精神もさることながら、その品行の気さくさも際立っていた。根本的には教義を重んじる正統派なのだが、日ごろの生活習慣はルーズで快楽的だった。食の楽しみには目が無い。彼は楽しい会食者であり、大酒飲みであり、才能豊かな語り手だった。旅の間に招かれた数々の宴会の席で、彼は豊かさと酔いを詩で描いた。

ラドゴンドとアグネスは、彼の泣き所を利用して彼を引き止め繋ぎ止めることを心得ていたのである。毎日彼の家にさまざまなお菓子を送りつけ、彼のために修道院では規則で使うことを禁じられている珍しい料理を準備させた。彼を修道院の夕食に招くときは、ご馳走に気を遣うだけでなく、食堂の装飾にもぜいを尽くした。花束で壁を飾り、バラの花びらをテーブルクロスの代わりに食卓に敷き詰めた。フォルテュナットだけがワインを飲んだのは、いかなる誓いも彼にそれを禁じていなかったからである。

この三人の友はおたがいに愛情のこもった呼び名で呼び合っていた。「私の命、私の光、私の魂の喜び、私の心の写し」などはもっとも親しい友情を表す言葉であったが、節操は守っていた。この陽気で軽やかで人生を愛する男は王妃が秘密の苦しみを打ち明けることのできる人だった。ラドゴンドは幼い頃の記憶を忘れてはいない、そして、一五歳の頃家族と過ごしたチューリンゲンの森の中での幸せな日々も、とらわれの身となった時も、同じ現実感と痛みとともによみがえってくるのである。ラドゴンドは自分が目撃した殺戮や暴力の光景や犠牲者のことをこと細かく覚えていてよかったと思っていた。あれからずいぶんたったためか、彼女にとってそうしたことは熱烈な崇拝の対象になっていたのだ。死んだり追放された親族たちのイメージはたえまなく浮かんできた。その血筋の特に近いあたりには、いくらか野蛮な部分があった。たとえば、コンスタンティノープルに亡命した彼女のおじの息子のハマラフロイあたりとか、名前は知らないのだが、その亡命中にうまれたいとこたちなどはそうらしかった。彼女は、異国の地で、キリスト教に逃げ込むことで平和を見出した。そして、彼女の苦しみや後悔を詩の中に表現してくれる詩人と知り合った。こうして、やさしい友であるアグネスに抱かれ、涙を流しながら、ふたたびその詩を繰り返すのだった。

——戦争の報いは悲しく、支配の運命は嫉み深い。すばらしい王国がかくもあっという間に転がり落ちるのか。ついこの間までその華麗な力を誇っていた宮廷が、いまやその柱廊のあったところにあるのは人気のない静寂さと焼けのこったかけらのみ。何世紀もの長い間雄々しく聳えた幸福な宮廷は炎にかき消され、金銀に輝いていた宮殿の高い屋根は灰色の大地の下に覆われている。鎖につながれた権力は敵の征服者のくびきに服従し、いと高かった栄光はもっとも屈辱のきわみへと突き落とされた……おお、大地には埋葬もされない死体がばらまかれ、まるまるひとつの国が共同墓地になった！　トロイだけがこれからはその悲劇をなげくことはない。チューリンゲンも同じような悲劇を知ったのだ。私は女たちが奴隷としてつながれ手を縛られ髪を乱しているのを見た。或る者はその夫の血の海をはだしで歩き、或る者は兄弟の死体の上を歩いていた。だれもが自分の身内を失い、私はみなのために泣いた。私は死んだ両親の死を嘆き、生きて残されたものたちのために嘆いた。涙が枯れ、ため息がでなくなっても、悲しみがやむことは無かった。風がそよそよと吹いてくると、新しい知らせが無いかと耳をすませる。でも私の親しい人たちの影が私のところにやってくることはない。私が最も愛した人たちを、世界は奪ってしまった。どこに行ってしまったのか？　私は吹く風に尋ねる。過ぎゆく雲に尋ねる。鳥が彼らの知らせを届けてくれないかと思う。ああ！　もし私がこの修道院の聖なる囲いのなかに引きとめられていなかったら、彼らが待っていなかったとて会いにいくだろう。私は荒天に巻き込まれても、喜びのうちに嵐の中に漕ぎ出して行くだろう。水夫はふるえていても、私は何も恐れない。たとえ船が壊れても、私は一枚の板切れにつかまって、わが道を進んでいく。板切をつかむことができなければ、泳いででも彼らのところにたどり着くだろう。――

ラドゴンドはフォルテュナットを気配りにあふれる腹心の友、繊細な詩人だと思った。一緒にギリシャ語やラテン語の詩を注釈したり翻訳することもできた。女性的とも思える彼のやさしさのおかげで、夫であるクロタール王の野蛮さも忘れることができるのだった。

食事が進むにつれ、みなの顔も真っ赤になり、笑い声も大きくなっていった。ラドゴンドは少量の豆と水で満足しながら笑っていた。

「わが友フォルテュナット、食いしん坊は身をほろぼしますよ。でも、今宵の宴にあなたを悲しませたくはありません。私の養女のためになにか短い詩を作ってくれましたか」

「もちろんです。王妃様。この子の不思議な見つけられ方、オオカミとの深い絆、金のバンド、修道院への巡り合わせ、洗礼によってあなたと、そしてこの武骨な男の娘となったこと、そうしたことがわたしの創作意欲をかきたてました。きっとあなたのお気に召す詩だと思います」

「でしょうとも。いつものローストチキンやはちみつ水や東方からのお菓子への賛歌とは違った気分になりそうですね」

「王妃よ、それはひどい。ご馳走があるから教父たちの研究に疲れても癒され、普段の粗食に耐えられるんですから。なにしろ、普段は規則で肉を三皿と魚を一皿しか食べられないし」

「それでも」とアグネスが笑いながらいった。「あなたがしょっちゅう姉妹ベッガのところに薬をもらいに行ったとて驚きませんけど」

「アグネス、この世の人がみなあなたや聖なる王妃のように根っこや少しの木の実とスープで満足できるわけはないんです。美味しいもののところには何も悪いものは隠れていません」そういいながら彼は香ばしく甘いかっ色のソースのしたたるひな鳥の肉を飲み込んだ。

修道院長は立ち上がって、静かに、といった。笑い声や話し声がだんだん小さくなった。アグネスはラドゴンドのほうに体を寄せて話しかけた。

「マザー、私たちの禁欲の修行の中で、このように喜びを表すための休息を持てるのはあなたのおかげです。私たちみな、あなたが養女に迎えたあの子の奇跡のような到来を嬉しく感じています。洗礼の水があの子の魂を清らかにし、原罪を消してくれました。あなたの慈悲により、あの子は飢えと寒さから免れることができました。あなたの母性的な愛によりあの子の心は愛されるやさしさと愛する幸せを知るでしょう。私とこの共同体の名において、私はあの子に言います。ようこそ、いつまでも」

「ようこそ、いつまでも……ようこそ、いつまでも……」列席者たちは立ち上がって声をそろえて繰り返した。

王妃は見るからに感動して、静まるようにと手で合図をした。

「ありがとう、みなさん、ありがとう。私たちがあの子を助けるようにと計らわれた神にも感謝しましょう」王妃は頭を下げると手を合わせて主の祈りを唱えた。

「アーメン」一同が答えた。

「宴を続けましょう。それから親愛なるフォルテュナットに詩を読んでもらいましょう」

フォルテュナットは声のとおりをよくするために酒をあおり、ラドゴンドの正面に立てるように、三つのテーブルの間に移動した。二人の若い修道女がリュートをもって、彼の両側に立ち、奏ではじめた。詩人は熱っぽく大きな声で、オオカミの群れから子どもが発見されたこと、その子を聖なるこの修道院の創設者が養女としたことを詳しく語った長く難解な詩を披露した。

彼が語り終えると、割れんばかりの喝采が起きた。フォルテュナットはラドゴンドに詩が書き記された紙片を手渡した。王妃はそれを受け取ると、胸に抱きしめた。

「ありがとう。あなたの詩はいつも私の古ぼけた心を喜びで満たしてくれます。ベルタに言って、上手な写字生たちにこれを書き写させましょう。この宴に招かれた来賓の方々がそれぞれ土産として持ち帰ることができるように」

アグネスがラドゴンドに合図をし、彼女はうなずいた。そして立ち上がると修道女たちと修道士たちもそれにならった。

「来なさい、皆さん。聖務を果たす時間です」

最初に修道女たちが出て行った。すこしふらふらしている者たちもいた。

王妃と院長は客たちにいとまごいをして、この宴がつづくのを見る以上にうれしいものはないと思いながら立ち去った。この細やかな気遣いは美食家たちの心にしっかりと伝わり、彼らは最後の修道士が退場するまで酔いの罪にふけった。ロムルフはほかのものほど長くは罪を犯さなかった。彼はテーブルの下に滑り落ちて眠っていた。

見習い修道女たちは王妃の住居の方へ向かった。王妃は疲れた様子でアグネスの腕によりかかっていた。

「瞑想と静寂を愛するあなたには、今日はとても長くて疲れる一日だったに違いありません」とアグネスが言った。

「いいえ、私の愛するものたちが喜んでいるのを見るのは、私にとっても喜びです。それに、たまには私の娘たちがこのような解放感をもつのもいいでしょう。彼女たちの仕事はいつも厳しく辛いし、聖務は長いし、食事は質素で規則は厳しいのですから」

「でも、食べすぎという罪を犯したものもいましたよ」

ラドゴンドはアグネスをやさしく抱きしめた。

「いい子ね、すこしは大目に見てあげてちょうだい」

「そうですね、マザー。ヴァンダのところに寄って、見ていきますか」

「ええ、あの子を見れば辛さも吹き飛ぶわ」

目の前に楽しげな光景が繰り広げられていた。ヴァンダとオオカミは熊の毛皮の上で叫んだりのどを鳴らしたり、笑ったりきゃんきゃん鳴きながら遊んでいた。お互いに相手を突き飛ばしたりのしかかったりかみ合ったりしている。アシアとルドヴィンとアルビンが楽しそうに上気した顔でそれを見ながら笑っていたが、二人の女性が入ってきたのであわてて立ち上がった。大きすぎる服を着せられ、裾につまずいてしまったヴァンダをルドヴィンが抱き起こし、王妃のところへ連れて行った。子どもはかわいらしい顔をあげて手を差し出した。感動したラドゴンドは彼女を胸に抱き上げると自分の国の子守唄を口ずさんだ。ヴァンダは王妃の胸に寄りそって赤ちゃんのようなかわいい声で王妃の歌う旋律をまねしようとした。王妃はすわってヴァンダが眠りつくまでゆすり続けた。それから母のような優しさで子どもをねかせ、白い毛布をかけてやった。最後にもう一度その柔らかい髪の毛に口付けをすると、そっとつま先で歩きながら部屋を出て行った。

第3章　ウリオン

聖誕節が始まると喜びがさらに増えた。サントクロワ修道院ではこの期間、規律が緩められる。修道女たちはさいころ遊びやボール遊びを楽しんだり、言葉当て遊びをし、その答えがしばしば年上のものたちをやりこめるものだったりすると、こうした慎み深い少女たちは大笑いするのである。針仕事が得意なものは創立者の個人的な礼拝堂のために信じられないくらいの細かさで祭壇用のベールを縫った。ほんのすこし風がふけば、刺繍されたものに魂が宿りそうだった。絵の上手なものは、フォルテュナットの傑作詩集に彩色をほどこしたが、もちろん彼が、作品に価値がつくだろうかとはらはらしていることをよく知っていた。修道院長のアグネスも忘れられてはいなかった。ベルタが自分で聖セザールの戒律を違った色のインクをつかって書き写しなおしてくれた。金色で飾られた文字もあった。けれども王妃や修道女たちから一番たくさん贈り物をもらったのは、ヴァンダだった。たくさんのローブ、マント、そして靴。これだけあれば同じ年の女の子みんなにいきわたりそうだった。ラドゴンドは、ヴァンダの首に、ライン川の大きな石でつくった首飾りをかけた。それは彼女の父親であるベルテール王がその死の数日前に彼女に与えたものだった。首飾りはそれほど価値のあるものではなかったが、決して手放したことのないもの、彼女の亡命生活の中でもっとも大切なものだった。これだけでも、詩人が見つけられた子、オオカミの子と呼んだ幼子をどれだけこの数日間の間に愛するようになったかがわかるというものだ。時々自分を責めて、神に許しを請うこともあったが、ヴァンダの笑い声と優しいしぐさは彼女の心を甘美な幸福感で満たした。おちゃめで優しく、愛想を振りまく少女は、しかし自分の一番の愛情をオオカミに向けていた。このオオカミはなんとか放そうとしたがむだだった。修道院長は、ヴァンダの涙と気絶するのではないかと思うような泣き落としに負けて、彼女の特別な養育係りに任じられたアシアとルドヴィンの部屋にその動物をいさせることを許可したのである。そのうち大きくなったら、考えよう。今のところ、その体はオオカミや犬の子というよりネコの子程度の大きさだったからだ。

ロムルフとアルビンは、クリスマスの間、修道院で過ごした。アルビンは柔らかい木でいろいろな種類の動物を彫り、ヴァンダを喜ばせた。ロムルフが白い皮で作った、ミニチュアの農夫靴にいたっては、修道女たちみなから頼まれて、断ることもできずに、作ってやる羽目になった。

クリスマスの次の月になると、フォルテュナットはおとなしくて丈夫な彼の馬ネアに乗り、一〇人の武装した男たちと休息用の荷車を率いてメッツに向けて旅立った。修道院の利権について王妃ブルンヒルドの前で擁護するためである。彼はトゥールに立ち寄り、ラドゴンドからの言づてを司教グレゴリウスに託した。

五七七年の年初め、フォルテュナットが出発してからまもなくのある日、一人の年老いたガリア人の女が、修道院の門前にやってきて、ベッガに会いたいと申し出た。門番の奴隷トランキルは翌日の修道女たちの相談の日に出直してくるようにといった。しかし、老女は涙を流しながら、あまりに頼むので、根負けしたトランキルは女を中に入れた。彼女は足元のかなり重そうな荷物をかき抱いて奴隷の後から休息所に入ってきた。

「ここを動くな。ベッガさまが会ってくださるかどうか見に行ってくるから」

彼女は礼をいうように頭を下げると、荷物を落とさないようにそっと地面に下ろした。いくらか時間がたって、ベッガがマルコネフに付き添われて部屋に入ってきたとき、哀れな女はちぢこまって眠っていた。二人はやさしげに彼女を見、トランキルが起こそうとするのを身振りでやめさせた。ベッガは老女の前にしゃがんで、包みをどけようとした。すると中から熱で真っ赤な顔をした子どもが現れた。その子は苦しそうに目を開けて笑おうとした。眠っている老女を起こさないようにベッガとマルコネフは彼を抱き起こして、テーブルの上に乗せて調べた。二人はその子を包んでいたぼろ布をはがした。おそらく八歳くらいの少年だ。見せるのを嫌がっていたが、ももの付けねに深くひどい傷があった。ベッガはまず洗わなくては、と思った。

「ねえ、柳の皮のせんじ薬を準備して。熱を下げるわ。トランキル、沸騰したお湯と包帯を持ってきて頂戴。この傷を消毒してみるから。変だわ、この子まるで体中かみつかれたみたい」

話し声でガリア人の女が目をさました。

「こちらへ、どうぞ。この子はいったいどうしたのですか？　あなたの息子さん？」

「息子みたいなもんじゃ。私の血を分けた息子とそのまた息子たちはみな死んでしまった。ガリア人に襲い掛かったあの悲惨な戦いで殺されたんだ。この子はオオカミにもう少しで食い殺されかけとった。おまけに飢えて死にかけていたところをあたしが見つけたんじゃ。あの引き起こされた石の近くで」

ベッガとマルコネフは、老女があの石のことを話すのを聞いて顔を見合わせた。老女は続けた。「ずっと面倒を見て、食べさせてきたが、この子を蝕んでいる病気を治してやることができそうもなくてのう。熱は下がったのにまた上がってきて、それ以来あたしにはわからない言葉でうわごとを言っとります。どうかこの子を助けてくだされ。かわいいこの子が死ねば、私も生きていけぬ」

「神のお力を借りて、やってみましょう。でも、この子の病気はかなりひどそうです。奇跡だけが救うことができるでしょう。ごらんなさい、傷が化膿して足中に広がっていて、なかなかの辺りまで来ています。あなたの息子をお守りくださるように神に祈ってください」

「神！」

言ったというより吐き捨てるような言葉だった。それも激しさと憎しみが感じられ、ベッガはピタリと手を止めて振り返り、そのガリア人を怒りよりも興味深そうに見た。彼女はやさしいながらも強い口調で言った。

「あなた、神の名をそんな風に発してはいけません。神はすべてのものの主でありそのからいはすべての命あるものに及んでいることを知らないのですか。あなたはキリスト教徒ではないの？」

「キリスト教徒というのが洗礼を受けたものをさすなら、そうかもな」

「洗礼を受けることで、神の国の門があなたの前に開かれたのです。祈ること、教会法や司祭や司教をうやまうこと、罪を犯さず清廉な生活をおくること、私たちの主イエス・キリストの優しさを深く信じることによりその敷居をまたぐのはあなた次第です」

「あんたの神がこの子を助けてくれるのなら、信じるさ」

「そんな風に言ってはなりません。冒瀆ですよ」

沈黙の中で、ベッガは手当てをつづけた。病人はちいさくうめいていた。水薬が準備されたので、マルコネフがその子の頭を起こして薬を飲ませた。彼は苦しげに一口ずつ飲み、あごや首を薬の液がつたった。ベッガは助手たちに手伝わせて処置を終え、少年に絹の長い衣服を着せた。それが終わると、また彼を寝かせた。

「あなたの名前は？」そう言って、白いローブの上からつけていたエプロンで手をふいた。年のために曲がっていた腰をしゃんとのばして老女が答えた。

「ネハレンニア」

「ネハレンニア？　それは古代のガリア人が海の女神に与えた名前ではなくて？」

「それよ。それがあたしの名前さ」

鐘が鳴った。

「祈りの時間です。行かなくては。今夜はここにお泊まりなさい。夜中にあと三回薬を飲ませて、体が冷えないように見てあげて。トランキルが炭をもう一度おこしてスープを持ってきてくれます。あなたはこの毛布をお使いなさい。明日の朝もう一度私が来ます」

ネハレンニアはベッガの手をとり、自分の唇に持っていった。

「ありがとうございます。おくさま」

「私ではなくて神様にお礼を言わなくては。私もこれからこの子の命を守ってくださるように祈ってきます」

まだ日が昇らないうちに、ベッガは修道院長と一緒にやってきた。どうやら病人は少しは良くなったようだ。熱が下がり、傷口もきれいになっていた。

「ベッガ、よくこの子を守ったわね。門の近くの部屋を暖めさせて、治るまでそこにいられるようにしましょう。日常の世話は、彼の母親がするでしょう。あら、どうしたの」

ネハレンニアが倒れるようにひざまずいて修道院長のローブの裾にキスをした。

「もしこの子を救ってくださるなら、あたしはあんたたちの神様以外は拝まないこと、もうアベリオに捧げものをしないことを誓います」

「立ちなさい。ベッガに聞きましたが、あなたはキリスト教徒なのに、真の神の家の中であえて異教の神の名を口にするのですか？　苦しさで迷いが生まれたのですね、聞かなかったことにしましょう。チャペルに行って、聖ヒラリウスがあなたを照らしてくれるように祈りなさい。トランキル、案内してあげて」

女が出て行くと、アグネスとベッガはベッドに向き直り、疲れきって悲しく微笑む男の子を見た。

「この子はひどい目にあったようです。あの女が言うには、クリスマスの夜、あの石のところでこの子を見つけたとか……ヴァンダが見つかったところです」

「ヴァンダ……ヴァンダ……」傷ついた少年はそうつぶやきながら体を起こそうとした。

ベッガがむりやり寝かせようとしたが、体をうごかし大きな声をだしながら暴れた。

「ヴァンダ……ヴァンダ……ヴァン……」

少年はまた気を失って倒れた。ベッガはいつも肌身離さずもっている小瓶の中身をかがせた。ようやく意識が戻り、目を開けると涙をぽろぽろとこぼした。

「ヴァンダ」そういうと、やせた手を合わせて、二人の修道女のほうへ差し出した。

「ヴァンダはもうすぐ来ますよ。心配ありません、彼女は無事です。あなたの名前は？」

少年は首を振った。言葉がわからなかったのだ。しかしベッガの優しい声で落ち着いたのか、気持ちを和らげる飲み物を飲むと再び眠りに落ちた。

「この少年はヴァンダと一緒にいたと思う？　あの子の名前を知っているようだったわ。話してくれるほどに回復するかしら」

「アグネス、神の力をお借りしてこの子を救うために私のできる限りを尽くします」

「そうね、ベッガ、わかっているわ」

午後に、ヴァンダが連れられてきた。彼女は一生懸命思い出そうとするかのように、病人をじっと長い間見つめていた。彼が目を覚ますと、ヴァンダはベッドに飛びつくようにして叫んだ。

「ウリオン、ウリオン」

少年の脇に座らせてもらうと二人の子どもは抱き合い、ウリオン、本当にウリオン？　ヴァンダ、本当にヴァンダなんだねと確かめるようにお互いを触った。少年は皆にわからない言葉でヴァンダに話しかけた。

二人を引き離すのは大変だった。ヴァンダが怒りまくったのだ。けが人の部屋に入るときに引き離されていたオオカミを連れてくるとその姿を見てようやくおとなしくなった。


一週間たつと、ベッガの手当てと毎日見舞いに来るヴァンダのおかげで病人の状態は良くなりかけてきた。しかし突然熱が上がり、下腹部が化膿しているのがわかった。ベッガの知識では到底無理だったので、アグネスはポワチエの腕のいい医者を呼び寄せた。キルペリク王やグントラム王が信頼しているマリレイフとローマやアレクサンドリアで修行をしてきたレオヴァルである。

マリレイフは時間をかけて病人を診察したあとで、ウリオンに見込みはないと告げた。この言葉を聞くと、彼の養母のネハレンニアは悲しみのあまり、泣きながら許されないようなのろいの言葉を吐いた。レオヴァルはそう断定したものではないといい、自分は東方にいたとき、医者がこれと同じような壊疽の患者を、その患部を切除することで助けたのを見たといった。マリレイフが、それならこの子を真っ二つに切らなくちゃならないだろうよ、といった。二人の医者が、まるで面白がっているかのように笑うのを、アグネスとベッガは怒りに震えながら見ていた。結論の出ない議論が長々と続いた挙句、二人は、とりあえず三倍に膨れ上がっている睾丸を切除するということで合意した。

「この子を男でなくしてしまう手術だなんてあんまりですわ」とベッガがいった。「でも、それしか方法が無いのなら、私も手伝います」

手術の準備が始まった。少年はアルコールを飲まされ、白い布で覆われた大理石のテーブルの上に寝かせられた。レオヴァルは、手術に立ち会う必要のないものを全員外に出した。残ったのは、病人が暴れないように手足を押さえておく役目を負った、屈強そうな二人の男の助手と、それからベッガとマリレイフである。みな、大きな赤い術衣を着ていた。レオヴァルの合図で助手たちが少年の肩と足を抑えた。執刀医は鋭く尖ったメスを取り、腫れ上がった肉を切り始めた。膿が飛び出すと同時に、人間のものとは思えない叫びがあがった。力がありそうな助手たちでさえ、かわいそうなウリオンの狂ったような動きを抑えておくのは大変だった。レオヴァルは、叫び声にも、膿にも血にも動じないで、切除を続けた。ウリオンは痛みに耐え果てて気を失ってしまった。

痛々しい傷口を消毒し、包帯がまかれると、レオヴァルはウリオンの腹部と大腿部を注意深く調べた。肉は前よりもやわらかくなって、色もきれいになったように見えた。顔色も、死を告げるような土気色ではなくなっていた。青ざめてはいたが、正常な青さだった。肩は、荒々しくはあったが、規則的に上下していた。

「今日からしばらくが山でしょう。明日も様子を見に来て、包帯を替えます。しばらく安静にする必要があります。もし、ひどく苦しむようなら、アヘンを少し与えるように」

週の初めになると、ウリオンは血色をとりもどし、食欲もぐんと増して、どうしても起きてヴァンダに会いに行きたいと言うようになった。

ベッガはネハレンニアに彼女の息子がもう男ではないことを告げた。ベッガは、ガリア人の憎しみに満ちた目を見て、後ずさった。

「なぜそんなことをさせた？」

「手術をしなかったら死んでいたわ」

「死んだとしても、男のままでいられたんだ。おまえはうそつきだ。お前たちの神は慈悲深くなんか無い。呪われるがいい、呪われろ」

女がうずくまった。ベッガが抱き起こそうとしたが、女が余りに激しく押し返したので、ベッガは大理石の高いテーブルの角に頭を打ちつけてしまった。床に崩れ落ちたベッガのベールから血がにじみ出て赤く染まった。老女はせせら笑いをしながら、倒れているベッガの上にかがみ込み、財布から劇薬の棚の鍵の束を奪い取った。そして何度も試した末に、とうとうその棚の扉を開けることに成功し、字は読めなくても、赤いマークの付いているビンこそ自分が探しているものだということを見抜いた。狂ったようにそのビンのひとつを手に取ると、中身を飲み込んだ。それからもうひとつのビンを取り、女のすることを不思議そうに見ているウリオンのベッドに向かった。彼女はその毒を少年の唇に近づけたが、ひどく苦かったので、少年が吐き出した。女がさらに荒々しく飲ませようとしたため、ウリオンは恐ろしくなって叫び声をあげながら押し返した。もし毒がそれほど早くまわらなければ、ネハレンニアは間違いなく彼を殺していただろう。しかし、やがて力が抜けてゆき、ビンは手から離れ、指の先までやせ細った腕でその胸をかきむしりながら、彼女は地面に倒れた。あえぎ、くちから泡を吹きながら、そして、つぶやきながら死んだ。

「あたしの子、かわいそうな、あたしの……神よ……」

意識が戻ったベッガが聞いたのは、この最後の言葉だった。彼女はなんとか身を起こし、周りを見回して、今しがた起きたすべての事を知った。ウリオンが起き上がって、老女に近づき、その前にしゃがみこむと、自分を激しいほど愛してくれた彼女の白髪の頭を、限りないやさしさをこめて抱きしめた。

ベッガは扉まで這っていくと助けを呼んだ。奴隷たちや使用人たちがまず駆けつけ、それからマルコネフが来た。彼女があまりに青ざめたので、ベッガがおもわず強い口調でなんともないと突き放したが、後であやまった。彼女は、解毒のために、あたためたミルクをウリオンに飲ませるよう指示した。マルコネフに支えられて、ベールを直すと、額の傷をたしかめたが、たいしたことはなかった。知らせを受けて修道院長が着いたときには、部屋はいつもの落ち着きを取り戻していた。ネハレンニアの遺体は、隣の部屋に安置されていた。

「おぞましい行いのために、彼女は神の国から永久に追放されました。私たちがしてあげられることはありません。グロドシンド、この人をかまどの中に」

「おお、アグネス、この人は重大な罪を犯しました。永久に断罪されるでしょう。でも、お願いです。埋葬をしないままなんてかわいそうです。この数日の間、私はこの人のことを知り、愛することを学びました。この人の生涯は、苦しみの連続でした。理性を失いこんなことをしてしまったのも、仕方なかったのです。お願いですから、彼女を私の庭の一角に埋めさせてください」

「それは、重大なことですから、私たちの創設者さまに話しに行きましょう。返事は夜に届けさせます。それに、この子も孤児になってしまいましたね。どうすればいいのかしら。男の子だから、私たちの元においておくわけにはいかないし」

「もう男の子ではありません」

「でも、女の子でもないわ。かわいそうに、死んだほうがましだった」

「神はそんなことをお望みになりませんわ。私に考えがあります。女の子の服を着せ、女の子として育てましょう。まだ幼いし、きっと男だったことを忘れてしまうわ。」

「ベッガ、気でも違ったの？　あなたが言ってることは、残酷だし欺瞞です」

「私はそうは思いません。もう一度考えてみて、王妃様に話して頂戴。王妃様のお父上の宮廷では、王の娘たちや妃たちの警護をする女装した宦官というものがいなかったかしら？」

「そうだったかもしれないけれど、修道院とは違います」
「アグネス、お願いよ、このまま追い払うことはできないわ。どこへ行くというの？　私たちの言葉もわからないのに。あの子を使用人たちと暮らさせればいいわ。本当の性別を知っているのは私たちほんの数人だし、手を貸してあげれば、いつかそのうちなじむと思うの」
「私には狂気の沙汰としか思えないけれど、とにかく完全に回復するまで待ちましょう。それから考えます」

春が終わる頃には、ウリオンはすっかり元気になった。手術以来、ずいぶん太り、髪も長く伸びた。アグネスが驚いたのは、ラドゴンドが彼を女装させることに同意したことだった。ウリオンは若い女性の使用人が着るようなローブとチュニックを着せられた。最初のうちは、怒って新しい服を脱ぎ捨てていたが、そのうちだんだんと受け入れるようになった。

同じ頃、ポワチエの町の人々は、大きな雌オオカミが、若いオオカミを五匹従えて、城壁の周りを走っているのを見た。修道院の壁をよじ登ろうとしているのを見たものもいた。冷え込んだ夜に、修道院の個室の中まで、うなり声が聞こえてくることもあった。そんな夜は、ヴァンダがアヴァと名づけたあのオオカミがさかんにうなり声を上げ始め、横で寝ていてその不気味な声に目覚めたヴァンダまでまねをした。アシアとルドヴィンはかれらをなだめてあたためた蜂蜜入りのミルクを与えた。修道女たちの中でも、年配の者たちは、悪魔が少女とオオカミに姿を変えて修道院の中に入り込んだから悪魔祓いの祈りをしなければといった。修道院長は毅然としてみなを落ち着かせたが、年取った修道女たちの中にヴァンダとそのオオカミとすれ違うときに十字を切るものがいても、とがめることはできなかった。

暖かくなったとたんに、オオカミたちはどこかに消えた。城壁はかぐわしいニオイアラセイトウで一面に覆われ、果樹園の樹木の花やバラが次々に咲き乱れた。ルドヴィンは咲いたばかりの水仙をいっぱい摘んでヴァンダを喜ばせた。アシアは、ヴァンダのためにマーガレットの冠と、勿忘草《わすれなぐさ》の首飾りを作った。ライラックの甘い香りのする若木の下では、ラドゴンドが瞑想を楽しんだ。イッタは、葦で編んだかごの中に新鮮なイチゴを摘んできた。プレクトルードは最初に生まれたヒナをヴァンダにプレゼントした。オオカミのアヴァは、ヴァンダがヒナたちをかいがいしくかまうのがねたましかったに違いない。その二匹のヒナをぺろりと平らげてしまった。ヴァンダはとても悲しんで、オオカミをぶったが、そのうち忘れてしまった。ロムルフは時々訪ねてきた。背が高い彼の姿を遠くから見つけると、ヴァンダは嬉しそうな声を上げた。そして、ロムルフのがっしりとした脚にしがみつき、小さな腕で抱え込もうとした。

「あんよ、あんよ」

それは彼女が楽しみにしている遊びの催促だった。ヴァンダがロムルフの足の上に、自分の小さな足を乗せると、ロムルフは彼女の手をもちながら歩いた。最初のうちは、足が滑って落ちてしまったが、すこしずつリズムを覚えていった。こうして、雨が降っている日の回廊の中や、修道女たちが祈ったり仕事をしている間、あるいは、晴れた日に庭でなかなか仕事が終わらない時に、ヴァンダの笑い声や、オオカミが飛び跳ねる音、ルドヴィンとアシアの、そんな危ない遊びはやめなさいという叱り声が交互に響き渡るのだった。

時には、アルビンがロムルフに付いてきた。ヴァンダはアルビンの腰の袋から横笛を取り出し、彼の唇にあてた。

「吹いて」そう命令する。

アルビンが吹き始めると、いつもはじっとしていないヴァンダがアルビンの足元にしゃがんで、素朴なメロディーをじっくり楽しもうとするかのように、目を閉じた。アルビンが吹くのをやめると、彼を叩いていった。

「もういちど、アルビン、もういちど」

するとアルビンは笑いながら、ふたたび空気をふるわせるのだった。ヴァンダは毎日、新しい言葉を覚える一方で、ウリオンと会話することで母国語を忘れることもなかった。彼女は、アシアが寝る前に聞かせてくれるいろいろな話がとても好きだった。オオカミの出てくる話は特に好きだった。アヴァの首を抱えながらまるで「聞いてごらん、私たちの話よ」とでも言いたそうに耳を傾けていた。オオカミにも話がわかるのか、可笑しい風に頭を振っている。毎日、王妃はヴァンダを自分のところに呼び寄せ、簡単で優しい言葉で、イエスや殉教者たちの話を聞かせた。ヴァンダは神妙に聞いているが、次第にまぶたが重くなり、目を閉じてしまうので、ラドゴンドはヴァンダがまだ幼いことも忘れて、

「この子が清らかなお話を嫌いになって、食べ物の話のほうがいいと言うんじゃないかと本当に心配だわ」などといった。

そんな心配をしている姿を、アグネスはおかしそうに笑った。アグネスは、ヴァンダには優しいながらもあまり打ち解けていなかった。

修道女や使用人や奴隷たちのほとんどはヴァンダとオオカミを受け入れていた。ただ、マロヴェ司教と修練女の指導にあたっていたルボヴェールだけは、出自の知れない上に尋常でない状況で発見されたこの子どもの存在は、修道院の正しい運営や自分たちに必要な集中を混乱させる危険があるのではと思っていた。ルボヴェールは、若い修練女たちが短い休憩の間ヴァンダと遊ぶことを禁止するほどだった。そして修道院長にも、やさしくともしっかりと叱ってほしいと思っていた。ルボヴェールは自分の立場をゆずらず、もしこの決まりを尊重してくれなかったら、修練女たちをここの生活へと導く責任を果たすことはできませんと言った。

これにはアグネスが折れたが、それでも、一番若い修練女たちには時間が許すときはヴァ

ンダと遊んでもいいという許可を与えた。

修道院で暮らすことを定められた子どもたちの中に、カリベルト王の妾腹の娘で、一一歳になるクロディエルドがいた。修練女の中でいちばん若く、いちばんにぎやかな娘だった。ここまで一年間の修練期間では、ラドゴンドにも行き過ぎと見える高慢さやどんなに罰を与えても直らない頑固さがなくなることはなかった。勉強のほうも手に負えなくて、エルスイントの忍耐強い授業にもかかわらずやっとラテン語が正しく書ける程度で、ギリシャ語にいたっては勉強することを拒否してナンチルドを大いに嘆かせた。縫い仕事も下手で手仕事はなにをやっても向いていない。高貴な生まれが染み付いているのか、どこまでも気取り屋で生意気で人を冷やかしたり大騒ぎをしたりばかりで、勉強や休憩をしているよりも罰のために懲罰室に入って過ごすことのほうが多かった。いつも不機嫌そうにしてはいたが、うっとりするほど美しく、とても親切かと思うと急にひどく意地悪になったり、やさしさと残酷さを一度にみせたりする子で、とにかく王妃の叱責しか聞き入れようとはしなかった。王妃と一緒なら、修道院の生活でのいやな仕事にも従ったのである。謙遜の徳ゆえにラドゴンドが個室部分の廊下を掃除したり、修道女たちの食器を洗ったり、衣類を洗濯しているとき、そのそばできれいな顔にうんざりとした表情を浮かべながら同じ作業をしているクロディエルドの姿が見られた。寛容なラドゴンドは、そうした態度の彼女を気にしていないようだった。

「わが子よ、謙虚な仕事を果たすときには、喜びを持ってするべきですよ。そうした小さな仕事がわが主イエズスを喜ばせるのですから。そうやって、聖人たちは偉大な仕事を果たしてきたのです」

「わかっています、マザー。そのために一生懸命あなたのすることを真似ているんです。でも、できません。だって私にはふさわしくないんですもの」

「ふさわしくない、ですって。あなたの周りにこんなにもお手本があるのに、どうしてそんなことをいえるのですか」

「でも、マザー、私は、王の娘です」

「私もですよ。私も王の娘であり妻です。そうしたおろかな思い上がりには口を慎みなさい。私たちの生活にあって、あなたを傷つけ、罪深いものにするだけです」

少女は怒りで真っ赤になった。

「私はここに来ることを自分で選んだのではないのです。修道院なんて嫌いだし、修道女にもなりたくありません」

ラドゴンドは、泣きながら地団駄を踏んでいる少女を抱きしめた。

「わかりますよ。でも、あなたはここにいることで、あなたの両親の罪を償わなければならないのです。お父様のカリベルト王とあわれなお母様のマルコフェヴは、神が結びたもうた神聖な絆を断ち切るという罪を犯してしまったのですから。二人の頑固さに、聖ジェルマンも破門を宣告するしかありませんでした。あなたはその後で生まれて、お母様の懇願やパリ司教の寛容さのおかげで聖なる洗礼を受けることができたのです。お父様が亡くなってまもなく、お母様は自分が死ぬ前に恥ずかしさに心を痛めてあなたを神に捧げたのですよ。あなたが理解できる年になったというので、ずっとあなたの面倒を見ていた叔父様のグントラム王がここにあなたを連れてきたのです。あきらめるしかありませんよ。行きなさい、かわいい小鳩よ。私もあなたのために神に祈りましょう」

ラドゴンドはなんとか落ち着いたクロディエルドの額にキスをすると、悲しそうに立ち去っていく姿をじっと見ていた。彼女が修道院の生活になじめないだろうという予感があったのだ。けれども、この壁の中以外のどこにも、彼女の居場所はなかった。王の娘であるのは事実だったが、同時に彼女は誓いを破った修道女の娘でもあり、またその修道女は亜麻布を梳く奴隷の娘だったのだ。彼女の両親の破門によって、私生児となってしまったからには、叔父であるグントラム王やキルペリク王にとっては災いの種でしかなかった。クロディエルドには、ネウストリア、アウストラシア、あるいはブルグンドの宮廷の明るさよりもここの暗さのほうがよいのだ。

カリベルトの娘は、小さいヴァンダに親しみを感じ、罰を受けていないときは一緒に遊んだ。ヴァンダと仲良くすることで、彼女は努めて勉強したり、ルボヴェールにもよく従うようになった。ルボヴェールは反抗的な魂を押さえ込んだのだとおもい、監視の目をゆるめた。かわいそうなクロディエルドにとって、それは少女時代の唯一の楽しい時間であり、知らず知らずのうちにそのことをヴァンダに感謝していた。

夏になると、浴場での水遊びがまたできるようになった。浴場は古代ローマの住宅の一部で、その建物の場所にラドゴンドが修道院を立てたのである。ヴァンダは何時間もいい香りのする水の中ではしゃぎまわっていたが、ベッガは、そんなに長く水浴びをしていると体を壊すかもしれないと言った。彼女の医学的な意見には誰も異議を唱えない。

ヴァンダはやさしくてとても元気なベッガが大好きだった。ベッガはよくヴァンダを連れて庭に行く。そこでは、知識のある修道女たちが薬草を植えていた。この共同体でのさまざまな病気を治療するためである。ベッガは黄色い顔をした姉妹を見ると、彼女のためにチコリとアナカリとアルテミシアとアルクチウムを取り混ぜ調合した。すると、その姉妹の顔色がよくなった。もし別の者がおなかの痛みを訴えたら、カプセラとパテンテラをベースにした薬を渡す。激しい歯の痛みには彼女の持っている軟膏のひとつが劇的に効いた。ベッガがやけど用に調合した塗り薬はあっという間に痛みをやわらげ、数日でその痕も消える。彼女が有能な医者であるという評判は町中から田舎のほうにまで広まった。ポワチエの町とその周りに住んでいる人たちが、彼女に見てもらいたくてやってきたが、ベッガは貧しい人たちの治療にしか応じなかった。そうした人たちのために週に一日だけ空けていたので、その日になると修道院の近くは多くの病人たちであふれかえった。

ベッガは門番小屋の近くの部屋を診療のために改造して患者を受け入れた。彼女の助手をしたのは生徒のマルコネフとルゴンテで、ベッガはこの二人に自分の知っている限りを教えようとした。二人の修道女は彼女の指示で飲み薬や塗り薬を見事に調合したが、ベッガのような本能的な植物の知識は持ち合わせていなかった。そういうものを持っている人は、病気をなおす天賦の才能がある人だと思われていた。そしてロムルフの弟のアルビンもその一人だった。ある日、彼がヴァンダを訪ねて立ち寄ったとき、ルドヴィンが足をくじいた。見る間に彼女のくるぶしは二倍に腫れ上がった。呼ばれてベッガが来てみると、若い男が傷ついた足をルバーブの大きな葉で包んでいた。彼女はルドヴィンに、数日は動かないほうがいいわと言いながら彼の手際を賞賛した。

「そんな必要はありません。私がこれから森に行ってなにか塗り薬になるものを集めてきます。そうすれば今日から一日か二日で歩けるようになるでしょう」

ベッガが何か言う前に、アルビンは消えていた。それから数時間して、戻ってきたときには一抱えの植物を手にしていた。その中には、ベッガも知らないものがあった。アルビンは大理石のすり鉢の中で、茎や葉をすりつぶしてこしょうのような強烈なにおいのするどろりとした液体をつくり、さっき巻いた包帯を取ると、足をさわってからその塗り薬を傷めた部分に塗った。それから、消毒して細長く切った布を下さいと言って、上からしっかりと巻いた。

「もし、神がお望みなら、明日には歩けるでしょう。明日も来ます。三日間は、毎日包帯を替えなくてはなりませんから」

翌日彼が来てみると、ルドヴィンはすっかりよくなっていた。彼女はアルビンの首にしがみついて言った。

「もう痛くありませんわ。奇跡です。ベッガでさえわからないんですって。昨日あなたが帰ってから、彼女が肩をすくめながら言ったんです。『私の薬のどれかをさらに塗ったら、効くどころか悪くなるかもしれないわ。明日まで待ってみましょう。でも、そんなにすぐに歩けるようになったら驚きものだわ』って」

アルビンは前日やったことを繰り返し、腫れが完全に引いていて足の痛みが消えていることを確認した。

ベッガはその処置を手伝いながら、いさぎよく負けをみとめて、少年を褒め称えた。そして、軟膏の成分を聞き出し、次に来るときにそのための材料を持ってくることを約束させるまでは彼を帰そうとしなかった。

この日以来、アルビンが修道院を訪れるたびに、ベッガはアルビンと植物の薬効についてあれこれと語り合った。彼女は、アルビンが若いのにとても知識を持っていることに驚いた。まだ一五歳だったのだ。アルビンは、そうした知識をガリア人の曾祖母であるオヌアヴァに教えてもらったのだといった。ベッガは修道院から外に出ることができなかったので、アルビンが森から植物を取ってくる役を申し出た。そしてかわりに、ベッガがいつも最新の医学知識を得るために読んでいる本の読み方を教えてほしいと頼んだ。それには、薬草や人間の体の一部などが図や絵で色鮮やかに描かれていた。

ベッガが少年の才能について熱心に修道院長のアグネスに話したので、院長はアルビンに読み書きの教育の機会を与えることを許可した。アルビンは数ヶ月の間に、ラテン語の読み書きを覚えてベッガを喜ばせた。教えたエルスイントも彼の素質を前にしてたいそう自慢に思い、アグネスに頼んでナンチルドからもギリシャ語の教育を受けさせてもらえるようにした。ベッガと、二人の教師の熱意におされて、院長はルボヴェールが反対したのにもかかわらずその許可を与えた。

二年がすぎる頃、若いガリア人の農夫は、高貴な身分の教師たちと同じくらいのレベルに達していた。二人のうち一人は、聖メダルドゥスの姪であり、もう一人はフランクの貴族軍人とオーベルジュの元老院議員の家系に属するガリア女性との間にできた娘だったのだ。その後、ベッガのお気に入りのこの天賦の才能とめざましい上達をみせる少年についていつも聞かされていたラドゴンドとフォルテュナットは、今はキルペリク王宮廷の主治医となったマリレイフの助言に従って彼をヨーロッパや東方の国々のもっと有能な医師たちの元で勉強を続けさせるために送り出した。

その頃には、アルビンは学ぶ楽しさでいっぱいで、横笛を吹くことすら忘れかけていた。

クリスマスの少し前に、フォルテュナットがアウストラシアでの長い旅を終えて戻ってきた。彼は、ブルンヒルド王妃と諸侯たちからサントクロワ修道院とポワチエの町に対する平和の確約と、ラドゴンドとアグネスに対しては今ある財産の保証を取り付けてきた。フォルテュナットにふさわしい祝宴が開かれ、ところせましと料理が並べられたテーブルのまわりで食いしん坊の詩人は子どものように喜んだ。

「やあ、家に帰ってくるのはいいことだ」

再び友人を迎えることができたラドゴンドとアグネスもたいそう喜んだ。彼女たちは旅行中にどんなことが繰り広げられたかも、細かく知りたがった。毎晩のように、フォルテュナットは旅の話をして聞かせた。ある日、ラドゴンドは彼に尋ねた。

「そういえば、私たちのヴァンダの近くで見つかった紙切れがどこから来たのか、何かわからなかった?」

「数多くの言語の文献に精通したギリシャ人の博識な著作家が、いくつかの文字を知っていた。どうやら、彼が思うにヴィステュルの先にある国からきたものらしい。羊皮紙の写しを取っていった。解読できたらすぐに送ってくれるそうだ。それより、そのおもしろい像についてよく知っていたんだ。あれは四つの顔を持つ神、スヴェントヴィットだそうだ。白い馬や聖なる馬を崇める儀式とつながりがあって、あれは奴隷の民が崇める王の神だ。ほかにも、幾人か神がいて、さんさんと輝いている太陽神のジャリロ、再生するために水に沈む太陽神のイヴァン・クパロ、火の神スヴァログ、家畜の守護神ヴァロス、雨と湿った大地の神モコス、その仲間のヴォジャノフ、こいつは川のそこに潜んでいて、水の精オンディーヌやセイレンのようすをうかがっているそうだ……」

「まあ、そうだわ」と王妃が言った。「思い出した！　美しいルサルカという神もいたわ。森の番人レッシも……意地の悪いヴォジャノフは私も兄たちもこわかった。それから、羽の生えた犬のスイマルグルというのがいて、聞き分けのない子どもを連れて行ってしまうの。父の捕虜だったマレルカが、私たちが大好きだったんだけど、彼女の国の話をしてくれたのよ。お話といっても、彼女はとても真剣に話してくれた。私たちも子どもだったから、信じていたわ。彼女はスラブかアントの出身だった。彼女は神たちの上にたつ、最高の神を信じていた。全世界の主であり、恐ろしい神で、その名を呼ぶことができないといっていたわ。だから、剣で象徴されていた。夜眠っている間は、配下の女神であるキキモラがその神の仕事を手伝っているんだって信じていたっけ」

ラドゴンドは、静かに物思いにふけった。暗い森の国ですごした子ども時代の思い出のためにその顔は生き生きとしていた。アグネスとフォルテュナットは感動した様子で、彼女の夢想をじゃましないように、じっと見ていた。

「ヴァンダはそれでは、スラブ人なのでしょう。高貴で、勇敢なのに、あまり良く知られていない人たちです。かなりの人たちが聖なる宣教者たちの言葉にふれて洗礼を受けていると思うわ。私たちにヴァンダを与えてくれたその民を祝福してくださるよう、神に祈りましょう」

第4章　五八〇年　ガリア全土の疫病と天変地異、フレデゴンドの罪

その年はガリア全土にわたって天変地異が起きた。大洪水がオーヴェルニュ地方を襲ったのだ。ポワチエとトゥーレーヌでは一二日間雨が降り続き、水浸しになった土地に種をまくことができなかった。川という川が氾濫し、町に恐ろしい災禍を引き起こした。リヨンの城壁は崩れ落ち、家畜はすべて水に流されて死んでしまい、人とて例外ではなくいくつもの死体が川の中を漂っていた。財産を失ったものたちは大挙して町に助けを求めにやってきた。サントクロワ修道院でも、院長の命令で不幸な人々に毎日のように温かいスープとパンを分け与えた。ベッガがこんなにたくさんの病人をかかえたことはかつてなかった。しかし、彼女の薬は空腹や濡れそぼって寒さに苦しんでいる人々にはそれほど効果はない。ラドゴンドは、修道院のたくわえを引き出し、結婚の贈り物として夫であるクロタール王から受け取った金の皿をポワチエのユダヤ人商人に買い取ってもらうようにと命じた。かわりに得たお金で、もっとも貧しいものたちのために暖かい衣服と靴を買ってこさせた。雨がようやく上が

り、草がふたたび生え始めたのは、もう九月に入った頃だった。

トゥーレーヌでは数々の不思議なことが起きた。ある朝、日もまだ明けぬ頃、火の塊が空をよこぎり、ルヴァン地方へと飛んでいくのを見た者がいた。またある者は木が倒れるような音を聞いたが、それが木の音とは信じられなかった。なぜならその音は直径一五マイルほどの円の全域で聞こえたからだ。この年は、ひどい地震がボルドーの町を襲った年でもあった。その揺れは近隣の町やヒスパニアにまで及んだ。ピレネーの山中では大きな岩が転がり落ちて、人や家畜をおしつぶした。魔法をかけられたように火の手があがり、多くの町が焼かれた。家々も納屋も火の気のないようなところから燃え上がり、まるで神の意思があるかのようだった。オルレアンの町はほとんど焼け落ち、財産のあるものたちも火事ですべてを失った。もしいくらか手元に残ったとしても、泥棒たちがそれを奪った。ブールジュの町は雹によって大変な被害を受けた。シャルトルでは司祭がパンを千切っていた時に血が流れた。こうしたあらゆる天変地異につづいてやってきたのは疫病だった。赤痢がガリアのほぼ全土に蔓延したのだ。これにかかったものは、高熱と腰や頭の痛みに苦しみ、嘔吐や下痢をくりかえした……なにかの中毒だとうわさするものが多かった。ロムルフはこれは心臓に膿がたまっているからだと言った。しかしベッガには信じられなかった。なぜなら、彼女が患者の肩や足に血を抜くための吸い玉を当て、そのためにできた水泡がやぶれると、そこから腐った汁が流れたのだが、それで多くの患者が命をとりとめたからだ。

伝染病は修道院にも魔の手を伸ばしてきた。一番若い修道女の中のふたりがひどく苦しみながら死んだ。しかし、ベッガは毒に抵抗できる薬草のジュースを作り、それ以上の流行をなんとかくいとめた。

八月ごろから流行りだしたこの病気は、とりわけ子どもに襲いかかり、ヴァンダとクロディエルドも患ったが、助かった。キルペリク王も病に倒れた。彼が回復するとすぐ、今度は一番若い王子がこの伝染病にかかった。彼はまだ洗礼を受けていなかったので、死に瀕していると見られると洗礼が授けられた。王子はやや持ち直したかに見えたが、そのときには彼の兄であるクロドベルトに病魔が忍び寄った。彼らの母である王妃フレデゴンドは悲しみに打ちひしがれ、悔い改めの心を取り戻し、王に向かっていった。

「神は私たちの悪行をこれ以上お許しにならないのです。私たちを懲らしめるために、息子たちを奪おうとしているわ。貧しいものたちのために私たちの富を放棄し、税の台帳を焼き捨て、あなたの父であるクロタール王が決めた以上のものを取ることをやめましょう」

王妃は顔をかきむしり、胸を打った。彼女の命令で、町の台帳が運ばれてきて、すべて焼かれた。

「私の言っていることが聞こえないのですか」と彼女は王に言った。「こうするのです。あなたもやってください。私たちのかわいい幼子の命を奪われないように、永劫の罪をなんとか避けるために、やるのです」

王もすべての台帳を焼き捨てた。その間に、人を遣わして、増税をやめさせるようにといった。しかし、末の息子のチエリーはひどく苦しんだ末に死んだ。

悲しみに打ちひしがれた両親は、その遺体をブレーヌの宮殿からパリまで運び、サンドニの教会に葬らせた。一方、長子のクロドベルトを担架にのせ、ソワッソンの聖メダリウス教会まで連れて行った。そして、聖人の像の前にひざまずき、息子の回復を願った。しかし、夜の間に、クロドベルトは疲労と苦しみのために息を引き取った。彼は、殉教者聖クレパン・クレピニアン修道院の中に埋葬された。大勢の人々が、涙を流し、喪服をつけ、まるで自分の大切な親を亡くしたかのように悲嘆にくれながら葬列に加わった。キルペリク王は、教会や貧しい者たちに多額の喜捨をした。

息子たちの死後、一〇月になると、フレデゴンドとキルペリクは悲しみをかかえながら、キュイズの森に居を移した。王妃は、義理の息子クロヴィスをブレーヌの宮殿に遣わしたが、そこにはクロヴィスも兄弟たちと同様あの病気にかかって死んでくれたらという、恐ろしい期待があったのだ。ところが、あいかわらず疫病は猛威を振るっていたにもかかわらず、クロヴィスは無事だった。やがて、王はパリの近くのシェルに移り、そこに息子を呼び戻した。思慮深さにかけるこの若者は、縁者たちにためらうこともなく言って回った。

「兄弟たちはみんな死んだ。この国は俺のものだ」

彼がフレデゴンドに対して放った侮辱の言葉は、王妃の耳にも入った。王妃は怒りと恐怖にとらわれた。子どもたちを失ったことでひどく悲しんでいたので、そのまま聞き流していたかもしれなかったところに、あるものがやって来てこう言った。

「ご子息をこんな形で失われたのは、クロヴィスの仕業です。あなたの侍女の娘と関係を持ち、母親をそそのかしてのろいを使ってご子息を殺させたのです。このままではあなたの運命も先行き不安ですぞ」

王妃は激怒して、クロヴィスが目をかけているというその娘を捕らえさせ、衣服をはいで、ひどく鞭を打たせた。また、不義を犯した女に対するように、髪を切り落とせと命じた。切り落とされた豊かな長い髪の毛は、クロヴィスの館の前に打たれた杭にかけられた。娘の母親も拷問を受け、苦しさのあまり、フレデゴンドが望んだとおりのことを白状した。王妃は王のところに行き、これまでわかったことをすべて話し、さらに王自身の命も危険にさらされていたのですと付け加えて、クロヴィスに見せしめの罰を与えるようにせまった。

怒りにわれを忘れた王キルペリクは、息子に事情を聞くこともせず、シェルの近くの森に信頼できる重臣たちだけを伴って狩に出かけた。その中には、ディディエ侯とボボン侯もいた。そこで、軽い食事をとるために休憩を取ると、王はクロヴィスに使いを出して、内々の話があるから、一人でこちらに来るようにと命令した。若者は、おそらく自分に対して出されている訴追への申し開きを父親の前でできると信じたのだろう。まったく警戒することもなく、待ち合わせの場所に一人でおもむいた。クロヴィスがやってくると、キルペリクはディディエとボボンに彼を捕らえるように命じた。彼らは王子の手をしばり、武器をとりあげ衣装をぬがせると粗末な服を着せて、王妃の前にひきだした。

フレデゴンドは、三日間、クロヴィスを責め続けて彼にかけられている嫌疑について白状させようとした。しかし、彼は何も認めなかった。うんざりした王妃は、鎖につながれたままのクロヴィスをマルヌの近くのノワジーにある王の館に移すように命令した。そこにつくとすぐに、彼は殺された。遺体には暗殺者が使ったナイフがのこされたままで、宮廷の礼拝堂の近くの穴に埋められた。

同じ頃、フレデゴンドの使者が、王の元に行き、彼の息子は、その罪の重さに耐えかねて恐怖と絶望から自殺をしたと報告した。そして自殺の証拠に、彼が使った武器が、まだ傷口にささったままだと証言した。キルペリクはこの言葉にだまされ、疑うことも、調査させることもなかった。嘆いてもらうには犯した罪が大きすぎると考えた王は、埋葬についても何の命令も出さなかった。不幸な王子に死んでもなお追い討ちをかけるように、フレデゴンドは遺体を掘り返させるとマルヌ川に放り投げさせた。遺体は流れを漂ううちに、一人の漁師の網に引っかかり、引き上げられた。長い髪をしているその姿から王子だとわかったため、漁師はその遺体を持って帰って埋葬し、それとわかるように芝で覆った。仕事を全部終えると、そのことについては誰にも話さなかった。

フレデゴンドの常軌を逸した怒りはこれだけではおさまらなかった。彼女はある修道院に暗殺者を送り込んだ。そこには、一五年前からクロヴィスの母親であるアウドヴェルがその娘バシナとともに幽閉されていたのである。母親である王妃は娘の目の前で無残に殺され、娘も連れ出されて凶暴なフレデゴンドの前に引き出された。アウドヴェルがキルペリクから受け取った離婚の慰謝料としての財産もすべてフレデゴンドのものになった。

拷問を受けてクロヴィスの罪と自分の罪を告白した女は生きながらの火あぶりの刑に処せられた。女は刑場で、あれは全部うそだったと言い続けたが、キルペリクは気が抜けたようにまるで関心をしめさず、炎がその女の言葉を飲み込んでいくのを見つめていた。火が消えた後も長い間、王は女ではなく、不吉なけむりが夕闇迫る空に立ち上っていくのを眺めていた。まるで石になったかのように、身動きもせずに。居並ぶ侯も、伯も、王妃でさえも、王の異様な物思いの様子に声をかけることができなかった。長い沈黙と、動かなくなった死者を前にして言いようのない恐怖におそわれ、みな、離れたところにとどまっていたのである。恐怖を打ち消すかのように、王妃が前に進み出て夫の肩に手をかけて言った。

「さあ、行きましょう、あなた。日が暮れたし、冷えますわ」

愛情と憎しみのこめられた声に、王は身震いし、椅子からのろのろと立ち上がると、妻の後をゆっくりと、ためらいながら追った。

重臣たちはお辞儀をして、王を見送った。

第5章　五八〇年　バシナ来る

「うそでしょう……そんなこと、ありえないわ……あの人が悪いことは何でもやってきたことは知っています、でも、そんな。こんな恐ろしいことまでするなんて……いいえ主は決してお許しにならないわ、フォルテュナット」

ラドゴンドはがくりと膝を折り、手で顔を覆い、身を震わせた。アグネスがその頭を支えると同時にラドゴンドは一気に吐き始めた。プラシディが唇や汚れた袖をぬぐう。彼女の顔は涙にぬれ、頬にそのあとが細く、くっきりと付いていた。呼ばれてやってきたマルコネフが鎮静効果のある飲み物をのませると、ようやく吐き気がおさまり、ぐったりとしたラドゴンドはプラシディとマルコネフに支えられ、自室へと連れて行かれた。

彼女が去ったあと、長い沈黙があった。アグネスもフォルテュナットも悲しみに茫然として目をあわせようとしなかった。せきばらいにようやく顔を上げた二人は、このおぞましい知らせを持ってきた男を見つめた。

「フォルテュナット、私も王妃と同じです。この男が私たちに話したことを信じられないわ」

「残念だけど、彼のいったことは真実ね。このかわいそうな子はひどい状態よ」

ベッガがその子のそばについて、手当てをしようとしていた。

「フレデゴンドは悪意とうそでこの子の母親である王妃アウドヴェルを離縁させ、かわいそうな彼女の息子たち、メロヴェとそして今回はクロヴィスを死に追いやった、それだけで十分じゃないの。そのうえ、あの優美でやさしい王妃ガルスヴィントを、ブルンヒルドの姉を、非道にも殺させたんじゃなかったかしら。それなのにアウドヴェルを修道院に閉じ込めただけでは、あの怪物は満足できなかったの？　残酷な暗殺者に彼女を殺させて。いいえ、それだけじゃない、夫の子どもたちを憎むあまりに邪悪な想像ばかり膨らませ、殺すよりも残酷なことを思いつくなんて……王妃の娘を使用人や奴隷や血に飢えた異教徒たちに乱暴させるなんて……あの女の命令で、それもあの女やキルペリク王の、父親の前でよ、フォルテュナット、贅沢と酒にまみれたその目の前で、悪党たちは何度もバシナを犯したのよ！　バシナは王の娘なのよ！　汚されて……バシナはまだ子どもなのに……一二歳なのよ、フォルテュナット！　一二歳よ！　神がこんな罪をお許しになるはずがないわ」

嗚咽で声が出なくなり、アグネスは泣き崩れた。フォルテュナットもひどくショックを受けていたので悲しむアグネスをそのままにさせ、使者に手招きをした。

「なぜ、キルペリク王の娘をここに、ポワチエの、ラドゴンド王妃の修道院に連れてきたのだ？」

男は、しゃがれた声で答えた。ぼさぼさ頭のその大男は、おぞましい話をしている間にも何度も自分の感情をみせていた。

「王の命令です。王はこう仰せでした。『われらの聖なる姻戚である王妃ラドゴンドのもとへ、わが娘バシナを連れてゆけ。このものはいやしい従者とふしだらな行為にふけっていたので、王妃フレデゴンドと私が取り押さえたのである。このような不品行により、しかたなくわが娘を王家から追放し、われらにとってはもう死んだものとみなすことにした。修道院の暗闇だけがこの子の罪を隠してくれるだろう。王家の姻戚が温かく迎え入れ修道院生活の中で育ててくれることを望んでいる』」

アグネスとフォルテュナットはその白々しい言葉を聞いて呆れ、何も答えられなかった。男は付け加えた。

「フレデゴンド王妃の命令で、バシナ様は白い絹の衣服をぬがされ、髪を切り落とされました。薄ら笑いをうかべながら、されるがままになっているのを見て、私は背筋がぞっといたしました。私は自分のマントでバシナ様をくるみ、牛車にのせ、二頭の牛に引かせました。王の館を出て一〇日になります。ここ六日間は何も口にされなくなり、ただ、水と少しのヤギの乳だけを飲まれているだけです。何も話さず、ただ笑い続けておられます。おいたわしいやら、恐ろしいやら」

「お前は私たちに、王妃にしてみれば、知られたくないようなことも話してくれたが、なぜだね？」

使者はやれやれといった感じでフォルテュナットの目を覗き込んだ。

「修道士様、あなたは俗人でないからわからないかもしれないが、私にもバシナ様と同じ年の娘がおります……」

アグネスが、涙でぐしゃぐしゃになった顔を上げ、よろよろと起き上がってキルペリク王の使者を祝福した。

「よいことをしてくれました。こちらへきて、この指輪を受け取ってください。あなたとあなたの娘のために祈りましょう。王の元へ帰ったら、私たちが彼のかわいそうな娘を預かったと伝えてください」


バシナはそれからも長い間、空ろな表情で何も話さず、食べるものもヴァンダの手からしか受け取らなかった。ヴァンダは五歳で、バシナを楽しませようと一生懸命だった。新しい友達のブロンドの短い巻き毛にマーガレットやココリコや麦の穂を挿して飾ったり、オオカミのアヴァと一緒にかけっこをさせたり、彼女のベッドにはいってきてたくさんの話を、ラドゴンドやロムルフに聞いた話もまぜながらした。ヴァンダはまだ小さいのに、バシナの不幸がわかるのね、とまわりはうわさした。ある日、アヴァと遊んでいて、首にまつわりつかれたときにこの若い王女が笑い声を上げた。そのとき以来、バシナの態度は普通の女の子らしくなってきた。彼女は修練女たちと一緒に食事を取り、音楽や詩の授業をうけ、いとこのクロディエルドとも仲良くなり、夜中に熱にうなされたり痙攣を起こしたりすることも少なくなった。

第6章　五八二年　ヴァンダとオオカミのアヴァがいなくなる

サントクロワの修道院の中は大騒ぎになっていた。修道女たち、使用人や奴隷たち、バシナ、クロディエルド、ウリオン、院長、そしてフォルテュナットまでが、建物の中を走り回りながら、鐘楼から小さな茂み、礼拝堂、鳥小屋、門、庭のあちらこちらをヴァンダの名を呼んで探し回った。前日からヴァンダとオオカミのアヴァがいなくなったのだ。ちゃんとしつけられた犬よりもおとなしくやさしいあのアヴァとヴァンダが。

その数日前から、毎年冬になるとポワチエの城壁の周りをうろついていた大きな体の雌オオカミの姿を見たものがいた。腕のいい猟師たちが射殺しようとしたが、オオカミは森の中を探すことにかけての天才である彼らの目の前から忽然と消えた。

「悪魔にだまされたようだ」と農民たちは十字を切りながら言った。

その同じ晩、アヴァはじっとしていなくて、近づくものたちに牙をむき出していた。ヴァンダがやさしくなだめても、気もそぞろという感じだった。

呼び出されたロムルフが、捜索隊を組織した。彼は城壁を見下ろすローマ風の塔の近くで、ヴァンダたちの足跡を見つけた。クラン川の河岸に面している門が開いていた。クロドシンドは自分が持っている鍵束から鍵がひとつなくなっていることに気づいた。それが塔の鍵だった。彼女はどうしてそれがなくなったのか、自分でもわからなかった。鍵束は肌身離さず持っていたし、鍵はしっかりと鍵束についていたからだ。誰かがウリオンを問い詰めた。彼は手術以来、ヴァンダに影のように寄り添っていたからだ。ウリオンはすすり泣きながら、ヴァンダに頼まれて鍵を盗み取ったことを白状した。

「アヴァのせいです。あのおおきなオオカミが来ると、アヴァが悲しそうに啼いているのをみてヴァンダがかわいそうに思って。ヴァンダは、アヴァに、一緒にお母さんに会いに行こうねって約束したんです。それで、グロドシンドが寝ている間に私が鍵をとりました」

「どうしてお前も一緒に行かなかったの」

「ああ、院長様、私はヴァンダのためなら命も捧げます。でも、オオカミは……すごくこわくて……ヴァンダには、勇気がないって、私とならこわくないのよ、私はオオカミたちの主人なんだからって、叩かれました……」

ロムルフは少女の格好をしている哀れなウリオンを殴りたい気持ちをぐっとこらえた。

「ご主人様、ご主人様、見てください」

ロムルフの下僕のウルススだ。城壁の外にたくさんのオオカミたちの足跡に混じっているちいさな足跡を見つけたのだった。

オオヤマネコの厚い毛皮のマントをきていたにもかかわらず、ヴァンダは凍えそうだった。アヴァをつかまえて、なんとか引きとめようとしていた。二人の前には、再び冬の狩のために集まった群れが立ち止まっていた。先頭に立っていたのは、大きな体をした雌オオカミである。彼女はヴァンダの前に来るとしばらくにおいをかいでいたが、それから嬉しそうな唸り声を上げながらヴァンダの顔をなめ始めた。ヴァンダは笑いながらされるがままになって、鼻面を抱え込んだり、育ての親の耳をひっぱったりした。長い体毛がすっかり白くなった母オオカミは、ヴァンダの足元にねっころがった。ヴァンダはその背中にのっかると、母オオカミのくびにしっかりとしがみついた。母オオカミは体を起こしてヴァンダを落とさないように気をつけながらゆっくりと歩き始めた。ヴァンダが目を覚ますと洞穴の奥の、枯葉の敷き詰められた上に寝ていた。おなかがすいていた。体を起こし、あたりを探すと、ポケットにひとかけらのパンを見つけたので、それをアヴァと分け合った。母オオカミがヴァンダの前に狩の獲物を持ってきた。まだぴくぴく動いている子ウサギだった。ヴァンダは仲間たちが小柄な雌ジカをむさぼるように食べているのをじっとみた。少し吐き気がしたが、子ウサギをなんとか裂こうとしてみた。でも、まだあたたかい毛がほんの少し抜けただけだった。アヴァが手伝いにやって来て、小さな体を裂くと血が滴る肉をヴァンダに差し出した。とても生の肉をかめそうになかったので、少しだけなめてみた。修道院の美味しい料理とは雲泥の差だ。生暖かさや獣の体臭や血の臭い、それに糞の臭いに頭がくらくらしてきた。そこで母オオカミの腹の下にもぐりこみ、すぐにあの、もう何年も前にヴァンダを育ててくれたやわらかい乳房をさがしあてた。オオカミと人間の子は昔のように足と手をかけあった。

ラドゴンドの要請に応じて、ポワチエ伯の兵士たちが捜索隊に加わった。三日間、どんな小さな茂みや木の陰もくまなく探された。伯の兵士たちは連日、遅くまで捜索したが、群れの足跡はみつからず、ただオオカミたちの狩の跡がわずかにあるだけだった。ヴァンダについてはまったく手がかりはなかった。彼らは戻ってくると、王妃や修道院長やロムルフが同席しているところで伯に報告をした。

「子どもはオオカミたちに食われてしまったと思われます」

ロムルフは苛立ちながら詰め寄った。

「いや、そんなことはありえない。アヴァが一緒なんだ。ヴァンダに危険はない。この人たちは探し方が悪いんです。兵士だし、農民じゃないし、それに北の地方から来ているからわれわれの森を知らない。私たちガリア人が知っているほどにはね。どうか王妃様、私にご加護を。私がわが娘を連れて帰ります」

ナイフと投石器に加えて、狩用の弓矢をもって、ロムルフは出発した。彼は、六年以上いつも来ている道をたどった。凍りつくような夜が明け、新しい日の光に照らされた霧氷の木々はこの世のものとは思えない。降り積もった雪ですべての音がかき消される。そこにも、ここにも、鳥や野ウサギが残した優雅な足跡があった。しかし、オオカミの足跡はおろか、狐のものさえも見つからなかった。ロムルフはそんなことでくじけなかった。どこへ行くべきなのかわかっていたのだ。

時が戻ったかのように、彼は静まり返った森の中に子どもの笑い声を聞いた。喜びがこみ上げてくる。間違いない、この笑い声はヴァンダのものだ、と確信した。彼は立ち止まった。かつてのように、目の前の光景に彼は震えた。いまや大きくなったあの幼子がオオカミとじゃれているのを見るのは前よりずっと奇妙なものだった。

最初にロムルフの存在に気づいたのは、アヴァだった。アヴァがうなると、仲間のオオカミたちが警戒し始めた。遊ぶのをやめ、オオカミたちは母オオカミの周りに集まり始めた。自分は命令していないのに急に遊びが終わったのに驚いたヴァンダも彼らの視線の先を見た。

「ロムルフ……」

彼女は笑いながら走り出し、あまりあわてたので雪の中で転んだ。そして、自分に差し出された両手の中に飛び込んだ。

「ロムルフ、会えてうれしい。退屈しかけていたの。おなかもすいちゃったし、生の肉はあんまり好きじゃないもの」

「ヴァンダ、どうして飛び出したんだ。心配で生きた心地がしなかったぞ」

ヴァンダが飛び出したときには動かなかった群れが、ゆっくりと歩き始めて、二人の周りを取り囲んだ。ロムルフはヴァンダを下ろすと、弓を前に回して矢筒から矢を一本とりだした。

「だめ、ロムルフ、あの子達を傷つけないで。私の友達よ。アヴァ、こっちに来て」

アヴァは気乗りしなさそうに、臭いをかぐように頭を低くして近づいてきた。ヴァンダのそばに来ると、頭をヴァンダの肩に乗せた。ヴァンダはその頭を抱えていった。

「おまえが兄弟たちのところに行って、ロムルフは彼らの友達で私のお父さんだから、殺したりしないでほしいって言うのよ」

アヴァはヴァンダの言葉がわかったようで、母親のところに戻っていった。同じ乳を飲んだ姉妹のヴァンダの言葉を伝えたようだ。そう、ロムルフは思った。母オオカミはうなずいた。かつてわが子をさらっていったこの男をこのまま生かしておくべきか？　そんな風にほかのオオカミたちが迫ってきた。アヴァがまだ説得している。突然、母オオカミはアヴァを突き飛ばすように押しのけるとロムルフが動くまもなく彼の前にやってきた。獣はじろじろと彼をながめ、彼の周りを回りながら臭いをかいだ。それから、行きつ戻りつしながら群れのほうに戻った。次に母オオカミがこんどはゆっくりとヴァンダとロムルフとアヴァがじっとよりそっているところに近づくと、群れもついてきた。一匹、また一匹とオオカミたちはロムルフの臭いをかぎ、数歩遠巻きにしたところで雪の中にしゃがんだ。いまや、どこにいようと、このガリア人はオオカミたちに認められたのである。

ヴァンダは母オオカミを抱きしめ、鼻面をかかえこんだ。ロムルフはとにかくできるだけ早くここから立ち去りたいと願うばかりだった。彼は長身をかがめて娘の耳元にささやいた。何を言っているのかオオカミたちに聞きつけられたら面倒だ。

「さあ、帰らなくては。王妃様が心配のあまり死んでしまう」

ヴァンダは母オオカミに近づくともう一度体をこすりつけながら小さな声で言った。

「かあさん、いかなくちゃ。また来るわね……」

それ以上言葉にならず、すすり泣きにかわった。ロムルフはオオカミが動かないうちにヴァンダの手をとった。オオカミは動かずに子どもを見送った。アヴァは気が違ったかのように小さく鳴きながらロムルフと母オオカミの間を行ったりきたり走り回った。母オオカミがうなり声を上げた。するとアヴァは一瞬戸惑ったがロムルフの後を追って歩き出した。彼らの姿は森の深い闇に消えた。

オオカミたちは獲物を探すために、森の中に散り散りになった。母オオカミだけがそこに残り、ヴァンダと息子のオオカミが去っていった方向を眺めていた。

夜になっても、母オオカミはずっと同じ場所にいた。

ヴァンダが見つかった嬉しさで誰も彼女を叱ろうとしなかったことをルボヴェールは不満に思っていた。彼女はヴァンダのしたことは懲罰室入りにふさわしいことだし、もし罰を与えておかなければいい修道女にはなれないでしょうと言ったのだ。

「この子は修道女にはなりません」ラドゴンドが言った。

この言葉は修道院の中に漠然とした疑いを広めた。拾われて王妃の養女になった子が、たしかに王族の姫かもしれないが出自もわからず両親もいないような子が、神の僕として捧げられること以上の栄誉を期待できるのだろうか?

「いいえ、アグネス、この子は修道院のために生まれたのではありません。この子は自由な存在よ。気性とは正反対の規則に従うことなどできない。いい修道女にはなれないわ、よいキリスト者にはなれるでしょうけれどね」

ヴァンダの冒険は、ルボヴェールや何人かの修道女たちにとっては不信感を増す結果になった。修練女たちもこわごわとヴァンダを見るようになり、バシナやクロディエルドでさえ距離を置き始めた。ヴァンダはひとりぼっちになり、共同体の中で孤立した。修道院長が戒めたり王妃がみなに落ち着くように言葉をかけたが無駄だった。かつて以上に、ヴァンダはオオカミの子とみなされるようになっていった。多くの者にとってそれが確固たるものになったのはアルビの司教サルヴィの姪であるディスチオラが幻視を見た時だ。——彼女はバシナ、クロディエルド、ヴァンダと一緒に修道院の庭を散歩していた。そこで、四人は笑ったり叫んだりしながらボール遊びをしていたのだが、そのとき突然、茫然としたディスチオラの目の前でバシナとクロディエルドが黒いオオカミの姿になり、口からよだれをたらし牙をむき出しながら罵り合ったのだ。ヴァンダは彼女たちの周りを手を叩きながら嬉しくてしょうがないように走り回っていた。彼女はゆっくりとディスチオラのほうへ近づくと言った。

「私がやったのよ。あなたもオオカミかほかの動物に変えたいけれど、でもしないわ。だってあなたはもうすぐ死ぬんですもの。神なる主があなたを愛し待ち望んでいらっしゃるから」

こういい終わると、ヴァンダが今度は巨大な白いオオカミに変身した。その体からはまばゆいばかりの光に包まれた。

「さあ」彼女は黒いオオカミたちに言った。

オオカミたちは身を躍らせて、ディスチオラを引き裂いた。

アグネスは若い修道女の叫び声を聞いて飛んできた。ディスチオラの言うことが支離滅裂なので、彼女はベッガを呼びにいかせた。ベッガはたぶん強い感情の高まりによる熱だと診断し、絶対安静にして目を離さないようにと進言した。若い娘たちが交代で付き添ったが、ほどなく絶望的だということを知った。ある日、九時課に近い頃、彼女は付き添っていた修道女たちに言った。

「体が軽く感じるわ。もう苦しくない。もう心配してくれなくても大丈夫だから、どうか一人でゆっくりと寝かせてくださいな」

彼女の願いを聞き入れて、修道女たちは瀕死の病人を残して部屋から立ち去った。しばらくして、その最後の言葉を聞こうと、さらに大勢の修道女たちが戻ってきた。

ディスチオラは両手を上に伸ばして、誰かわからないものに祝福を願っていた。

「私に祝福を、いと高き神の使いよ。ほら、今日はほんとうに三回も私のためにあなたを煩わせてしまいましたね。なぜ小さき病人の私にこんなに侮辱を何度もおあたえになるのですか、聖者様」

みなは誰に向かって話しているのか知ろうと尋ねたが、彼女は答えなかった。それからすぐに、彼女は大きな声で叫んで、息絶えた。

同じ頃、一人の狂人が悪魔祓いをしてもらうために十字架の聖遺物のところにやってきた。その男は地面に倒れこみ髪を引き抜きながら叫んだ。

「ああ、ああ、こんなひどい損失をうけるなんて、われわれにわざわいを！」

その場にいた者たちが彼に何のことだと尋ねると、彼は答えた。

「少女の魂を天使ミカエルが引き上げて、そのまま天の国に一緒に帰っていった。だから悪魔にはその魂の分け前はない」

ディスチオラの、雪のように白く輝く体が洗われた。白い死装束と見分けが付かないほどだった。この頃、多くの修練女たちや修道女たちが幻視をみた。

その中の一人、修道女のヴェネランドが院長に語った。

「私は旅をしていました。私の願いは命の水のわく泉にたどり着くことでした。道がわからなかったとき、一人の男が私の道筋に現れて言ったのです『あなたが苦労して訪ね歩いている命の泉はそこだ！　さあ、その流れでのどの渇きを癒すがよい。その泉があなたにとって永遠にこんこんと湧き出る命の泉となるように』私がその水を飲み干すと、院長様が来るのが見えました。院長様は私の衣服を脱がせて、王の衣服を着せてくれました。想像できないようなまばゆい金や宝石で輝いた服でした。そして院長様が私にこう言われました。『贈り物をあなたに送ってくれたのはあなたの夫ですよ』と」

幻視について話したあとに、修道女は院長にどうか引きこもるための個室をくださいと願い出た。部屋が完成するとアグネスが言った。

「さあ個室ができましたよ。今度はどうしたいのですか？」

そこで、彼女は共同体から離れて隠遁生活を送ることを許してくれるよう願った。アグネスは不承不承に受け入れた。修道女たちが集まり、聖歌が歌われ、ランプに火がともされた。ヴェネラドゴンドとアグネスは彼女の手を取って、個室まで連れて行った。それから、みなとお別れの言葉をかわし、ひとりひとりと抱き合ったのちヴェネランドは隠遁した。みんなは彼女の通った廊下を壁でふさいだ。この日以来、彼女は祈りと読書に専心し、壁に開けられた小さな穴から差し出される水とパンで生きた。

こうした神秘主義的な雰囲気の中で、ヴァンダは自分の殻に閉じこもるようになった。彼女は読書に没頭することで、口うるさいルボヴェールや、若い修練女たちの冷たい態度やとりわけバシナとクロディエルドの態度を忘れようとしていた。この二人のいとこはいつも一緒にいて、着るもののことしか考えていなかった。彼女たちは王妃に頼み込んで、簡素な修道服に刺繍入りの縁取りや大きく膨らんだ袖、それに、王族の一人であることを示す飾りの付いたベルトと金のバンドをつけることを許してもらっていた。彼女たちはほかの修練女たちを召使のように扱いちょっとした反対意見も許さなかった。ラドゴンドはヴァンダが喜ぶだろうと思い彼女にも金の刺繍の入った美しい縁飾りを与えた。が、ヴァンダはとても嬉しそうに受け取ったのにつけようとしなかった。王妃はびっくりして聞いた。

「ごめんなさい。お母様。でもお母様がつけていないのに、わたしがつけることはできません」

ラドゴンドは感動してヴァンダを抱きしめた。

「私はもうこうした世俗的な富から遠ざかっています。私の一番豪華な装飾品は神の恵みとその愛です。キリストの花嫁になったとき私はすべての飾り物を捨てました。でもあなたはこどもだし、こうした飾りをつけることは罪ではないのよ。あなたのそばで見つかったこの金のバンドをつけてもいいのですよ」

「でも、王妃様、私のものかどうかわからないのに!」

「あなたには二重に権利があります。あなたは私の娘でしょう?」

「拾われて養女になったのです」

「悲しまないで、かわいいヴァンダ。わが友フォルテュナットがあなたの血縁さがしをしてくれています。もし、どんな結果が出たとしても、あなたの本当の家族はここにいて、あなたを愛していることを忘れないで」

「わたしもあなたが大好き」

二人は、長い間、抱き合っていた。

「祈りの時間を告げる鐘だわ。行きましょう、私の分身ヴァンダ、行って神がその愛のうちに私たちを守ってくださるように祈りましょう」


ロムルフが訪ねてくるとヴァンダはとても喜んだ。二人は修道院の庭や森を何時間も散歩した。アヴァとウリオンも一緒だった。ウリオンは新しい環境になじんだようだった。背は高かったが日増しに娘らしくなっていて、顔つきも腕も腰も丸みを帯びてきた。ふるまいも女性的で、声まで女っぽくなった。修道院の中では、王妃と院長と医師のレオヴァルとマリレイフとベッガ以外はだれも彼が娘だと信じて疑わなかった。ヴァンダはというと、そんな疑問を感じたこともなかった。二人は一緒にいると母国の言葉で話した。何を話しているのか、それは二人の秘密だった。しかし、ウリオンと会話した後は、しばらく物思いにふけっていた。ウリオンが正しいラテン語をだんだんと話せるようになると、フォルテュナットはなんどもウリオンの祖国のことをいろいろと尋ねた。彼の返事はしどろもどろで、しかもウリオンの目の中に強い恐怖心があることにフォルテュナットは気づいていた。それはヴァンダの両親のことになるとさらに強くなるようだった。

「どうやら、あの子はそうとうに悲惨な殺戮の現場を見てしまったようだ。そのせいで頭の中にもやがかかっているんだろう」

そう思い、フォルテュナットはがっかりした。

第7章　五八四年　新たな疫病
ヴァンダ、ロムルフの家に滞在する

一月にバラの花がサントクロワの修道院の庭に咲き乱れ、太陽の周りには虹色の大きな環があらわれた。ブドウ畑は霜のために痛めつけられ、その後に続いた雷雨で全滅してしまった。霜を生き延びた作物も、長い日照りのために枯れはてた。神に不満を感じた農民たちはブドウ畑の柵を開け放して、あれこれ文句を言いながら家畜や運搬用の動物たちを中に引き入れた。

七月に林檎の実をつけたばかりの木々が、九月にはまた別の果物をつけ、家畜は大量に死んだ。大雨のために収穫がおちこんだからだ。ガリアの主だった町で疫病が大流行した。人々はひどく苦しみながら、死んでいった。修道院もその禍を免れなかった。ベッガや助手たちの献身的な手当ても及ばず、多くの修道女が死んだ。

回廊や庭や個室やさらに聖堂の中で、修道女たちはどろどろした黄ばんだ液体を吐きながら倒れこんでいった。首、わきの下、そけい部のところに醜い腫れ物ができて、それが破れるとひどい悪臭がたちこめた。ポワチエの町では死体を焼いて、流行を何とか食い止めようとした。

ラドゴンドは、若い修練女たちの命を心配して、彼らを親元へ送り返した。バシナとクロディエルドは彼女たちの叔父である善良なグントラム王のもとに旅立った。ヴァンダは、ロムルフの元に託された。ルドヴィンとアシアとウリオンも一緒についていった。こうして安堵したところで、王妃はそのすべての気遣いを大切な修道女たちへ向けることができた。

病気は、襲ってきたときと同じように、突然おさまった。病人や死者の枕元に毎晩のように付き添っていたために疲れ果てていたアグネスには休息が必要だった。そうしたことを思いはかって、修練女たちを呼び戻すのは数週間先送りすることになった。ロムルフと、アレクサンドリアから医師の称号を持って帰ってきたアルビンと一緒に過ごしたこの数ヶ月はヴァンダの少女時代の中でももっとも幸福な時間だった。彼女は長い白い上着を脱いで、短くて赤く染めたチュニックと取り替え、幅の広いベルトをしめ、むき出しの足に軽い皮の靴をはいた。すると、野原や森を走り回っても足が長い服に絡むことがなくて、自由な気分でうれしくなった。それに、壁にぶち当たることもない。修道院の庭や木々や野原も広大だったが、高い塀に囲まれた生活だった。時々、ヴァンダはアヴァやウリオンに手伝ってもらってその塀によじ登り、夢見るように外を眺めた。遠くまで広がる平原、きまぐれな線を描いているクラン川とボワーブル川の流れ、サンヒレールやモンチエヌフの池からは夏になると無数の虫がとびかい、冬には不気味なもやが立ち込める。小麦や大麦の畑には矢車草やココリコの花があちこちに生えていて、わずかな風にもそよいでいる。それから、サンキプリアン浅瀬の近くにはポワチエの人たちの大好物であるカキの養殖場があった。ヴァンダのいるところからは、町並み、遺跡や古代の異教徒の寺院やハドリアヌスの防塁、聖ヨハネ洗礼堂や巡礼者たちが訪れる聖ヒラリウスの館、追われている人が逃げ込むバジリカや古代の墓地、サントやリモージュ、トゥール へつながる舗装された大きな街道、白い断崖、ポワチエの町のまわりに帯状にひろがる、暗くて広大な森（そこには野生の動物たちが棲んでいて、その中には彼女の兄弟のオオカミたちもいるのだ）、そんなすべてを見晴らすことができた。

遠くからは入りこめないように見えた森を、今はガリア人の友人たちと一緒に、そしていつもアヴァやウリオンに付き従われて、ヴァンダは歩き回ることができる。森の木陰には小さな空き地や、サンザシの茂みやスズランやスミレやキンポウゲの花畑があった。森の住民たちは、獰猛な動物ばかりではなかった。雌ジカと子ジカはヴァンダと同じ泉でのどの渇きを潤し、ウサギはヴァンダが豊かな髪に飾るのと同じ花を食べていた。それに、ヤツガシラやナイチンゲールやコマドリはヴァンダがいてもおびえることはなかった。

アルビンと一緒に、朝早く薬草を摘みにでかけたり、ロムルフについていって、仕掛けたわなを確かめたりした。わなに野ウサギがかかったときは、奴隷のウルススがこしょう入りのソースで指をなめながら料理してくれた。ヴァンダはあっという間にロムルフと同じくらい石投げが上手になり、飛んでいる鳥も打ち落とした。アルビンは、彼女にザリガニのつり方や、素手や小さなモリを使ったマスのとり方を教えてくれた。東方から皇帝からラドゴンドへの贈り物として、彼は馬を何頭か連れてきていた。ヴァンダはすぐにみごとに馬を乗りこなした。ふたりはクラン川のすんだ水で水浴びをしたり、白い花が所々に咲いている川の藻の間を、流れに任せながら泳いだ。そしてきれいな乾いた砂の岸に上がると太陽の光で体を乾かした。時には腕を絡めて眠ってしまうこともあった。ヴァンダはどうしてアルビンがときどき彼女を押し戻してひとりで水を浴びに行ってしまうのか分からなかった。追いつくと背中に抱きついて、首や耳にかみつくのだった。アルビンは犬にかみつかれたイノシシのように振りほどこうとしたが、ヴァンダは決して離さなかった。

何度も、ヴァンダはロムルフの家を音もなく抜け出し、アヴァと一緒に、オオカミの群れを探しに森の中に入りこんだ。

或る、月も星も出ていない夜、長い間歩き回って疲れてしまいアヴァに寄り添って眠り込んでいたヴァンダは、やわらかくてざらざらした舌の生暖かい感触に目が覚めた。

空気のかすかな変化で、夜明けが近いことが分かった。時が一瞬止まっているかのようだ。夜の鳥は黙り込み、昼の鳥はまだ寝ている。夜明け前の静寂のひと時、臨終の床にいる人が息を引き取る時、大地がその息吹と香りを吸い込む時だ。あまりに静かだったのでヴァンダには自分の鼓動がきこえた。

彼女は身を起こしてアヴァを手探りで探したが、コケが指にさわるだけだった。座ってみると目の前に二つの瞳がほそくするどい輝きで自分をじっと見つめている。アヴァの目ではなかった。

ヴァンダは怖いとは思わなかったが、アヴァがいないことに、かすかな不安を感じた。立ち上がると、彼女を射止めている目のほうへ進んだ。

「おいで、こわがらないで、おいで、おいで」

伸ばした指に、舌がふれ、鼻面がヴァンダの首を探りまわした。うなり声。

「かあさん、かあさん」

暗がりの中でも、ヴァンダには育ての母親だということがはっきりわかった。彼女は探していたものをとうとう見つけた嬉しさで、オオカミを抱きしめた。

彼らが夜が明けるのを一緒に見ていると、アヴァが若い雌オオカミを連れて戻ってきた。彼はしおれた様子で連れを前に押しやりながら近寄ってきた。雌オオカミはヴァンダがなでようとするとうなり声を上げたが、軽く叩くとおとなしくなった。

「奥さんができたのね。アヴァ。もう私のそばにはいてくれないの？」

少女の目は涙でいっぱいになった。彼女はやさしく自分のオオカミを抱きしめた。すべてはものの定めだった。ずっと以前から、大人になったアヴァはメスを見つけるために離れていかなくてはならなかったのだ。ヴァンダへの愛情のためだけに、逃げようとしなかったのである。もう立派な大人になっているのに、やさしくなでてくれる人間しか知らないアヴァ。

「行くのよ、それがお前にとっていちばんいいの。また会いに来てくれるって約束して」

アヴァは二回頭を下げると、ゆっくりと新しい生活への道を目指して歩き始めた。雌オオカミが後を追った。

ヴァンダは母オオカミの毛皮に頭をうずめて、長い間泣いていた。ようやく涙が乾いた頃には日が高く昇っていた。母オオカミはロムルフの農場へ続く道のはずれまで一緒についてくると、ふたたびもとの道へ戻っていった。明け方からずっと、ロムルフとアルビンは心配でたまらなくて森のほうへヴァンダを探しに出かけていた。ウルススだけが家に残っていた。

「ご主人様たちが心配しています。おなかがすいたでしょう。こちらに来て、スープをお飲みください」

ヴァンダはスープの器を押し戻した。何も食べられそうになかった。そして年老いた菩提樹の木の下に横たわるとその花の香りが鼻に心地よくぐっすりと眠ってしまった。

「ご主人様、ご主人様、ヴァンダがもどってきました」

ロムルフとアルビンは少女を叱ろうとして菩提樹のところに駆け寄ってきた。しかし、彼女の頬に残る涙のあとを見ると叱るのはやめた。ロムルフは毛布を取ってきて、ヴァンダをくるんだ。

昼近くになって目が覚めると、ヴァンダはずっと彼女のそばについていたアルビンに微笑みかけた。アルビンが口を開こうとすると、彼の口に手を当てて言った。

「何も言わないで、アルビン、叱らないでね。私、お母さんに会えて嬉しくて、それからアヴァがいなくなってしまって悲しいの。アヴァには奥さんができたのよ。もう会えないわ」

「それは当たり前のことなんだよ。いつかお前だって、結婚してどこかへ行ってしまうんだ。たぶん、お前の国へね」

「いいえ、絶対行かないわ。アルビン。私は死ぬまでここにずっといるの。ウリオンが話してくれる私の国のことは知りたくない。あそこの神様は信用できないし、人々は残酷。私のお父さんを殺して、お母さんを追い出したんだもの」

「フォルテュナットは、お前はたぶんその国の王妃にあたるんだって言っていたよ」

「そんなこと、どうでもいいの。ラドゴンド様だって王妃であることを捨てたじゃない？もうどっかに行って、アルビン。私は一人になりたいの」

アルビンは物思いにふけりながら薬草の研究をしにもどった。


アヴァが去ってから、ヴァンダは以前にもまして自分から二人の兄弟と一緒にいるようになった。寒いために囲炉裏の周りから離れられない夜には、二人にガリアの古い昔話を何度も聞かせてほしいとねだった。

こうして、ヴァンダは農民の生活にリズムを与えている四季について学んだ。新鮮でみずみずしい色に包まれる春、ゆたかな金色の夏、高貴な装いの秋、真っ白な衣装をまとう冬。突然にやってくる五月のにわか雨。熱く激しい雷雨は地面をぐったりさせ、かすかなきつい香りがしみだしてくる。一一月のつめたいにわか雨は、上等の衣服を着ていても冷たく染みとおる。彼女は第二の祖国であるこのポワチエの土地にあるものすべてを愛していた。肥沃とはいえない大地、すばらしく青い空、穏やかな川の流れ、はねおどる小川に静まり返った沼地、そして小さな茂みも大きな森も。動物たちも家畜であれ、野生のものであれ愛していた。農民の生活も修道院の生活も、ポワチエの田園も町も、切りとおしの道をぶらぶら歩くこともランプの光の下で本を読むことも。また、馬に乗ることも礼拝堂で歌を歌うこともどちらも大好きだった。彼女のなかには二つの相反するものが同時にあった。ひとつは心穏やかにしてくれるものであり、もうひとつはわくわくするものだったからだ。

第8章　五八五年　キルペリク王の死
ヴァンダ、修道院に戻る

復活祭の数日前、ラドゴンドの使者がやってきて、ロムルフにヴァンダを修道院に連れてくるようにと要請した。王妃はブルグンドとネウストラシアの王の間で争いが再発したことを心配したのである。争いはその前年、一方の兄弟でありもう片方の叔父であるキルペリク王が死んだことに端を発していた。田畑は再び荒らされ、農夫たちは戦場へと狩り出され、女たちは乱暴されたり、さらわれたりしていた。ヴァンダはあまりうれしそうではなかったがふたたび修道服を着、ロムルフに別れを告げた。アルビンは東方から戻ってきたときに疫病のため王妃に会いに行っていなかったので、挨拶のため同行した。

雨が降っていたので、ラドゴンドはほろつきの牛車を送ってよこした。二頭の白い牛に引かれた牛車はヴァンダが王の一族であることを表していた。ヴァンダの頼みで、年老いた使者も牛車の中にのることになった。彼はわらの中で二人と向き合い、トゥールの司教が王妃に語ったとおりにキルペリク王が死んだときの様子を話して聞かせた。ルドヴィンとアシアとウリオンは随行者たちと一緒に後を追った。

キルペリク王の死の顛末とその後日談

パリの近くにあるシェルの森に夜の闇が訪れ、キルペリク王は数人の供を連れて狩りから戻り館に向かっていた。王が馬を止め、下僕に合図をした。すると下僕が走りよってきて馬の前に立った。王はその肩に手をかけて馬から下りようとしたが、そのとき突然一人の男が駆け寄って王を短剣で二回切りつけた。一太刀はわきの下に、もう一太刀は腹にささり、王は宮殿にたどり着く前に息絶えた。

暗殺を知るやいなや、サンリスの司教マヌルフが到着して王の体を清め香をたき、最上の衣装を着させた。彼は聖職者たち、王妃フレデゴンド、兵士と王の身の回りの世話をするものたちとともに、聖歌を歌いながら一夜を明かした。そして、翌朝、王の遺体を船に乗せ、セーヌ川をくだり、盛大な葬儀をとりおこないつつパリのサンバンサン大聖堂に埋葬した。一方、フレデゴンドは命の危険を感じていたので、持ち出した財宝とともにその教会に逃げ込んだ。そこで彼女を迎えたのは愛人とうわさされていた司教ラグヌモッドである。王の死後数ヶ月たつと、彼女は男の子を生み、クロタールと名づけた。司教の助言に従い、彼女はグントラム王に使者を送って、息子が統治できる年齢になるまでの間、後見人として王国の財産を管理してくれるようにと要請した。

グントラム王は軍隊を動かしてシャロンの町を出発し、パリに向かった。弟キルペリク王の息子を洗礼盤の上で迎え入れるためである。

彼がパリに着くや、甥であるキルデベルト王の使者がその主人の名において彼らにフレデゴンドを引き渡すように求めてきた。彼女が犯した、あるいはそそのかした多くの犯罪について裁判にかけるためである。とりわけその愛人の一人である侍従エベルルフをして夫を殺害させた容疑についてであった。グントラム王は弟の妻を引き渡すことは拒否したが、この犯罪の状況について調査をするように命じた。エベルルフに見放されたフレデゴンドは調査の結果を恐れて、愛人に夫殺しの罪とトゥーレーヌに莫大な財宝を持ち逃げした罪を着せて訴えた。哀れな男はトゥールのサンマルタン教会に逃げ込んだ。何度も略奪をした所だったからよく知っていたのである。そこで彼が逃げ出さないようにという方策が採られ、オルレアンの町とブレゾンの町が順番で警備に当たった。彼が持っていたすべての財産は差し押さえられ、抱え込んでいた金銀の財宝や宝石類が公表された。

グントラム王はクロードという名の男に、彼を殺したらなんでも望みのものを与えると約束してトゥールに送り込んだ。この馬鹿な男は、王妃フレデゴンドに会いに行った。すると彼女は、いまや憎い相手となったエベルルフを抹殺してくれと頼み、金貨を与えた。クロードはエベルルフの側近に入り込むことに成功し、サンマルタンの墓の上で彼に忠誠を誓った。

その誓いにより、彼の信頼を得たのである。毎日、彼を殺す機会をうかがったが、エベルルフはいつも下僕や召使に取り囲まれていた。ある夜、クロードはこの逃亡者を夕食に招き、香りを混ぜたワインをふるまった。いい気分で酔っ払ったエベルルフは、ここの主の奴隷の一人が近づいてくるのに気づかなかった。その奴隷はエベルルフに激しい一撃を与え、すぐさまクロードが剣を抜いて友よと呼びながら駆け寄ってきた。エベルルフは勇敢に戦いクロードの親指を切り落としたが、数に屈し、頭を割られて死んだ。

こうしてキルペリク王の暗殺者は死んだ。彼を殺した者たちも、長くは生きられなかった。聖なる場所の内部でこのような罪が犯されたことに憤慨したトゥールの町の人たちが石や棒を持って押し寄せ彼らを叩き殺してしまったからである。

王妃の使者の話を聞いていたら、ヴァンダとアルビンはこの旅がとても短く感じられた。彼らは何事もなくポワチエに到着した。修道院の重い門が開かれ、牛車は敷地内へと入っていった。大勢の修道女や修練女たちがヴァンダを出迎えに出てきており、その中にはクロディエルドとバシナもいた。二人は金の縁取りのある、緑や青や赤の刺繍入りのローブをまとい、若さと美しさで輝いていた。クロディエルドの三つ編みにされた長い栗毛の髪とバシナの金髪の巻き毛は足まで届く長い亜麻のベールで覆われ、額には金のバンドがしめてあった。寒い日だったため、さらに肩から白いウールのマントを羽織っていたが、それには宝石がちりばめられていた。

三人の娘たちの再会は楽しいものだった。クロディエルドはどんなにグントラム王が自分を美しいと言ってくれたか語った。私の美しさに見合うような夫を見つけてくれるって約束してくれたのよ、と彼女は言った。彼女は自分を崇拝してくれた若者や貴族の騎士たちのこと、宝石のこと、洋服のことをしゃべり続けたが、バシナは何も言わなかった。

「それで、あなたは、バシナ？　楽しかった？」ヴァンダが聞いた。

「この子ったら！　おかしいのよ、殿方が近づくと、いつも泣きながら王妃様のそばに逃げていくんだもの」

「クロディエルド、彼女をばかにしたりするのは間違っているわ」

ヴァンダはバシナの腰に手を回して、優しく抱きしめた。

「私と一緒に来ればよかったわね。私、馬に乗れるようになったのよ、ザリガニを釣ったり、投石器を持って狩に行ったり……」

「ザリガニを釣ったですって！　投石器を持って狩りですって！」クロディエルドが冷やかした。「王族の娘がすることかしら！　あなたがた、自分が王の娘だということを忘れているみたいね。たしかに、あなたは農民の娘でもあるし、それに……」

ヴァンダはクロディエルドにそれ以上言わせなかった。彼女を押し倒すと王妃の部屋に通じる回廊のタイルの上にその頭を打ちつけ始めた。後からついてきていたグロドシンドが二人を引き離そうとしたが、ヴァンダに足でけられ、騒ぎと叫び声を聞いてやってきたラドゴンドの足元に転がった。

「これはどういうことなの？　この騒ぎを起こしたのはヴァンダですか」

愛情にあふれた言葉にヴァンダはクロディエルドを放した。クロディエルドは自分の首から血が流れているのを見てさらに大声で泣き叫んだ。

「王妃様、この馬鹿娘は私を殺そうとしたんです。あなたの親戚の私を」

「おやめなさい、クロディエルド。ヴァンダも私の娘であることを忘れたの？　でも、もし、この祈りと静寂に捧げられた神の家で起きたことの原因がヴァンダなら罰を受けることになるわ。クロディエルド、あなたは戻りなさい。ヴァンダ、あなたは私についてくるように」

「お母様、あそこにアルビンがいます。コンスタンティノープルから戻ってお母様に挨拶をしにきたのです」

アルビンは王妃の前にひざまずき、王妃はやさしく彼を引き起こして額に口づけをした。

「まあ、アルビン、薬草の名人、ベッガの生徒、私たちの大切な人。なんて立派な若者になったの！」

実際、これほど魅力的な若者を想像できないだろう。顔はローマ風にひげがなく、栗色のカールした長い髪が周りを囲み、知的なまなざしが生き生きと光り、笑うたびに口もとからはきれいな白い歯がこぼれた。背は高くがっしりとして、薄紫の縁のついた黄色のチュニックを着ていた。それは膝までの長さで、腰には革のベルトをしており、そこには短剣がさしてあった。赤い靴下は膝の下でチュニックと同じ色のリボンでしっかり結びつけてあった。しなやかな革の靴を履き、マントは金がはめ込まれた青銅の留め金で肩のところでとめてあった。

「ベッガに挨拶してきなさい。あなたにまた会えて嬉しがるでしょう」

アルビンはうやうやしく頭を下げると、ヴァンダをちらりと見てから、立ち去った。

「さあ、私の部屋に行きましょう」

王妃の居室の扉が後ろでしまると、言葉もなく二人は抱きしめ合った。ラドゴンドは愛するわが子に再び会え、うれし涙を隠そうとしなかった。

「ああ、私の魂、どれほど会いたかったことか。神はこんなにあなたを愛することを許してくださるのね……顔をよく見せて、まあ、ずいぶん背が伸びたわ。それに美しくなったこと……森の空気はこの修道院よりもあなたに合っているのね」

「お母様、私も会いたかった。また帰ってこれてうれしいわ。アグネス様の具合はどうなの？」

王妃の顔が曇った。

「あまりよくないのです。ベッガの治療もなかなか効かなくて。私たちの有能な医師レオヴァルにもわからないのよ」

「もう心配要りませんわ、おかあさま。アルビンが治してくれます」

「まあ、あなたは彼の才能をずいぶん頼りにしているのね」

「コンスタンティノープルの皇帝でさえ彼に耳を傾けたのよ」

「本当にそうなってくれるといいわ。アルビンに、私たちのかわいそうな友達を診察してもらうようにお願いしましょう」

ラドゴンドは自分の高い椅子に座り、ヴァンダはその足元に座って養母の膝に組んだ腕をのせ、嬉しそうな顔で見上げた。その顔には優しい信頼の表情が満ちていて、両手は王妃にすっかり預けていた。

「さっきは本当に悲しいところを見てしまったわ。いったい何があったの？　どうして悪いいたずらっ子のようにけんかをしたの？　あなたらしくもないわ」

ヴァンダは答えずに、きれいな手に口づけをした。ラドゴンドはそれ以上問い詰めなかった。

「クロディエルドには寛容の気持ちを持つのよ。あの子はおばかさんだけれど、やさしい子なの。ここにいても幸せを感じられなくて、ここから何とか出たいと思っているのよ」

「どうして引き止めるの？　彼女は祈りや勉強よりも着飾ることが好きなのに」

「わかっているわ。あのかわいそうな子をこれからどうすればいいのかしら。バシナの方は、クロディエルドといるとおだやかでやさしいけれど、心底まで傷ついた子羊だし。いとこの真似をして宝石やリボンを愛そうと一生懸命だけど、うわべだけ。生きる意欲があの子の中で消えてしまうのではないかと心配だわ。私たちは愛の力でしかあの子たちを助けることができないのよ。さあ、アグネスに会いに行きましょう」

アグネスの部屋に行くと、ベッガに連れてこられたアルビンが彼女を診察し終わったところだった。ヴァンダはいつも穏やかな顔をしているアルビンが、心配そうな表情をしているのに気づいた。

「とにかく、よく休んで、栄養をとって、天気のいい日には庭を散歩することがこうした衰弱を断ち切らせられるとおもいます。ベッガの治療はとてもすばらしいのですが、残念ながらあまり効果がないようです」

「お優しいラドゴンド様、心配ばかりかけてすみません」

「そんなことは気にしないで、この青年の言うとおりです。まず、部屋を変えて、私の部屋の近くの広い部屋に移りましょう。庭も見えるし、日の光もよく入るから」

「でも」

「何も言わないで。そのほうがベッガにとってもずっと便利になるわ、そうよね、ベッガ?」

「わかりましたわ、王妃様、私の負けです。あなたの望みどおりにしてくださいませ。ヴァンダ……あなたなの？　なんて大きくなったの……こっちに来て抱かせてくれるかしら」

ヴァンダは修道院長の熱くほてった額に口づけをした。しばらく離れていた間に、なんと変わってしまったのだろう！　やせ細って青白い顔に、落ち窪んだ褐色の瞳、赤すぎる頬、薄く血の気のない唇。金色に輝いていた美しい栗毛の髪にはたくさんの白髪がまじっていた。この訪問は明らかに修道院長を疲れさせたようで、ヴァンダは泣きたい気持ちをこらえた。ベッガにうながされて、皆は部屋を出た。ラドゴンドだけは、アルビンにまた診察に来ることを許可すると、友の枕元に残った。

ヴァンダは勉強仲間、とりわけ先生であるナンチルドとエルスイントとの再会を喜んだ。博学のベルタは疫病のために亡くなっていた。インゲブルグはベルタほどの才能はなかったが若いながら彼女の後任となっていた。インゲブルグはヴァンダのことを天賦の才能のある生徒だと思い、二人は急速に親しくなっていった。

学ぶ楽しさに、ヴァンダは自然を楽しむこと、木々の間を走り抜けることや川の澄んだ水に浸かって遊ぶことを忘れていった。アヴァのことさえ忘れかけていた。ヴァンダが戻ったときには留守にしていたフォルテュナットは彼女の美しさと賢さに感嘆した。そして、この少女に文芸の手ほどきをし、ギリシャ語やラテン語の多くの著作家の本を与えた。

第9章　プラエテクスタトゥスの暗殺
奇跡　オオカミたちポワチエを襲う

復活祭の数日後、新たな悲しい知らせがサントクロワ修道院に届き、ラドゴンド、アグネスそしてフォルテュナットを悲嘆の底に突き落とした。彼らの友人であるルーアンの司教プラエテクスタトゥスがフレデゴンドの命令により暗殺されたのである。フレデゴンドは、司教が彼女の義理の息子であるクロヴィスに手助けをしたこと、とりわけ夫キルペリク王の暗殺のあと、追放先から呼び戻され職権に復帰したことが許しがたかったのだ。

幾度となく、彼女は自分がかつて不当にも断罪し、追放したこの司教と顔を合わせることになった。彼女は司教がへりくだった態度で、異例の特赦をありがたがっているだろうと予想していた。しかし、彼は威厳に満ちた尊大な態度であらわれた。面目をつぶされた彼女は怒りを爆発させ、とある儀式中に叫んだ。

「この男は、追放の道が再び訪れることを知るべきだ」

司教は、フレデゴンドを見つめながら、穏やかに言った。

「追放されているときも、されていないときも、私はずっと司教でした。今も、これからもずっとそうです。しかし、あなたはどうでしょう？　いつまでも王の権力を行使できるとお思いか？」

司教が口を閉ざすと、重苦しい沈黙がつづいた。だれもが、フレデゴンドはこのようにきびしく自分に言い放つ者をののしるに違いないと思った。が、彼女はなにもせず、ひと言も言わずに立ち去った。

宮殿に戻ると、彼女はメランチウス司教を呼び寄せた。彼はプラエテクスタトゥスの帰還によってキルペリク王から指名されたルーアン司教の座を追い払われたのだ。王妃は自分の怒りと憎しみを彼の上に注ぎ込み、凶悪な計画を依頼した。メランチウスはなによりも司教の座にもどりたいと願っていたので、手助けをすることを承知した。

プラエテクスタトゥスの帰還を不満に思っていたのは、メランチウスだけではなかった。助祭長の一人が、この亡命者に対して激しい憎しみを抱いていたのだ。フレデゴンドは彼も陰謀に引き込んだ。彼はルーアンの教会の所領に属する奴隷の中から、妻子とともに自由の身にするという約束さえ与えられれば殺人と冒瀆という二重の罪を犯してもかまわないと思うような男を捜すことになった。そして不運な男を見つけ、彼に二〇〇枚の金貨を与えた。一〇〇枚はフレデゴンドから、五〇枚はメランチウスから、そして残りはこの助祭長からだった。ことを起こす日は四月一四日、復活の祝日と決まった。

この日、ルーアンの司教は、朝早くから教会におもむき、慣習に従って決められた祈りの言葉を順番に唱え始めた。聖歌隊が朗誦している間、この老人は疲れのため両手で頭を抱えながら腰掛けにすわってじっと動かずに祈りに集中していたので、暗殺者が近寄ってくるのに気づかなかった。暗殺者は彼の近くまで来ると、短剣を抜いて司教のわきの下を刺した。プラエテクスタトゥスは叫び声をあげて助けを呼んだが、司祭たちの中で動こうとするものは誰もいなかった。意気地がなかったからか、その犯罪の肩をもったからなのか、とにかくそのために暗殺者は逃げおおせてしまった。あわれな司教はなんとか立ち上がると両手でひどい傷口をおさえながら祭壇のほうへ進んだ。そして血だらけの手で、祭壇につかまって身を起こし、金の聖杯に手を伸ばした。その中には臨終の人に与えるための聖体が入っていた。彼はそれを割り、拝領し、死の前に神と一体となる時間を与えられたことを神に感謝した。そして、ようやく駆けつけた忠実な従者の腕の中に倒れ、部屋に運ばれた。ほどなく計画の成功を知らされたフレデゴンドが、敵が死のうとしているのを見たいという思いにあらがえず、何も知らないベッポラムス侯とアンソヴァルドス侯を従えて司教の居室にやってきた。王妃は喜びを隠しきれずに、この犠牲者に残されたわずかな時間を確かめた。彼女はさも哀れっぽく言った。

「おお、聖なる司教殿、私にとっても、残されるあなたの民にとっても、敬愛されるべきあなた自身にこのような不幸が訪れようとは、なんと悲しいことでしょう。天がこのような悪事を行ったものを明らかにしてくださいますように。その罪に等しい厳罰を受けさせるためにも」

あまりに空々しいこの言葉に、司教は力を振り絞って起き上がり答えた。

「王たちを暗殺し、無実のものたちの血をなんども流させ、この王国に様々な悪事を働いたものでなければ、誰がこのようなことをできようか？」

王妃は動揺のそぶりも見せず、何も言わずに立ち去った。やがて、プラエテクスタトゥスは息絶えた。

ルーアンの町の人々は、貧しい人からフランク人の領主にいたるまで、ローマ人もガリア人もこのおぞましい犯罪を嘆いた。

新しい司教が指名されるまでルーアンの教会を治めることになったレウドヴァルドスは調査を命じ、街の聖職者たちの意見を受けてルーアンのすべての教会の門を閉め暗殺者が見つかるまでいかなる聖務も行ってはならないとした。

グントラム王はフレデゴンドに対して告発が行われたと知って三人の司教、サンスのアルテミウスとトロワのアグレキウスとカヴァイヨンのヴェラヌスを、キルペリク王の息子であるる若きクロタール王を後見している諸侯たちのもとに送り、王妃を罰するように求めた。諸侯たちは神妙に聞いていたが、王妃を告発したり罰したりすることはなかった。

ポワチエのサントクロワ修道院では、修道院長が何日もの断食とたくさんの祈りを捧げるように指示した。

それからまもなくのこと、アグネスが、優しいアグネス、ラドゴンドの養女であり、友であり信頼する友人が、ラドゴンドの腕の中で長い苦しみの後に生涯を終えた。王妃の悲しみはあまりに大きく、死んでしまうのではないかと周りの者たちは心配した。ヴァンダが、その存在と愛によって悲しみに耐える王妃を助けた。

ルボヴェールが修道院長に指名されたので、クロディエルドとバシナはひどく怒り、ヴァンダは悲しんだ。ちょうどこの頃、ラドゴンドは幻視を体験した。ある日、自室に戻って重い鎖のために疲れきった体で祈っていると、若くて美しい男が優しい尊敬をこめてそっと彼女に語りかけてきた。

「どうしてそんなにも苛立ちと涙をもって私に熱烈にこいねがうのですか？　どうしてそのように激しい祈りを私に向けるのですか？　私のためにそんなに自分を苦しめるのですか？私はいつもあなたのそばにいるのに。あなたは高価な真珠だ。私は言おう、あなたは私の王冠の最前列にいる」

王妃はボードヴィニとトランキルにこのことを打ち明け、死ぬまでほかのものには黙っているようにと頼んだ。自分に死期が近づいていると感じたのである。

この幻視を境にして、ラドゴンドの表情はすっかり変わり、内側から輝いているかのようだった。断食と苦行のために血の気のない唇には絶えず優しげな微笑がうかび、まるで宙に浮いているかのように軽い足取りで歩いた。もうまもなく神が自分を呼び戻すだろうと確信していたので、今まで以上に修練女たちと、そしてとりわけヴァンダの近くで過ごした。ヴァンダは自分に反対するものに対して荒々しく敵意を見せる性格とわかっていたので、将来を大いに案じていたのである。ラドゴンドはおよそ一〇人のこれらの若い娘たちを呼び寄せ、愛情と助言を惜しまず与えた。

「私はあなたたちを自分の娘として選んだのです。あなたたちは私の目の光、私の命、私の平安、私の喜びです。あなたたちは新しく植えられたブドウの木。この世において永遠の命を得るために一緒に働きましょう。ゆるがない信仰と愛のうちに、聖なる恐れを持ちながら主に仕えましょう。心を素直にして、主を探しましょう。そうして、自信をもって『主よ、あなたが命じられたことをしましたから、約束してくださったものをお与えください』と言えるようになるのです」

時には修練女たちの若さゆえの軽率さに不安を感じ、彼女たちを抱きしめた。

「急いで主の小麦を集めなさい。なぜなら、言ったでしょう、いつも急がせてくれる時間があるわけではないからですよ。急がないと、後悔することになるわ。本当に後悔するわ。失った時間を苦い思いで取り戻したくなるのよ」

同じ頃、彼女はたくさんの奇跡をおこした。修道院の大工の妻の体からは悪魔を追い払った。また、ある修道女が長年奇妙な病に取り付かれており、昼間は体が氷のように冷たくなり夜になると高熱で体が憔悴し動くこともできず、ポワチエの有能な医者たちやベッガ、アルビンの腕をもってもどうすることもできなかったのだが、王妃はこの瀕死の修道女を風呂にいれ、一人で彼女を治したのだ。彼女が病人の全身をさすると、痛みが消え去ったのである。修道女は起き上がり、以前は怖がって拒否していた食べ物を口にした。別の姉妹は、ラドゴンドがすっきりするために胸につけていたニガヨモギの束を、ほとんど視力のなくなった両目にあてたところ、視力が回復し、悪いところも跡形もなく消えてしまった。

けれども王妃は奇跡で治したといわれると怒った。彼女は、神だけが奇跡を行うことができるのだから、祈りと犠牲で神に感謝をするのがふさわしいと確信していたのである。

ヴァンダはこうした死や奇跡の雰囲気にうんざりしていた。ルボヴェールが修道院長に選ばれて以来、規則は初期の頃の厳格さを完全に失いながらも厳しさを増していた。回廊や庭を走り回ること、プールで楽しく水遊びをすること、詩を読みながら夢見る時間を長々と過ごすこと、ロムルフを訪ねること（このガリア人の訪問さえルボヴェールがうるさがったために彼は一ヶ月に一回しか来なくなった）はできなくなった。ヴァンダが何度も修道院長の命令に反抗したので、院長はヴァンダに三日間の懲罰室入りの罰を与え、ヒスパニアに発つことになっていたアルビンを見送ることを禁じた。彼は西ゴートの王レカレッドに侍医として招かれたのだ。ヴァンダは彼女を擁護してくれる人たちに不満をいったりはしなかったが、ルボヴェールがおびえて新たに閉じ込めるのはやめたほどの怒りを爆発させた後は憂鬱そうに沈み込んでしまい、ベッガを心配させラドゴンドに注意を受けた。

「どうしたの？　ここにいるのが辛そうに見えるわ。いつもの元気はどこにいったのかしら？　陽気なあなたはどこにいったの？　聖務の間もぼんやりとして、まるで心ここにあらずという感じだったわね？　神様は熱心さのない魂はお嫌いですよ。何が辛いのか、私に話してちょうだい」

「なんでもありません、お母様。アグネスさまのことを思い出していたの」

ラドゴンドはため息をつくと、ほろりと涙を流した。

「私もですよ、アグネスに会いたいわ。また会えるように、神様に私を呼びよせてくださいと祈っているのですよ」そういいながら、ヴァンダの輝く美しい髪を、かわいそうでたまらないという風になでた。「なにを望んでいるの？　あなたの笑い声をもう一度聞けるならなんでもしてあげるわ。心配しないで、話してごらん」

「お母様、この壁を消して、鳥がみんなここに飛んで来れるようにしてくださる？　風で私の髪をなびかせてくださる？　馬で兄弟のオオカミたちが待っている森まで駆けていってもいい？　前みたいにアヴァのあたたかい体に触れたり、ロムルフの腕で高く抱き上げてもらったり、アルビンにやさしく抱きしめてもらってもいい？　お母様、私は森や野原を、短い服で走り回りたいの。ボワーブル川やクラン川で水浴びをしたり、夜はナイチンゲールの鳴く声を聞いて、昼は虫たちの声を聞きたい。ウサギや小鹿を追いかけて、私の石打ちでやっつけたり、お母様が選んでくださった私のお父様にガリア人たちの話をしてもらいたい。ポワチエの町を散歩したい。トランキルやルドヴィンと一緒に貧しい人たちに施しをしに行く時みたいじゃなくて。私、自由でいたいの」ヴァンダはすすり泣きながら言った。

ラドゴンドはずっと娘の髪の毛をなでながら、長い間黙っていた。

「かわいそうな娘。自由という言葉には苦しみも含まれていることを知っているかしら？　自由であるということはたぶん最悪のことだと知ってる？　そういう自由は一瞬のうちに失ってしまうかもしれないことを。その日まで王妃でも、翌日には奴隷になり、この高価な贈り物を失ったことをずっと死ぬまで嘆くのよ。私はそういう自由を知っているわ。私もとらわれの身を経験したし、権力をもったときには自由を錯覚したこともある。でも私はここ以外の場所では自由にはなれない。神のまなざしの元にある自由のことよ。ある特定の魂にとって真の自由はそこにあるわ。でもあなたにはまだ早すぎる。もっとさきになればわかるでしょう。誰を主人としてのぞむかといったらそれは神しかいないということを」

「神様はあたたかい太陽や、夕立のあとの草いきれや小川のみずみずしい香りの代わりをしてくださるの？」

「神はそれらすべてです」ラドゴンドはヴァンダの言葉をさえぎった。「祈りのうちに、神はあなたの魂を甘美な香りで満たし、あなたの皮膚を愛で焼き焦がし、天国の露でひやしてくださるわ。神はあなたのうちに、そしてすべてのもののうちにいらっしゃって、あなたのことをご自分の一番大切なものとしていつも見守っていてくださいます。あなたに命を与え、ご自分の子どもとして愛してくださいます。あなたの人生にたくましい体と優しい心を下さったでしょう？　たくましい体はあなたの父ロムルフ、優しい心は神しか愛することができないのに毎日あなたのためにその愛を少しだけ割り引くことを許してくださるよう祈っているこの私のことよ。私の娘、神に祈って頂戴。神に仕え、運命を全うすることができる力をあたえてくださるように。そして、たくさんのすばらしい贈り物に感謝するのよ」

　二人はひざまずいた。立ち上がった時ヴァンダは落ち着きを取り戻していた。ところが王妃のほうはやや取り乱していた。彼女は修道院長を呼び寄せた。

「ルボヴェール、私はヴァンダのことがとても心配だわ。あの子をまだ育て終えていないのに、神が私を御許に呼んでおられるの。どうすればいいのかしら。あなたはどう思う？」

「まあ、王妃様、あなたはお優しいからあの子の悪いところが見えていないのです。あの子は乱暴でうぬぼれが強いし、頑固で無礼なところがあります。自分が望むことしか聞かないし、楽しいことしかしようとしません。なにより、まだあのように幼いにもかかわらず修練女たちに悪い影響を与えています。まるで侍女のようにさせているウリオンとわけの分からない言葉で何時間もおしゃべりをしているし、ウリオンはあの子の言うことしか聞かないし。私が『何の話をしているの』と聞いたら、『あなたには関係のないことです』と答えたのですよ。祈りをさぼったりするし、お勤めのときもぼんやりとしていることがよくあります。といっても、クロディエルドやバシナとちがって、回廊を掃除したり、洗濯物を洗ったり、家畜にえさを運んだり、繕い物をしたりすることはいやな顔せずしていますね。でも、そうした仕事を主に捧げているとはまるで考えていないようです。私がいくら叱っても、フォルテュナットから本を借りて、夜になると食堂の暖炉のわずかな明かりで読みふけっているし」

「そうしたことは、大きな罪にはならないでしょう」

「ふつうの世間の娘にとってはそうですけれど、すべてにおいて上位のものに従わなければならない修道女としては罪になります」

「一体どこからそんな考えがでてきたの？　ヴァンダが修道女になるなんて」

「ほかの何になれるというのです？　神の僕、神の花嫁となることは栄誉なことではありませんか」

「そうね、ルボヴェール、もし神がそう選ばれたならね」

「それでは、一体、あなたはあの子をどうしたいのですか。ヴァンダはクロディエルドやバシナと同じように修道女になるしかないのでは」

「そうして、あの子達のように、問題のある修道女にするの？　いいえ、ルボヴェール、あの子は修道院のために生まれたのではないわ。少なくともまだ今のところはね。あの子を私の家系の貴族と結婚させることも考えたけれど、出自が分からないだけにそれはできない」

「もし、私におまかせくださったら、問題のある修道女にはさせません。あの子は聞き分けはないけれど賢さはありますから、自分の利益になることはすぐに理解するでしょう」

「自分の利益？　ヴァンダがそういうことからまったくかけ離れていることが心配なのです。あの子が森で生き残っていたことを忘れないで」

「出来ればほんとうに忘れたいものですわ。あの子はオオカミのアヴァと同じ目つきをしています。アヴァはありがたいことにどっかに消えましたけれど、どこか動物的なところをあの子に残していきました。とくに怒ったときとか、クロディエルドと口論するときです。オオカミの子であることが私を不安にさせます。なにか悪魔的なものがあるようで」

「おやめなさい。なんてことを言うの。あなたともあろうものが、この修道院の院長であり教養のある女性があのような話を信じるのですか」

「王妃様、あなたがヴァンダの親をオオカミだというのを嫌われていることは知っています。でもポワチエの町の勇敢な男たちが昨日私のところにやって来て、一人歩きの旅人を襲うオオカミの群れにヴァンダを差し向けて欲しいと頼んだのですよ。群れの先頭には年老いたメスのオオカミがいて、奴隷や使用人たちはそのオオカミが修道院の周りでさまよっているのを見たそうです。私はあのかわいそうな人たちになんと言えばよいのでしょう。すでに三人の子どもと二人の女性が殺されているのです」

「ヴァンダになにができるというのでしょう」

「私もそう言いました。すると、彼らは言ったのです。プラシディアという老婆が、タイファレスという古い部族のおんな占い師だそうですが、『メスオオカミが女と子どもをかみ殺すが、その乳を飲んだ乙女によって追い払われる』と予言した、と。彼らはまた明日来ると言い残して帰りました。つまり今日です。そしてあなたに会見を求めると言って……」

騒ぎ声と物音がラドゴンドの居室の壁を通して響いてきた。ルボヴェールは立ち上がって戸を開けにいった。目の前の光景があまりに衝撃的だったので、彼女は一瞬立ちすくんだ。

「何が起きたのです、ルボヴェール？」

「彼らです、王妃様、ポワチエの人々が修道院に押しかけてきました。聖なる場所にまで入ってきて、奴隷たちは押し返す力がありません」

「中にいれてあげなさい」

ルボヴェールは出て行き、奴隷たちに町の人たちを通してやるようにと命じた。彼らは同胞たちによって使者として遣わされたのだった。進み出てきた彼らの先頭には、ポワチエの裕福な商人がいた。信心深く施しもたくさんするため、ラドゴンドも知っている商人だった。彼がラドゴンドの部屋の中に最初に入ってきてひざまずき、後のものたちもそれに従った。

「まあ、ルドヴァルド、神の僕の家に、このようにあなたやあなたの友人たちが荒々しく入ってくるなんて、いったい何が起きたのですか」

「申し訳ありません、王妃様。あなたのところにこうして私が勇気を出してやってきましたのは、ここにいる哀れな者たちの悲しみゆえです。さらに二人の子どもがオオカミたちに殺されました」

「かわいそうな子どもたち。その子たちのために祈りましょう。でも、あなたたちはそのような凶暴な獣を追い払うことができないのですか。あなたたちの中にオオカミからあなたたちを守ってくれるような勇敢な男はいないのですか」

「あのオオカミたちは悪魔です。追い詰めたかと思うたびに、どこかに消えうせてしまうのです。動きがすばやく、私たちの弓矢も、石も当たりません。まるで打つ手がないのです。そんな時、オオカミのそばで見つけられた子どものこと、そして何年か後でその子が群れにふたたび会うために森へ逃げ出したことを思い出しました。そしてそのことを長老と誰もその年を知らない老いたプラシディアに話しましたら、彼らはその少女こそオオカミを追い払い子どもたちを守ってくれるはずだと言うのです」

ラドゴンドはひざまずいている男たちを見ながら長い間黙っていた。心の中には大きな痛みが広がった。もしヴァンダが町からオオカミを追い払うことができたとしたら、どうなることだろう？　誰の目からも彼女は魔女とされるにちがいない。誤解され疑われ、石を投げられ、焼かれてしまうような人物にされてしまう。この先ヴァンダはほかの少女たちと同じようにはいかないだろう。常にオオカミの子どもとされてしまうのだ。

王妃はゆっくりと立ち上がった。この瞬間、彼女は敬虔な修道女でも、優しい創立者でも愛情のある母親でもなく、人々を見守る王妃そのものだった。彼女が口を開くと、みなは、修道院長もそこに加わってきた修道女たちも、頭を下げた。

「あなたたちと子どもたちのためにわが娘ヴァンダをオオカミ討伐隊に加えること、そして全能の神の助けを持ってヴァンダにオオカミを町から追い払わせることを認めます。ヴァンダを呼んできなさい」ラドゴンドは修道院長の周りにあつまっていた見習い修道女たちのほうを向いてそう付け加えた。

ヴァンダは長い髪を頭の上でひとつに結んで、額には王族らしいヘアバンドを巻き、修道女たちが着る服を着ていた。母の部屋が見知らぬ群集でいっぱいになっているのを見てもあまり驚いた様子ではなかった。彼女は修道院長の前でお辞儀をし、それから母親の前に立った。

「お母様がお望みなのですか」

「そうですよ。ここにいるかわいそうな人たちはあなたが自分たちを傷つけ引き裂くオオカミたちを追い払ってくれると信じているのです」

「私もできると思います、お母様」

安堵のつぶやきが小さな部屋に広がった。

「私のお母さんのオオカミが言いました。彼女の群れにしろ、ほかの群れにしろ、どのオオカミも私には危害を与えない、だって彼らは私の兄弟だからって」

ルボヴェールが勝ち誇ったような顔でラドゴンドを見た。その顔は「ほうら、御覧なさい。いったとおりでしょう」と言っているようだった。

「行きなさい、娘よ。修道院の門のところまで一緒についていきましょう。そこからは規則で出ることはできませんから。ルドヴィンとウリオンとトランキルを一緒に行かせます。商人ルドヴァルドと彼の友人たちについていくのです。見えなくなるまであなたのために主なる神に祈り続けましょう。待っている間は、聖務に戻ります」

群集は道を開け、やさしく抱き合ったラドゴンドとヴァンダを通した。


凍るようにつめたい風がポワチエの町の路地に吹き荒れていた。カチカチに凍った雪がきらきらと光り、どんよりとした日の光は地面まで届いていなかった。数人の人影が、たいまつの灯りで照らされていた。ルドヴィンとトランキルが懇願したにもかかわらずヴァンダは一人になりたいと言った。ウリオンは、ある家の玄関の前で震えて動かなかった。

やがて、小さな人影はどんよりとした日の中に消えていった。二枚重ねになった毛皮のマントと皮の靴を履いているにもかかわらずヴァンダは寒かった。怖がることなく、人気のなくなった通りを、声を調整しながら歩いていくと、とある小さな広場に着いた。そこは聖ヒラリウスが住んでいた家の近くだった。うなり声があがった。何かに見つかったようだ。壁の暗がりから一匹の黒くて光る毛の大きなオオカミが出てきて、険悪な雰囲気でヴァンダを見つめた。ヴァンダはそのまま声を変えながら両手をオオカミのほうに差しだし、向かっていった。オオカミは臭いをかぎ、歯をむき出してあとずさった。ヴァンダはさらに前に進んだ。するとオオカミはうなり声をあげ、毛を急に逆立てた。ヴァンダがあと二歩のところまで近づいたとき、オオカミは立ち止まり、赤い口からよだれがたれ、いまにも噛み付きそうに牙をむいた。と、灰色のかたまりがそのオオカミを突き飛ばし、雪の中にひっくり返した。それからまるで言い争っているかのような闘いが激しく始まり、やがて収まった。屈従されたオオカミはヴァンダの足元に横たわった。母オオカミは、そう、彼女だったのだ、ヴァンダに近づき長い間じっと見つめていた。間違いでないか、ほんとうに自分が育てた娘かどうか確かめるように。それからやさしいうめき声をあげると、頭をヴァンダにこすりつけてきたので、ヴァンダは彼女を抱きしめるとオオカミがどうやら分かるらしい言葉をやさしく絶え間なくかけ続けた。

「ああ、私のかあさん、どうして小さな子どもを襲ったの？ 私のことは助けてくれたのに。このあたり一帯が雪に覆われて、たくさんの森の動物たちが死んだことは知っているわ。家畜は厳重に守られているし、でも私を訪ねてきてくれたらよかったのに。王妃様は私があなたたちに食料をあげることを許してくださったでしょうに。でも、今はちがう、町の人たちはあなたたちを殺そうとしているの。ここから出て行かなくてはいけないわ」

母オオカミは、いたずらを見つけられた時の飼い犬のように、うなだれた。

「そんな顔をしないで。これ以上子どもを食べるべきではないわ。そんなことをしたら町の人たちを怒らせてしまう。あの人たちのことを分かってあげてちょうだい。あなただって、自分の子どもを殺されたらいやでしょう?」

母オオカミは力強いうなり声をあげた。七、八頭のどれも大きなオオカミが集まってきた。

「アヴァがいないわね、どこにいるの? アヴァ、アヴァ……」

ヴァンダは激しい力で突き飛ばされ雪の中に転がった。何が起きたのかしら? ぼおっとしているヴァンダの顔や首や手をアヴァがなめた。

「待って、待って、顔がびしょびしょになるわ、大きくなったのね、なんて重いの……ああ、また会えて嬉しいわ! 奥さんはどこ? 子どもはいるの?」

しばらくの間、こんな風に言葉を交わしながら、お互いにじゃれ合った。夜がおとずれ、たいまつのかすかな光が見えた。

ヴァンダは光のほうに走っていくと、ルドヴァルドに向かって言った。

「私の兄弟たちのオオカミはここから出て行って、もう戻らないと言っています。決して悪いことをしないと彼らに約束させました。北の門まで彼らを送っていくつもりです」

「しかし、それでは町を通り抜けることになる」裕福な商人はびっくりして叫んだ。

「あなたたちが邪魔をしなければ、彼らはなにもしません」

「どうして、北の門からなのですか? 近い南の門ではなく」

「それは、南にはもう獲物がいないけれど、ポワチエの北にはまだいるからです。彼らもあなたたちと同じなんです。飢えて寒いんです」
「わかりました。言うとおりにしましょう。私たちは賛美歌を歌いながら、後を付いていきます」
ヴァンダはオオカミたちの元に戻ると、両手を母オオカミとアヴァの背中に乗せて、二頭に挟まれながら歩き始め、そのあとを群れの雄たちが続いた。後に、何世紀もあとになって、ポワチエの老婦人たちが孫たちに語って聞かせた。美しい王女がいかにポワチエの町を狼たちから救ったかを。
小さな集団の後ろからは、毛皮やぼろを着込んだ男たちや女たちが付いてきていた。何事もなく北の門に着いた。高い城壁から数歩のところで、ヴァンダは友に別れを告げた。涙にぬれた顔でヴァンダは城壁の下で待っていた群衆のもとに戻った。
――あそこに悪魔がいる
――魔女だ
――司教様がなんと思われるか
――やっぱりオオカミを追い払ったぞ
――誰が、あの娘はオオカミじゃないといったんだ
――ラドゴンド様の立場だったら、信用できないね

――修道院に悪魔が忍び込んだわ
ヴァンダはルドヴィンと怖がりのウリオンが手足を震わせているのを見つけた。奴隷のトランキルが大きな体で、ヴァンダを壁のように守った。
「離れてください。王妃の娘を通してください」
サントクロワ修道院に近づくと、人々の言葉はますます敵意に満ちてきた。
――火あぶりにしろ
――あの娘はオオカミとぐるだ。またやって来てわれわれの子どもたちを殺す。
――またあの狼たちを呼び戻す前に、娘を殺せ
――魔女に死を。オオカミの子に死を。
ルドヴァルドに助けられて、トランキルとウリオンはヴァンダを群集から引き離し修道院の門の前までたどり着くことができた。門はただちに開けられた。見たことのない光景に、熱狂していた群集はあぜんとし、恐ろしさでいっぱいになり、身を投げ出して膝をつくと手を伸ばした。
ラドゴンドがそこに来ていた。粗末な衣服の上に王妃のマントをつけ、ベールの上には宝石で飾られた重々しい王冠を載せ、修道院長や修道女たちはそれぞれ手に火のともされたろうそくを持ってフォルテュナットの作った聖歌を口ずさみながら、奇跡の子の帰還を喜んだ。その様子は大罪を犯して死んだものたちから天国の門を守る天使たちのようだった。

王妃は群集に怒りをこめて言った。

「あわれなものたちよ、私が娘を送ったのは、神の助けを借りてあなたたちをオオカミから救うためだったのに、これが娘への感謝なのですか。あなた方はこの奇跡を許してくださった神の慈悲を汚したのですよ。わかっていたのですか、それとも知らずにしていたのですか？救い主の許しを受けられるように改悛しなさい。私はあなた方のために祈りましょう、さあ、おいで、わが娘よ」

門は、ヴァンダと修道女たちの後ろで閉まった。

群集は静まり返っていた。だれも、口を開かず、隣のものを見ようともしなかった。それからひとり、またひとりと、子どもたちが待つそれぞれの家へと帰っていった。

雪が降り始め、オオカミたちがつけた足跡をすべて消し去った。

第10章　五八七年　ヴェネランドの逃亡　ラドゴンドの死

毎年復活祭の数日前になると王妃と修道院長はヴェネランドの様子を見に行き、このまま隠遁生活を続けたいかどうかを確認していた。そのたびヴェネランドは私は幸せですと主張しながら彼らを追い返した。五八七年の復活祭にもラドゴンドは塗り固められた小部屋の前にやって来た。すると、うめき声と呪いの言葉が聞こえてきた。ラドゴンドは隠遁者に食事をあげるために開けられた穴に飛びついて、心配そうな声で呼んだ。

「どうしたの、なにかあったの？　具合が悪いのですか？　ヴェネランド、話して頂戴、お願いだから……」

しかし聞こえるのは叫び声と笑い声だけだった。

「かわいそうに、おかしくなったんだわ。早く浴場で仕事をしている職人たちを呼んできて」

職人たちは重い木槌やピッケルをもってやってきた。彼らはすぐにレンガの壁を崩し始めた。壁が壊れると彼らは中に入っていったが、恐怖で後ずさった。穴の奥に動物のようにうずくまっている生き物がいた。頭はぼさぼさで汚いものが絡まっており、灰色がかったぼろをまとって、腕や足はむき出してぞっとするほどにやせていてその先にさらにやせ細った手足がついていた。爪はやたらに長かった。その生き物は信じられないような悪意を込めたまなざしでこちらをじっと見つめていた。歯が抜けてよだれのたれる口から呪いを吐き、ケタケタと笑う。

ラドゴンドは割れ目のほうに近づいた。中に入ろうとして、悪臭に息を呑み、立ち止まった。今までこんなにひどい状態を見たことがなかった。こんなことを許していた自分を責め、涙をぽろぽろとこぼした。

ヴェネランドは苦しげに起き上がると、茫然としている一団のほうに近づいてきた。春の柔らかな光の中で、さらにすさまじい姿に見えた。

体は腐敗した状態らしく、体を覆っているくすんだ緑のどろどろとしたものには虫がわいていた。かつてはひとりの女性であったはずのこの生き物が放つすさまじい臭いに、みな後ずさった。

突然、怒り狂う獣のような声を上げて、彼女は前のほうへ突進してきた。手足がばらばらになりそうな勢いだったので今にもばったりと倒れこむのではないかと思われた。

「あぶない」ラドゴンドが叫んだ。「だれか、手を」

職人たちが前に出た。その中の一人が彼女の腕をつかんだが、すぐにあっと叫びながら手を離した。彼は自分の手を見るとだんだんと怖くなり、ぬるぬるとした物を振り放そうとするかのように手を振った。

「死人にさわってしまった、死人だ」茫然とした声でつぶやいた。仲間たちは彼を恐ろしそうに見て、ヴェネランドに近づこうとしなくなった。彼女はそのまま、クラン川に面しているテラスのほうに向かい、壁によじ登ったかと思うとそこから空に身を投げた。

見ていたものたちはみな、声にならない悲鳴を上げた。

ラドゴンドは、疲れきった体をおしてなんとか壁まで行くと、寄りかかって下を見た。高い側壁の下にヴェネランドがピクリとも動かずに横たわっているのが見えた。死んだに違いないと思い、祈りを唱えようとした。しかし……いや、そんなはずはないのに、ヴェネランドの体が、こんなに高いところから落ちたはずなのに、動き出し、起き上がると、川のほうへと足を引きずりながら遠ざかっていったのだ。やがてその姿は茂みに隠れてしまった。

「奇跡だわ」修道女たちはつぶやいた。

「彼女を探しにいきなさい」修道院長が命じた。「医務室に連れてこなくては」

何日ものあいだ、かわいそうなヴェネランドが捜索され、クラン川の川底の泥まで掘り返された。しかし、何も見つからなかった。

それからだいぶ後になって、ヴェネランドが聖ヒラリウス教会の地下礼拝堂に逃げ込んでいたことが分かった。そこで信者たちからいくらかの食べ物をもらっていたのだ。

王妃と修道院長はマロヴェ司教に要請して、この狂った修道女を連れもどそうとした。しかし、ポワチエの司教は次のように回答してきた。彼女は教会という逃げ込み場から出ることを頑として拒否しているし、その上、ラドゴンドや修道院長に対して恐怖や罵りの言葉を口にしている、と。それを聞いたラドゴンドはたとえようもなく悲しんだ。

五八七年というこの年は、彼女にとって心配事が絶えなかった。グントラム王は甥であるキルデベルト王と自分との間のサンリスの町をめぐっての争いに決着をつけたいと、ラドゴンドに相談を持ちかけてきた。しかし本当のところはブルンヒルドとフレデゴンドの流血の争いによりこのままではガリアが荒廃してしまうと思い、なんとかやめさせたかったのである。ラドゴンドは双方の王妃に大いなる憂いをこめた手紙を書き、義理の姉妹同士の争いをやめて自分の王座と息子たちの命を守るためにも和平をむすぶようにと訴えた。

ラドゴンドはこの手紙をグントラム王に渡し、王は甥であるキルデベルトに即刻シャロンへ会いに来るようにと命じた。

王妃の健康は日に日に衰えていった。彼女は神が御許に呼んでくれる時を静かに待っていた。とはいっても、修道院の将来のこと、修道女たちのこれからのことが心配でならなかった。とりわけ、クロディエルドはラドゴンドにとって心配の種だった。カリベルト王の娘である彼女は、修道女になることを嫌がっていたにもかかわらず、誓願をすでに立てていた。今では二一歳になり、若く美しく、歩き方も見かけも高慢そのものだった。王妃のやさしい指南も、修道院長のきびしい罰もクロディエルドのうぬぼれを砕くことはできなかった。聖セザールの戒律をものともせず王の娘として扱われることを望んでおり、散歩や休憩時間の時には、フランクの富裕な層の修練女たちやとりわけ若い修道女たちの取り巻きに囲まれていた。クロディエルドはいつも自分の生まれを振りかざして、その取り巻きを支配していた。そして、それを証明するためにいつも必ず金のバンドをベールの上に付け、金で縁取りしたリボンで飾られた王家のようなローブを着ていた。彼女のお気に入りはなんでも自分のまねをするバシナと、それからヴァンダだった。といっても、ヴァンダは一三歳であるにもかかわらずどこかクロディエルドを圧倒しているところがあり、ラドゴンドへの愛情と尊敬ゆえにこの二人のようにおしゃれにふけろうとはしなかったが。

あれこれと心配ながらもラドゴンドが恐れていたのは、クロディエルドが軽率なことをおこさないかということだった。世をあきらめたくないと思っているものたちにとって修道院ほど辛いものは無い。バシナのこともやや心配ではあったが、彼女はたしかに影響されやすいけれども、かつてひどく傷つけられたことから宮殿に戻ることにはどこか抵抗があるはずだと思われた。そして、もっとも気がかりなのはヴァンダのことだ。私が死んだら、あの子はどうなるのだろう？　途方にくれたラドゴンドはグントラム王に手紙を書き、自分が死んだ後はヴァンダの後見人になってくれるようにと頼んだ。彼女は娘の証明となるべき金や宝石の包みを王に届け、娘が幸せになれるような夫を見つけてくれるようにと嘆願し、さらにヴァンダには修道女にはなってほしくないこと、そういう召命がないこと付け加えた。

王妃にグントラム王からの返事を届けたのは、トゥールの司教グレゴリウスだった。王の返事に王妃の不安はやや和らいだ。こうして、恐れでもあり望みでもあるその時が、やってきた。


数日前から王妃は何も食べなくなっていた。苦行と痛みに耐え続けていた体はもうほんの少しの食べものも受け付けなかった。ヴァンダだけがわずかな水を彼女に飲ませ続けていた。その時が来たことを感じると、ラドゴンドは修道女や修練女に一人ひとり会いたいと言った。そして、みなに、それぞれの性格にふさわしい助言を与え、彼らの魂の安息のために祈り、祝福を与えた。最後に、ヴァンダを迎え入れると、長い間話しかけ、泣きながら抱きしめて最後の祝福を与えた。忠実な友であるフォルテュナットがラドゴンドに聖なる秘跡を授けた。息を引き取る前に、彼女はすべての者たち、とりわけ使用人たちや奴隷たちに挨拶をし、手を組んで両目を閉じ、こう言った。

「主よ、私はここです」

口元に微笑をたたえながら、彼女は死んだ。ラドゴンドが死ぬと、ある奇跡が起こった。ドモレヌスという名の収税人がポワチエの近くの村に住んでいたのだが、彼は恐ろしいほどの苦しさの中で死にかけていた。すると夢の中で彼の村に入ってくる王妃を見て、彼女の元に走っていき、熱心に話しかけて何がお望みでしょうかと聞いた。王妃は彼を訪ねてここに来たのだと言った。そして、聖マルタンをたたえた教会が建つのを見るのがこの土地の人たちの願いです、といって彼の手を取りある場所を示しながらこう言った。「ここが聖マルタンの遺物を収めるのにふさわしい場所です。ここに彼にふさわしい教会を建てなさい」翌日、奇跡が起こり、彼女が指し示したその場所で教会の敷石や基礎が見つかった。そこには、その後教会が建てられた。王妃は、同じ夢の中で、手をのどにかざし、唇にそっと触れながら言った。「神があなたの健康を取り戻してくれるように、私が来たのです」それからこう続けた。「私への愛のために、あなたが捕らえた人たちを解放してあげてください」

収税人が目覚めると、苦しさは消えていた。彼は妻に夢のことを語り、あの時刻に王妃様が天に昇ったのではないか、と言った。それから町に使いを送って調べさせるとともに、牢に捕らえていた七人を釈放させるようにと命じた。戻ってきた使者が、王妃が亡くなったことを伝えた。

ラドゴンドは五八七年の八月一三日の水曜日に死んだ。水曜日というのは、特に聖なる日だった。というのも、イエズス・キリストが生まれたのが水曜日だと信じられていたからだ。

同じとき、ラドゴンドの友であるユニアンが自分のジョネイの修道院で息を引き取った。二人はとても仲がよかったので互いに、もし片方が死んだらすぐにそのことを生きているほうに知らせ、亡くなった者の魂が地上に残っている者の祈りとともに天に召されることができるようにしよう、と約束をしていた。そうして、ユニアンが死んだジョネイの町からの使者とポワチエの町からの使者は途中で出会った。後にその場にトゥッセとよばれる小聖堂が建てられた。そこはポワチエから六里のところにあるソー・レ・クーエの小教区の中である。

すでに聖ラドゴンドと呼ばれていた彼女の死は、サントクロワ修道院の住人たちを深い悲しみに落としていった。死体に取りすがっていた、ラドゴンドに愛されていた奴隷のトランキルを、みなで引き離さなければならなかった。善良なトランキルは今まで一度も奴隷の身分から解放されたいと思ったことがなかった。真の自由があるのは、心の中ですからと言っていた。彼女はまだ子どもだったラドゴンドがクロタールによって囚われの身となりチューリンゲンから連れてこられた時からずっと付いてきたのだ。肉親との別れや祖国を失うことの恐ろしさを知っていた彼女は片時も王妃のそばを離れず、長い年月の間に、王妃にとっては忠実な僕以上の、友であり信頼できる存在となっていた。クロディエルドとバシナも、大切な血縁者を失ったことを感じ、無念の涙を流していた。ボードヴィニは写本の責任者だったが、自分でこう書いている。

「私たちが不幸なのは、罪の痛みに耐えているから。心は苦しさでおしつぶされ、涙があふれ、哀しくてたまらないけれど、このままずっとこの不幸を抱えていくことはない。私たちに大いなる不幸が襲ったその朝、私たちの叫びや啜り泣きが空に向かっている間、隣の丘の採石場で働いていた職人たちが、天使たちが会話をしているのを聞いたそうだ。『やらせておこう』とその中の一人が言った。『あの嘆きや未練が主の心に届くのだから』しかしそれを打ち消すようにほかの天使たちが答えた。『もうその必要はない。天国が開かれ、彼女は天使たちの栄光と交わり、永遠の座についているのだから』王妃様が喜ばせたかった唯一のあの方と一緒にいられるのだから、私たちから引き離されたのではないと信じている。だから泣くよりもむしろそのことを証していかなければいけないのだ。確かにこの世での王妃であり母を失ったけれど、私たちは天の国において力強くとりなしてくださる方を送ってもらえたのだ。彼女の死は地上には言葉にできないほどの苦しみを残したけれど、天使たちを天国のひとつの歓喜に包みこんだのだから」

一番うちのめされ、傷ついていたのは、ヴァンダだった。彼女はまたもや母親を失ったのだ。なきがらを見ながら最初に考えたのは「私も一緒に死のう」ということだった。ヴァンダには薬草の知識があったので、毒薬を作ることができた。だが、口元まで運んだそのとき、愛する母の声が聞こえた。

「何をしているの？　もし、その毒を飲んだら、私たちは永遠に引き離されてしまうことが分からないのですか？　天の高いところからあなたが地獄の炎に焼かれているのを苦しみながら見ろというの？」

ヴァンダはがっくりと膝をついた。手からコップが落ち、割れた。涙でぐしゃぐしゃの顔をあげ、声のするほうに手を伸ばしていった。

「お母様、どうして私を見捨ててしまったの？　どうして、私を敵の真っ只中に一人置き去りにしてしまわれたの？　戻ってきてちょうだい、そうでなければ私も死なせて」

「あなたは生きなければなりません。あなたは大きな事をなすように定められているのです。私のために、神の愛のために、それをなすのです。死のうなどと考えるのは、おやめなさい。あなたは生きているのです、自分から捨ててはなりません。もう決して自殺はしないと私に誓ってちょうだい」

ヴァンダは打ちひしがれて、地面にうずくまったままだった。しかし、ゆっくりと顔を上げた時、涙は乾き、顔はおだやかになり、目には強い決心があった。彼女は手を上げて、しっかりとした声で言った。

「あなたのために、あなただけのために、私は生きることを誓います。それなら神もお喜びになりますね」

安堵のため息と、こんな声が聞こえたような気がした。

「院長のところへ行って、恐ろしい考えを抱いたことを告白し、私の名前において許しを請いなさい」

ルボヴェールはヴァンダの告白に、いらだたしさを隠そうとしなかった。彼女は、ラドゴンドがヴァンダに語りかけたということを疑いはしなかったが、ほかの事で頭がいっぱいだったのだ。そんなわけで、自分がいつも心の底では「オオカミの子」と呼んでいるこの娘に対し、うわのそらで許しと祝福を与えた。院長はあれこれ言い訳をした。王妃の葬儀を取り仕切らなければならないし、修道女たちの悲しみをなんとかしなくては、と。

ルボヴェールはポワチエ司教のマロヴェを呼びに行かせたが、司教は不在だった。小教区を見回るのに忙しいということだった。それを聞いて、ルボヴェールは、司教がいまだにラドゴンドを許していないのだと思った。司教に相談せずに彼女が皇帝ユスティニアヌス二世とその妃ソフィアから聖十字架の断片を贈り物として受け取ったことを怒っているのだ。司教の反感をかったことで、ラドゴンドはしかたなくサントクロワ修道院を王たちの庇護のもとに置いていたのである。そこで、修道院長は葬儀を司式してもらうためにトゥールの司教を訪ねさせた。グレゴリウスはすぐにやってきた。彼にとってとても優しく信頼できる友であったラドゴンドに再会し、グレゴリウスは心を揺り動かされた。死は彼女の美しい顔から苦しみのあとを消し去り、その姿はまるで生きているかのようだった。このため、司教は、人間の形をした天使を見ているかのようだ、神の母マリアの前にいるかのような驚きとあこがれに心打たれたと語った。

それから三日の間、人々は司教マロヴェが戻ってきて葬儀をふさわしい盛式なものにしてくれることを待っていたが、むだだった。みなは集められ、いつもどおりの詩篇が歌われた。歌が途切れるたびに、祈りの声は涙声やすすり泣きにかき消された。ポワチエ司教が不在のまま、グレゴリウスはひとりでラドゴンドにふさわしい壮麗さで儀式を行った。王妃は、彼女の願いにより、聖マリアをたたえて彼女が建てた教会の中に、先に亡くなった修道女たちや最も愛したアグネスとともに埋葬されることになった。

こうした崇拝する故人たちは修道院の外に運び出された。死ぬまではだれも門の外に出てはならないという規則をラドゴンドが定めていたので、皆は自分たちを取り囲む壁や塔の上に向かった。ヴァンダだけはロムルフに支えられて行列の後からついていった。泣声や嘆き声はあまりに大きく、司祭たちの歌う声が聞き取れないほどだった。修道女たちも涙ながらに詩篇や聖歌やアレルヤに答唱した。彼女たちはもう一度だけ、マザーと呼んだその人を見たいので塔の下に棺を置いてくれるようにと哀願した。行列に近づいた一人の盲目の人は目が見えるようになった。神に感謝を捧げながら長い行列が進んでいく一方で、修道女たちは顔をかきむしりながら悲嘆にくれるのだった。

「どうして、われらの母よ、私たちを孤児にしてしまわれたのか。悲しみのふちにいる私たちを誰にゆだねられたのですか？　私たちは親を捨て、財産を捨て、祖国を捨ててあなたについてきたのに、誰に私たちを引き渡したのですか。もし、それが永遠の涙、終わらない苦しみではないとしたら？　これまでは、この修道院は私たちの故郷の町よりもずっと広く感じられました。いたるところにあなたの優しい姿がありました。それは私たちにとって花咲く野原、豊かな収穫、野に咲き誇るスミレやバラやゆりでした。あなたの言葉は太陽の輝きだったり、私たちの心の闇を照らす星の光のようでした。けれども私たちの前に広がる世界には雲がかかり、狭くなった修道院は息が詰まりそうです。二度とあなたに会う幸せを得られないからです。私たちは聖なる母に見捨てられたと思うべきなの？　あなたよりも先に天の国に旅立った人たちはなんて幸せなのでしょう。ええ、私たちはあなたが天の乙女たちと共に神の栄光に預かっていることを知っています。けれどもそうした考えに慰められながらも、私たちはこの哀しい言葉に打ち砕かれてしまうのです。もう私たちの母には会えない」

最後の瞬間までグレゴリウスとルボヴェールは司教マロヴェの到着を期待していた。

「どうしたらいいのでしょう」と修道院長。「もし司教様が来なかったら遺体を収める場所に司教の祝福を受けられないままになってしまいます」王妃の葬儀に参列するため集まってきた有力者や市民たちの要請にトゥールの司教はとうとう折れた。そして彼らの願いにより地下の納骨所にある祭壇も聖別した。人々は遺体を香木を詰めた大きな箱の中に納めた。棺が大きかったので、穴がさらに大きく掘られ、二つの墓を移さなければいけなかった。すべてが終わるとグレゴリウスは戻ってきた。ただ司教マロヴェが来たら墓をもう一度開けてそこでミサをあげられるようにしておいた。

グレゴリウスが戻ってくると、院長と修道女たちは修道院の中で王妃がいつも祈ったり本を読んでいた場所に彼を案内した。そして泣きながら彼に言った。

「この場所ではひざまずいて涙を流しながら神の慈悲を祈っている姿がありました。けれども、もう見ることができません。これは、王妃様が読んでいた本です。けれども、あんなにやさしさと英知に満ちた声の音ももう聞くことができません。これは彼女が断食や眠れない夜に長い間あやつっていた糸巻きですが、もうここにあの聖なる指はありません」

そう言いながら再び流れる涙をおさえることはできなかった。かたわらで励ます司教もまた泣いていた。

親しかった友の死以来、フォルテュナットは以前のような陽気な顔はしなくなった。彼は院長に対し、グントラム王のところに出向いてヴァンダの将来についての意向を聞いてきたいと願い出た。ルボヴェールは返事をする前にマロヴェ司教にどうしたらよいか伺いを立て、司教は少し考えさせて欲しいといった。ようやく彼が返事を出したのは、クリスマスのほんの少し前だった。フォルテュナットにはこの旅行を許可し、結果を報告するようにということだった。

ヴァンダはこうして修道院での唯一の真の友人を失った。彼女は母の死以来すっかり変わってしまった。熱心に聖務にはげみ、目上の者たちにも従順だった。「あの子を修道女にしよう」とルボヴェールは考えた。「聖なる王妃はまちがっていたのだわ。あの子には召命があったのだ」実際ヴァンダの態度のどれをとっても、その考えが間違っていると指摘できるものはなかった。ルボヴェールは善良とも繊細ともいえない人柄だったので、この小さな少女がどれほど苦しみ、その痛みをまぎらわすために祈りや沈黙や手仕事や読書の中に逃げ込んでいるのだということにつゆほども気づかなかったのだ。ルボヴェールはオオカミの子にたいしての屈託をやや和らげ、ヴァンダに養父のロムルフとまた会ってもよいと許可した。

ロムルフと再び会えるようになったことで、ヴァンダの苦しみはすこし癒された。王妃は死ぬ前にロムルフに金貨五〇〇枚と二つの箱を預けていた。ひとつには宝石がいっぱいつまっていて、何かあったときにはヴァンダが受け取れるようにしてあり、もうひとつには彼女が巨石のところで発見されたときそばにあったものが入っていた。王妃は自分たちの娘のことについての望みや、彼女をブルグンド王のもとに連れて行って欲しいことなどをロムルフに頼んでいた。この勇敢な男は王妃の言葉に深々とうなずき、彼女の最後のねがいを果たせるようにルボヴェールの許可が出るのを辛抱強く待っていたのだ。

第11章　五八八年　森の中の遭遇

春とともにフォルテュナットが帰ってきた。修道院中の人たちが彼のためにお祝いをした。みな、彼のでっぷりとした体と人のよさが懐かしくてたまらなかった。あまり感情をあらわにしないルボヴェールでさえ喜びをかくそうとしなかった。彼が帰ってきたことで、ラドゴンドの死により消えかけていたにぎやかさが少しだけ戻ってきた。ヴァンダは泣きながら彼の腕の中に飛び込んだ。フォルテュナットは王妃が愛していた子に現れた変化に驚き胸が痛んだ。血色のうせた顔、目の周りの青いくまは眠れない夜が続いていることを物語っており、やせほそった腕はいまにもぬけそうで、か細い体に修練女の服がひらひらとゆれていた。背がずいぶん伸びて、一四歳という実年齢以上に見えた。

「この子は病気です」彼はルボヴェールに言った。「一刻も早く手当てをしなくては」

ポワチエの最良の医師たちが呼ばれた。彼らは、ヴァンダを痛めつけているのは悲しみだ、転地生活だけが彼女を救うだろうと言った。

「私がグントラム王に手紙を書いてなるべく早く彼女を受け入れてくれるように頼みましょう」フォルテュナットは院長に言った。

「王はヴァンダの後見を喜んで引き受けるけれど、もう一年は私とマロヴェ司教の保護の下において置くことを望んでいると言ったのはあなたではありませんか」

「たしかに、そうです、がそれはヴァンダの命あっての話。もし彼女が死んでしまったら私は最後の審判のときに王妃の前にたつことができません。ヴァンダと話しました。ここのすべてが母を思い出させる、どの場所を通っても幸せだった記憶がよみがえるそうです……」

「主なる神に祈るしかないでしょう」院長がぶつぶつ言った。

「あの子は絶え間なく祈っています。母の愛がなくても生きていく勇気を与えてくださいと祈っています。私は心配なのです、ルボヴェール、あの子が本当に心配です」

「シャロンは遠いし、道が安全ではありません。もうすこし気候がよくなれば病気もよくなるのではないでしょうか」

「いいえ、病気は深刻です。あの子をロムルフの元に送りましょう。ウリオンとルドヴィンと二人か三人の供を付けて」

「修練女を建物の外に出すことは賛成できません」

「しかし、ヴァンダは修練女ではないでしょう」

「もうすぐなります。あの子には召命があるのです」

フォルテュナットは怒りのあまり立ち上がった。

「あなたにはそれが間違っているはずですよ、ルボヴェール。あの子は敬虔で自分の義務にきちょうめんだが、修道女になりたいとは思っていないのだ」

「態度も、聖務への熱心さも、あんなに注意散漫だった子が変わったのですよ。それをどう思います？」

「態度だって？　熱心さだって？　それはあの子の悲しみや心細さや孤独の表れです」

「私たちの中にいて、孤独というのですか？　冗談を言っているの、フォルテュナット。二五〇人の修道女がいるのに、孤独だなんて！」

「そうですよ、院長、あの子は孤独です。王妃が死んで以来、今まで以上に一人ぼっちになっている。多くの修道女たちはあなたの機嫌を損なうことをおそれてあの子に声もかけない。あなたがヴァンダをまったく愛していないこと、あの子が修道院に来たときのことを忘れようとしないことをみな知っているからね。あなたによってヴァンダはいつまでたってもオオカミの子、遠ざけておかねばならない危険な魔女なのだ。それがまだ若い魂に対するとんでもない放棄になりうると考えたことがあるのかね？　お願いだから、ヴァンダを出発させてくれ。私たちの聖なる創立者への愛のために、そして神の愛のために」

ルボヴェールは長い間黙ったままでいたがやがて口を開いた。

「たしかに私はあの子を好きではありません。私が引き受けたこの共同体に、何かしらの不幸が襲ったのは彼女のせいだといつも思っていました。あの子の中にはなにかしら悪そうなもの、非常に異質なもの、女性のもつ危険な力や頑固さや、女性としては不釣合いな独立心や自由への渇望があると感じています。神に身を捧げることだけがすべてを解決してくれるのです」

「それは王妃の願いに反するでしょう」

「わかっています」ルボヴェールはのろのろと言った。「二五〇人の魂に責任を持つのは大変なのです、フォルテュナット。自分にはふさわしくない、できないと思うことがあります。いいえ否定しないで、ちゃんと理由があるのですから。王妃様が亡くなって以来風紀にたるみがでて、全体的に投げやりな兆候があります。天気のよい日には外遊びを再開しましたが、それはいいのですけど、修練女たちや修道女もどうかしてしまったみたいにはしゃいで遊んでいるのです」

「あなたは考えすぎですよ、友よ、体が運動を欲するのは自然なことだ」

「わかっています。私を信じてください。私たちはこの修道院にとってとても困難な時期に入っていこうとしているのです。司教のところに行ってヴァンダのことを話しましょう。そして、司教が命じられたようにいたしましょう」

フォルテュナットは従うしかなかった。

しばらくして、院長がフォルテュナットを呼んだ。行ってみると、部屋の中には司教マロヴェも同席していた。詩人は深々と頭を下げた。

「顔をあげなさい、わが兄弟よ」と司教が言った。「院長から王妃の養女のこと、ヴァンダをグントラム王に迎えてもらうための様々な手はずについて聞いたところだ。私としては、その子どもが近い将来王の宮廷に入ることに反対はしない。しかし、聞けば病気だというではないか、それなら王妃の娘にふさわしいだけの供を連れ、養父ロムルフのもとにいかせるのがいいだろう」

「おお、司教様、なんと賢明なご判断でしょう。あの子に代わってお礼をいいます」

ヴァンダは二ヶ月目（四月）の終わりに、二頭の牛に引かれた牛車に乗って出発した。同行を望んだフォルテュナットも一緒だった。もう一台の牛車にはウリオンとルドヴィンとアシアと自由身分の三人の老従者が乗っていた。小さな一団はポワチエ司教に属する武装した兵士に先導されていた。そうすることによってラドゴンド王妃の、そしてこれからはグントラム王の庇護の下にあるヴァンダに自分の権威を示したかったのである。

まだ春が始まったばかりで、あちらこちらにやわらかくつんと香る緑、プリムラやきんぽうげの黄色、勿忘草の空のような青、咲いたばかりのすみれの甘い香りが撒き散らされていた。時々下草の冬の残り香がヴァンダの牛車まで届いてくると、彼女は鼻の穴をまるで大好物のにおいをかぐ若い動物のようにふくらませた。頬に少しずつ赤みが戻ってきた。でこぼこ道で揺れる牛車の中でバランスを取りながら、頭を王妃の忠実な友達の肩に預けて言った。

「フォルテュナット、あなたのおかげでまた自然の香りをかぐことができたし、哀しくて涙しか出なかったあの場所から離れることができたわ。どんなにお母様の優しい言葉が恋しかったことでしょう！　心の中にどんどん悪い望みが浮かんでくるの。もちろん、神さまに助けてもらいながらその考えと戦ったわ。でもすごく辛かった！　わたしはひとりぼっちだし、あまりにも弱いんだもの。夜になるともう一人のお母さんやアヴァのところに行きたくなる心を抑えるのに大変だった。会いたかった。私を受け入れて、守って、愛してくれるのは、彼らだけだし。修道院では、私が共同体に本当の意味で属していないことをなんども批判されていたと思う。バシナとクロディエルドにとって私は王妃様の養女だから、彼女たちと同等のはずなのだけど、でも私の出生がよくわからないから、彼女たちは私がだまして養女になったと思っているの。修練女たちは私が修道院の規律に対して自由であることをうらやましがるし。修道女たちも、ベッガとナンチルドとエルスイント以外は、私のことを魔女か、そうでなくとも近寄らないほうがいい類のものと思っているわ。修道院長はといえば、私のことをどう思っているのかあなたも知っているわよね。あの人にとって私は王妃の娘以前にオオカミの娘なんだわ。彼女が言うには、こうした不幸は私が修道女になることで追い払われるんですって。私、ずいぶん一生懸命考えたけれど、それは、私や神様とかけひきをすることになると思うの。熱意の足らない、弱々しい心は神様にふさわしくないでしょう?だから修道女になりたくはないの」

「それを修道院長に話したかね?」

「まだよ、元気になって、もうすこし気持ちが落ち着くまで待っていたの」

「なんと賢い子だ。亡くなった王妃とちがい、私はお前に心配をしていないよ。グントラム王の宮廷に迎えられたら王妃のように扱ってもらえるだろう。シャロンの宮殿の中にお前のための部屋も用意されている。宮廷の主計がお前に仕える従者や奴隷を見つけてくれるし、ドレスの係も、宝石係もいる。私が王を訪ねたときに居合わせてくれたブルンヒルド王妃も、自分と息子であるキルデベルト王がお前を守ると約束してくれた。しかし、おや、黙っているね、あまりうれしくないようだな?」

「わからない。残酷だと聞いている王たちの宮廷って、どうなのかしら。フレデゴンドが従者たちに命令してバシナに乱暴させたことが忘れられない」

「しかし、お前がこれからかかわるのはフレデゴンドではないよ」

「わかってる、でもブルンヒルドもかなり残酷なのでしょ」

「王族はみな残酷なのだ。自分の手で敵だけではなく親や兄弟や子どもを殺したことがないというものは一人もいない。権力が人を疑い深くさせてしまうのだよ。権力を持つとそれを失うことを恐れ、守るために躊躇なく人を殺す。そして、殺されるのではないかという恐怖のためにまた殺す、すべての御世は無実な人々の大量の殺戮にすぎない。私はガリアのさまざまな王国を旅してきたが、ライン川の向こうも、エスパニアもイタリアも、いたるところ王たちの手で血塗られているのを見たよ」

「そんなにまでして手に入れたいと思う権力には何があるのかしら？」

「あるものにとっては、誰からも支配されたくないという思い、またあるものにとっては豊かな富を集めたいという気持ち、あるいは新しい土地を征服したいとか、誰かの主になりたいとか……」

「正義を愛する人もいるわよね」ヴァンダが口を挟んだ。

「彼らが正義を愛するのは正義が彼らにとって都合の良い時だよ。力の強いものの気まぐれに弱いものが立ち向かえるかね？　ああ、正義は貧しいものや奴隷のためにあらず、教会は一生懸命彼らの運命を何とかしようと努めているのだが」

叫び声とどよめきが、二人の会話をさえぎった。二人はカーテンを開けて身を乗り出して見た。重い車輪が止まったとき、ヴァンダは降りようとした。フォルテュナットがそれをひきとめ、兵士の隊長を呼び寄せた。

「何があったのだ？　どうして、止まったのだ？」

「先頭の男が、オオカミを見たというのです」

「おお、フォルテュナット、それはアヴァだわ。わかるの。さっきからずっとアヴァのにおいがしていたのよ。向こうに行かせてちょうだい」

「だめだ、男たちにお前とオオカミが一緒にいるところを見せたくない。そんなことになればすぐにも司教や院長のところに報告がいって、彼らのばかげた考えを助長してしまうだろう」

ヴァンダは力のないため息をつきながら、牛車の背もたれに身をうずめた。

「あなたのいうとおりだわ、フォルテュナット」

ヴァンダは目を閉じ、一団はフォルテュナットの命令によって進み始めた。

日が暮れる頃、彼らはロムルフの家に到着した。ロムルフは朝から家と街道の間を行ったり来たりしていた。娘に再会するのが待ちきれなかったのだ。ラドゴンドから受け取った金で「私のかわいい王女さま」とひそかに呼んでいたヴァンダを迎えるのにふさわしいように、さらに大きな屋敷を建てさせていた。二人は嬉し涙を流しながらお互いの腕の中に飛び込んだ。ガリアの男は両手をのばしてしっかりとヴァンダを支え、あの冬の日に見つけた小さな赤ん坊がほんとうにこの子なのだろうか、と確かめるようにしげしげと見た。フォルテュナットが戻った時と同じように、ヴァンダの背が伸びたことに驚き、それからその顔色の悪さに驚いたのだ。

「友ロムルフよ、娘御に再会してうれしいのはわかるが、供をしてきたものたちへも気を回してくれるかな？」

「申し訳ない、フォルテュナット、ヴァンダの姿に見とれて、もてなしの礼儀を忘れていました」

二人の男は親しげに抱き合って挨拶をした。二人ともやさしい性格で、ねたみや狭量を知らず、楽天家でワインとかわいいヴァンダを愛していた。ガリア人の農夫は彼のやり方で大地や祖国を歌う詩人であり、ラヴェンナから来たかつての学生は司祭になったが聖人の奇跡や王の宮廷や饗宴を歌にしていた。なによりも、彼らには共通する愛の対象があった。ヴァンダだ。

「あなたにふさわしい食卓を準備させました」とロムルフは続けた。「喜んでいただければいいのですが」

夕食の成功はロムルフの期待を超えたものだった。フォルテュナットはロムルフが出したワインとビールをすべて飲みほしたため、従者たちは彼を寝台まで運ばなければならなかった。ヴァンダは長旅で疲れていたので早めに休みたいと言った。

次の日、朝の光がほのかに差し込む頃、ヴァンダは音を立てないように気をつけながら起き上がった。修道服は着ないで、膝までの短い羊毛でできたシャツを着た。それからはだしの足に靴の紐を巻きつけ、皮でできた幅の広いベルトを締めた。そこに、短い刃の剣と石投げを差し込む。それから眠っているルドヴィンのベッドにかかっていた茶色の羊毛でできたケープをとると三つ編みをした頭の上で一方の端を折り返した。食堂の前を通り過ぎるとき高らかないびきが聞こえたので微笑んだ。台所でひとかけらのパンとローストされたウサギのもも肉をなべの中にみつけ、白い布にくるんだ。それから誰にも見られずに肌を刺すような寒さの朝の中に出て行った。

戸口のところで立ち止まると、野原にながくたなびいている朝もやや、それからさらに遠くには森を綿のようにふんわりと包み込んでいる霧に心を奪われた。すべてが静まり返っていて、この白く動いているヴェールが消えていくまで時が止っているかのようだった。

ヴァンダは囲いのかんぬきを回すと野原を横切って森のほうへと降りていった。

夜のもやが一足ごとに掻き消えていくようだった。目の前には並木道が延び、鳥の歌声が響き、シカの親子はヴァンダが通り過ぎていくのを安心したような眼でじっと見ていた。小さなウサギたちは歓迎するように飛び跳ね、キジバトはやさしく触れるようにその羽でヴァンダのそばをかすめて飛び、リスは舞い上がって蓄えていた木の実をぱらぱらと落としてしまい、いのししはうなりながらくるくると回った。太陽の光がヴァンダと一緒に森の中に入ってきて、夜の恐ろしさを追い払っていく。朝の平穏さの中をヴァンダは静けさを確かめながら歩いていた。そして、恐ろしさとか痛みとかがこの新しい日の穏やかさの中で一つ一つ消えていくのを感じるのだった。大地から力が伝わってきて、長い間修道院の衣服に包み込まれていた体に広がっていった。血が力強くめぐり始め、体がふらついた。ヴァンダは立ち止まると何度もコナラによりかかった。身を寄せると木の命が感じられる。

大いなる息吹、枝をゆっくりと揺らし、春の輝くような色合いを再び帯びた新緑の葉のざわめき。感動のあまり、ヴァンダは膝を折った。涙が頰を伝ったが、それは心穏やかな涙であり、生きているというただそれだけが幸せの涙だった。命という言い難い奇跡を感じる時に体や心に広がるこの甘美な意識を、涙よりほかに何でもってあらわせるというのだろう。ヴァンダはこの感情を分析することなく、ただ感謝の思いで感じていた。感謝の祈りが自然に口をついて出た。

「おお、万物の創造主よ、あなたの自然の真っ只中に生まれさせていただいたことを感謝いたします。私を祝福し、二度とあなたを苦しめることがないようにしてください」

ヴァンダは目を閉じ、過ぎ行く時をゆっくりと味わった。おなかがすいてきたので、小さな包みを取り出し、ウサギの肉をひとちぎりした。ゆっくりと食べ物の味を味わいながら食べていると、鳥の中でも好奇心の強いものが、近寄ってきた。彼女は鳥たちにパンのかけらを細かく千切ってやり、鳥たちが嬉しそうにさえずりながらついばんだ。

動物たちよりも先に、ヴァンダは森の中に新しい気配を感じて食べるのをやめた。そのうちに動物たちも警戒して姿を消していき、森の一角に不安げな静けさが訪れた。ゆっくりと音も立てずにヴァンダは起き上がり、眼をこらし耳をそばだてた。やがて人の声が聞こえてきた。彼女はコナラの後ろに姿を隠した。

最初にあらわれたのは黒と白の馬に乗った一人の男で、長い赤ひげを顔中に蓄えた獰猛そうな顔つきをしていた。着ている黄色のチュニックはあちらこちら破れており、十字にかけたつり帯の右には銀で贅沢に飾られた鞘に入った長い剣、左にはひびの入った盾が固定されていた。帯には斧が挟んであった。片手で馬の手綱を持ち、もう片手には槍を持っていた。彼の後ろには五人の騎兵がいたが、衣服はやぶれ、武器も傷んでいた。明らかに怪我をしている二人の男が馬の上で痛みをこらえながらしがみついていた。

「クッパ伯、ここで休もう。ジェノボードとサリュクを休ませて、傷の手当をしなければ。キルデベルト王の兵士たちはもう追いつけないだろう。トゥールの町のやつらめ、あんなに財産を守ることに執着するとは思わなかったぞ。あの狡猾なアニモドゥスが、王が侵攻してきた途端恐ろしくなってわれわれを王に告発したに違いない。もう、何も残っていない、戦利品も部下も。仲間はみんな死んだ！　おお、いつか仕返しをしてやる」

キルペリク王の厩舎の元長官にそう話しかけた男は大柄でやせていて、額には血のにじんだ鉢巻をしていた。そして、破れた黒いケープで体を包んでいた。

「お前の言うとおりだ、カリウルフ。ここで止まろう。腹も減った。何か食べるものは残っているか？」

「なにもない、今夜までにポワチエに着いておくべきだろう。あるいはこの先であまり守りのしっかりしていない裕福な農家を見つけるか。ワインがほんの少しあるな」

二人の男は馬から下りるとほかの騎士たちも同じようにした。けが人はうめき声を上げながらコケの上に横たわり、ほかのものたちは長い道のりでしびれた手足を伸ばすために体を動かしていた。クッパとカリウルフはヴァンダがかくれているコナラの木の元に座った。

「これからどうするつもりだ?」カリウルフが剣や邪魔な盾などをはずしながら仲間に聞いた。

「俺はフレデゴンド王妃の庇護の下にもう一度もどって、新しい仲間を集め、マリュイユに行く。そこで今は亡き司教バデジギシルスの娘マグナトュルドを探して妻にするのだ。娘と同じ名を持つ母親を説得できると思うが、もしできなければ誘拐してやる」

「私はトゥールの聖マルティヌス教会に逃げ込み場を確保するつもりだ」

「もし俺ならほかの逃げ込み場をさがすぞ。たとえばポワチエの聖ヒラリウスだな」

「私は聖マルティヌスがいい。あそこなら落ち着くし慣れている」

「えらく腰抜けなことをいうなぁ。俺が知る限りでは戦いにおいては勇敢で、ワインを飲ませれば右に出るものはなく、女に関しても力ずくのお前が」そういってクッパは大笑いをした。

「笑ってくれるな、こんなに何年も戦いに明け暮れていては、とにかくどこかで休みたいのだ。それから何がしたいか、考えようと思う」

突然、カリウルフの眼と耳が何かに気づいた。彼はクッパに動くなと合図を送った。ひととびで立ち上がると彼は剣を取り、木の後ろに回った。

ヴァンダは彼の動きを感じており、カリウルフに見つかったときには手に剣を握っていた。彼は驚いてしばらく動かず、ヴァンダをまじまじと眺めていた。ヴァンダの若さや服装や髪型に安心したようだ。

「クッパ、来てみろ」

赤毛の男は、茶色の袖なしマントをきた華奢なヴァンダをみて、高らかに笑った。

「なんてやせっぽちなやつだ、羊飼いか？　それとも主人のところから逃げてきた奴隷か？」

「いやそうじゃないぞ、見ろ、この髪形、鋭い眼、気の強そうなそぶり、小さな手」

「ああ、娘みたいな顔をしたやせっぽちだな」

「それさ」

「え？」

「娘だよ」

「娘だと？　ああ？　……本当か？」

クッパは近づいてきてマントの裾をまくり上げようとしたが、あっと驚いて手を引っ込めながら後ずさった。

「これが娘だと！　この奴隷、俺に切りつけたぞ。おい、こっちへ来い！　だれかこいつを捕まえろ」

ヴァンダのところから敵までの距離が近すぎたので、石投げを使うことができず、唯一の武器は短剣だけだった。そのうえ長いこと修道院で体を動かしていなかったのでかつてロルフやアルビンに教わったようには上手に短剣を振るう自信がなかった。

屈強そうな男たちのうちの一人が、この小さな敵と戦ってやろうと、笑いながら近づいてきた。甘い考えで近づいたその男は、腕にひどい傷を負うことになった。助けにやってきた別の男は耳を切られた。

「ちがう、カリウルフ、こいつは娘じゃない、悪魔だ」そういってクッパは剣の先で、逃げようとするヴァンダの手から短剣を跳ね飛ばした。

怪我をした一人がヴァンダの足元に槍を投げ、ヴァンダは転んだ。クッパがヴァンダの上に飛び掛り、振り向かせて押さえつけた。長い間、にらみ合いが続いた。

「俺の友人の言うことが正しいか、ほんとうにお前が娘なのか、確かめてやろう」そういって、ヴァンダの胸の辺りの衣服を引きちぎった。

ヴァンダのまだ少女らしい胸があらわれた。動揺してふるえている。

乱暴者は満足そうな声を上げて、さらに残りの衣服も剥ぎ取ろうとした。

「はなせ、下劣な豚め」

下劣な豚の仲間たちも傷を負いながらも笑っていた。彼らにはぴったりの表現だった。実際、彼らの頭領の、欲望のために赤くゆがんだ醜いその顔ほど下劣なものはなかった。

「おい、伯よ、農民の娘に馬鹿にされるがままか？　はやくやってしまえ。われらもおこぼれにあずかるゆえ」

「おお、魔女め」

激怒したクッパが立ち上がって叫んだ。顔を引っかかれ、手には引き裂いたヴァンダの服を持っていたが、ヴァンダは裸のまま逃げていた。

突然、ヴァンダは立ち止まると、空気を吸い込んだ。

「アヴァ、アヴァ、母さん、私はここよ、来て」

この叫びにヴァンダを捕まえようとしていた男たちは立ち止まった。そして、まわりを不安そうに見回したが、何も聞こえず人影のようなものも見えなかったのでヴァンダに襲いかかった。突然、あの耳を切られた男がヴァンダの手をつかもうとして灰色の毛の塊の下に転がった。叫び声は上がらず、何かがごろごろとなるような音と骨の砕ける音がした。別のオオカミがうなりながら、その男の傷ついた肩を恐ろしいあごで噛み砕き、爪で胸をえぐった。サリュクは右のふくらはぎをアヴァにかみちぎられたが、なんとか逃げ出した。ジェノボードはすでに負っていた傷のために弱っていたので、逃げ切ることができなかった。馬に乗ったところを母オオカミがものすごい跳躍で肩にとびかかり、引きずり落とした。彼はゆっくりと自分の槍の上に落ち、突きぬかれた。

ヴァンダはもつれた髪をかかとまでたらし、裸のまま、靴だけで、この殺戮の様子に震えながらも満足そうに見とれていた。

相当な傷を負いながらも、クッパとカリウルフは勇敢に戦っていた。彼らはオオカミを二頭殺し、さらに数匹に痛手を負わせていたが、多勢に無勢だった。

ヴァンダが合図をした。母オオカミは戦うことをやめ、ヴァンダの足元に横たわった。オオカミの子たちも地に伏せてヴァンダに目で話しかけた。二人の男にとってオオカミの群れ全部よりそのささやく様子のほうが恐ろしかった。

「娘よ、もしできるなら、お前のオオカミたちを呼び戻してくれ。金を存分に与えるから」

切れ切れの声でクッパが叫んだ。

「哀れみをかけてくれ、オオカミに食われるのはキリスト教徒の死に方ではない！」

ヴァンダと母オオカミが立ち上がった。

「行って、あいつを殺して」そう言って、クッパを指差した。

灰色の大きな獣が立ち上がるのを二人の男は悪夢のように見ていた。身動きひとつする間もなかった。クッパは何が起きたのか分からぬうちに野獣に捕らえられ、血の滴る口の鋭い牙に首を押さえつけられていた。カリウルフのほうは、アヴァとその妻の襲撃に屈していた。

しかしオオカミたちは最後のとどめをさそうとはせず、まだ震えているヴァンダの命令を待った。

ヴァンダは髪を体に巻きつけ、クッパの剣を取り上げて、哀れなその男に近づいた。

「慈悲を、娘よ、慈悲をくれ」

「さっき、私に慈悲をくれようとしたか？　お前は私を犯そうとしたではないか。服を引き裂くのよ、母さん。こいつは私の裸を見たから、私も見てやる」

わかったというように、オオカミは歯と爪でクッパのチュニックを引き裂いた。チュニックは瞬く間に血のついたボロ布になった。

「殺すがいい。だがこの獣をとめてくれ、われらの主イエズスの名にかけて頼む。殺されるのはかまわん。でも獣になぶられながら死ぬのはいやだ！」

ヴァンダは近づいて、母オオカミの頭に手を置いた。

「かあさん、放してやって。わが主イエズスの名において情けをかけることにするわ」そう言いながら、短剣の先でクッパを地面に釘付けにしたまま言った。

「放してやろう、犬よ。お前が神の子の名前を口に出したからだ。忘れるな、私は王妃だ。奴隷じゃない。そして二度と私の前に現われるな。悔い改め私に従うと決めるなら別だが」

ヴァンダは剣を上げ、後ろへ下がった。クッパはよろよろと立ち上がった。体中引き裂かれ、半分裸のままだった。

「私はどうなる？」二頭の足におさえつけられ、苦しそうな声でカリウルフが聞いた。

「アヴァ、レナ、そいつも放して。お前も自由だ。でも私のことを忘れるな」

「美しい子よ、もうだめかと思っていた。あなたのこともあなたの仲間たちのことも忘れない。そんな風にオオカミに命令するとは、魔術師なのか？」

「ちがう、私の兄弟たちだ……剣を置いてゆけ。お前がクッパと呼んでいたあの男の剣と同様、それも私の戦利品だから」

「もちろんだ、あなたはこの剣を持つにふさわしい。持ってもらえるなら光栄だ。大事にしてくれ、それは聖マルタンと聖ジュヌヴィエーヴの聖遺物にかかわる品だから。神の加護があなたにあるように。私の名はカリウルフだ」

「行け、カリウルフ、神がおまえとおまえの野蛮な仲間とともにあらんことを」

オオカミたちに取り巻かれ、二人の男が痛みをこらえながら馬にのり、遠ざかっていくのをヴァンダは見ていた。彼らが見えなくなると、ヴァンダは母オオカミを抱きしめ、その鼻面や耳に口づけをした。アヴァも、つがいのメスがうらやましそうに見る前で長いこと抱きしめられ、感謝された。

呼び声が聞こえ、ヴァンダの手が止まった。ロムルフの声だ。彼女はケープで体を包むと養父の到着を待った。

「やれありがたい、ここにいたのか」そういってロムルフはヴァンダを抱き上げ、オオカミたちがうなるのにかまわず抱きしめた。「どうして、ひとりで、何も言わずに出かけたのだい？」

「森と友達に会いたかったの」

「一体何があったんだ？」ロムルフが尋ねた。クッパの仲間の三人の遺体と、二匹の死んだオオカミを見つけたのだ。

ヴァンダは起きたことをなるべく簡単に話した。ロムルフと従者たちは怒りの声を上げた。

「こいつらは死んで当然だ。わが娘よ、もう決してこんな無茶な外出をしないと約束しておくれ。もし、森に行きたいなら、私がついていくから。本当に恐ろしい！　もしアヴァや群れに会わなかったら、どうなっていたと思う？」

「お父様、これからはこんな怖い思いも心配もさせないと約束します。だからこれからも私がアヴァやかあさんに会いたい時は会いに行ってもいいと約束して」

ロムルフが承知すると、ヴァンダは群れにさよならをした。従者たちは死者を担架に載せて運んだ。


フォルテュナットの善良そうな顔は恐怖と心配でひきつったが、あえてヴァンダを叱ろうとはしなかった。そして涙を流しながらヴァンダを腕に抱いた。ヴァンダが一生懸命に頼んだので、彼はこの一件のことを忘れると約束した。しかし、三人の遺体はどうしたらよいのか？　ポワチエの伯や司教に知られてしまうだろう。どうしたものか。このフランクの兵士たちがどのように死んだのか、いくら法の外の出来事でも尋ねてくるに違いない。

勇敢な男はひどく困惑していた。しかし、遺体を埋葬し、墓に祈りの言葉をかけ、それについて口を閉ざすことを引き受けた。

それから数日は、この三人にとってもっとも幸福な時が流れた。三人は少しの休息を取るとき以外はいつもいっしょにいた。ヴァンダは血色と、森の少女らしい快活さを取り戻した。夜が明けると、ヴァンダはロムルフと、それから石投げが上手くなったウリオンと一緒に狩に出かけた。獲物はめったになく、おなかをすかせ疲れて帰ってきたが、それで満足だった。それから、フォルテュナットと一緒に蜂蜜とミルクと小さなチーズと果物の朝食をとった。ロムルフが席をはずすと、ヴァンダは詩人と本を読んで勉強した。時々聖書の一節の難しい解釈やギリシャ語の詩の訳に没頭するあまり、時間を忘れ、戻ってきたロムルフに驚いたりした。

「もうこんな時間……」そういってヴァンダは手足を伸ばした。

フォルテュナットにはサントクロワの修道院長に命じられた仕事が待っていたし、ラドゴンドをたたえた書物の執筆のために去らなければならなくなった。みなは悲しそうに彼を見送った。

ロムルフはヴァンダとの約束を守り、オオカミに会いに行くヴァンダに付き添っていたが、そのうち娘を一人で行かせるようになった。自分といるよりも彼らといたほうが安全だということが分かったからだ。母オオカミとこの男の間にはぎこちないものの心の交流というか、お互いへの尊敬のようなものが流れていた。オオカミもロムルフも自分がヴァンダを守らなくてはと思っていたのだ。群れのオオカミたちもこのガリア人の存在を受け入れていた。ウリオンがいると、やや面倒なことになった。かつてヴァンダの友達が自分に与えた傷の記憶をいまだにもっていたからだ。その恐怖心があまりに強かったので、それが彼らにも伝わってしまい、ウリオンを見つけるやオオカミたちは毛を逆立てていた。ヴァンダがかれらをなだめ、ウリオンも自分の友達だし、故郷も同じだから彼のことも愛さなくてはと説明した。ウリオンには、群れのだれも彼に対して危険なことはしないからと約束した。娘になったことで、この不幸な子は弱く臆病になってしまい、ヴァンダがどんなに励ましても恐怖を克服しようとはしなかった。それでもヴァンダを愛するがゆえに、一大決心をして一緒に森について行こうと思い立ったのである。少しずつ、彼は自分の恐怖に打ち勝ちつつあった。

最愛のラドゴンドがなくなって一年目のその日から数日後、ヴァンダは森の一角のまだ知らなかったところに水が湧き出ているところをみつけた。それはかぐわしい木々にかこまれた自然の池に流れ込んでいた。木々で日陰になっていたにもかかわらず、雷雨がちかづいているようなあたたかさだった。ヴァンダはひとりで、母オオカミと一緒だった。彼女は白い亜麻布の短いチュニックとサンダルを脱ぐと髪を頭の上でたばねた。それから冷たい水の中にすべるように入って嬉しそうなため息を漏らした。一方のオオカミはむさぼるようにのどを潤していた。飲み終わると水浴びをしているヴァンダのほうをむいてうなった。

「わかったわ、母さん、追いかけていって。私はここを動かないから」

オオカミはぱっと飛んで茂みの中へ消えた。

ヴァンダは冷たい滝の下に行き、ほとばしる水を浴びながら笑った。しばらくすると体が冷えたので、急いで寝転がると日の光を浴びた。ゆっくりと体が温まってくると、幸福な満足感が湧き上がってきた。閉じられたまぶたの裏に虹色をした形が現れ、きらきらとまじりあった。ヴァンダはまぶたをぎゅっと閉じたり緩めたりしながら、その形や色が変化するのを楽しんだ。それからうつぶせになって、背中を温めた。首の辺りが苔にうずもれる。八月の太陽とかぐわしい香りに包まれヴァンダは眠りについた。彼女が滝で遊んでいる様子を、一人の若い男が見ていた。長い金髪、ひげのない美しく知的な顔のその男は一瞬たりともこの美しい娘を見失うまいとしていた。赤と青の線の入った短い袖のチュニックは膝までの長さで、その上に、青と白の袖なしのベストを着ていた。つり革に下げられた贅沢に飾られた鞘に剣をさし、ベルトには斧があった。首には大きな緑と赤の宝石の首飾りをしている。最初、彼は馬の頭に胸を寄せ、馬が声を上げないようにした。これほど美しい、大人にさしかかった少女をみたことがなかった。彼の母であるブルンヒルド王妃が妻として与えてくれた妃フェルーブでさえこのような乙女の優雅さと怪しげな美しさは持ち合わせていない。もう一度会いたい。それ以上何を望もうか。そんな思いで女性を見るのは若いキルデベルト王にしては初めてのことだった。彼のそばで馬が身震いをしたので、引き締まった手で、王は馬が動かないように押さえつけた。遠くで雷鳴がとどろき、空に暗い雲が広がってきた。突然、一匹のオオカミが空き地のほうから飛んできて、眠っている娘に飛びついた。キルデベルトは馬から手を放すと、剣を抜いて走り出した。が、ヴァンダが笑い出したのでその足を止めた。彼女はオオカミを腕に抱きしめ、楽しそうに体をこすり付けていた。そのとき、オオカミが体をこわばらせ、毛を逆立ててうなり、力をみなぎらせて若い男のほうに振り向いた。男とオオカミはにらみ合った。ぱっとヴァンダが起き上がり、オオカミを自分のほうに引き寄せた。

「誰か知らないけれど、動かないで。さもなければ母さんにあなたを殺させるわよ」

「しかし、殺されそうだったのは、そなたのほうではないか?」

「私の心配は無用よ。ここでは私が主人なの。さあ、行って」

キルデベルトはがっかりして、剣を鞘におさめた。

「そなたの名前は? オオカミに命令するとは、一体何者なのか」

「近寄らないで。私の名前はあなたに関係ないわ……私もあなたの名前を聞かない」

「余は……」

「言わなくて結構よ……道に迷ったの？」

「うむ、ポワチエに通じる道を探している」

「左のほうへ行けば、かならず見つかるわ。そこにポワチエのほうに向かう道があるから」

「ありがとう。またそなたに会えるかな」

「いいえ、行きなさい」

彼はヴァンダに近づくそぶりをしたので、ヴァンダはオオカミから手を放した。

「それ以上こっちにくると、死ぬわよ」

キルデベルトは後ずさりながらも、オオカミと裸の少女という変わった二人組みから目を離さず、恐怖で興奮している馬の手綱を解いた。

王が鞍にまたがると、オオカミは彼が戻ってこれないように後を追いかけていった。

ヴァンダは衣服を着けると、しばらく考え、ロムルフの農場に戻った。そして、王と出会ったことは誰にも話さなかった。


寒さはこの年も続き、みぞれがポワトー、トゥーレーヌ、リムーザン一帯に降り続けてブドウ畑を全滅させてしまった。多くの家畜は四肢をこわばらせ腹を膨らませて死んでいた。収穫した小麦は腐り、特にひどかった農村では、わずかな栗の収穫を動物と人間で争った。

飢えにおびえ、貧しいものたちは町のほうへと逃げてきた。

毎日、不幸な人々が群れをなして町の門の中へと入ってきた。聖職者は彼らをやさしく迎えいれ、登録簿に書き込んだ。そうすることで、わずかではあっても食が保障されたのだ。サントクロワの修道院長も子どもたちのために毛布や衣服を分け、修道院の一角を開放した。ヴァンダが戻ってきたのはこのような悲しみと不安が渦巻く時だった。彼女はロムルフにそばにいて守ってくれるか、それともグントラム王のところに連れて行って欲しいと頼んだが、無駄だった。養女の命の危険を感じ、頑として聞かなかったのだ。あたりは前にもまして安全とはいえなくなっていた。森の中を兵士たちがうろつき、飢えたものたちが人里離れた農場や村を襲っていた。はむかうものは皆殺しにされ、女たちは乱暴され連れ去られていた。

修道女も周りの者たちも、だれもその背の高い少女がヴァンダだと分からなかった。日焼けして、背が伸び、白い服はきゅうくつそうで、丈も短く、くるぶしがすっかり出ている。院長はかなり好意的にヴァンダを迎え、腕に抱いて祝福を与えた。バシナが飛びついてきたのでヴァンダは嬉しかった。クロディエルドのほうは自分よりも美しさの増したヴァンダをねたましそうに見ていたが、歓迎はしているようだった。ヴァンダにはグントラム王が後見人となったのでは？　だれもわからなかったが、それはありうると思われた。修道院の縫い子であるドウドリーがヴァンダの背丈に合った服を作ることになった。張り切った彼女は、ローブのすそと大きな袖にラドゴンドのものであった金の広いリボンを縫いつけた。それが、ルボヴェールの指示だと思い込み、ヴァンダは何も言わずそのローブを着た。そして、髪を三つ編みにして緋色と青いリボンでむすび、その上に長いヴェールをかぶって金のバンドでとめた。このように装って、チャペルへ行きみんなに加わった。いつものように修道院長の前でおじぎをしてから一番前の列のクロディエルドとバシナの横に並んだ。彼女たちのローブも聖セザールの規則の中に定められているきびしい指示に反して刺繍の縁取りがしてあった。聖務がおわると、その後の読書までの短い自由時間の間に、修練女たちや幾人かの特に若い修道女たちがヴァンダの周りに集まり、その装いの優雅さを褒め称えた。クロディエルドでさえ、賛辞を送ってきた。

従者の短い服を着たウリオンが、ヴァンダのところにやって来て、リボンの大きさだの袖の長さだのというおしゃべりをさえぎるように、修道院長がお呼びです、と告げた。

ルボヴェールは修道院の図書室で司教のマロヴェとともにヴァンダを待っていた。ヴァンダは司教の祝福をもらおうと、ひざまずいた。

「これが、これから神に身を捧げようという娘かね?　主のしもべとしての謙遜さやつつしみ深さはどこにあるのだ?　羞恥心のない娘よ、だれがそのように飾り立てることを許可したのだね?」

ヴァンダは修道院長のほうをふりかえり、刺繍を縫い付けたり、金のバンドをすることを許可したのは私ですと答えてくれるのを待った。しかし、ルボヴェールはヴァンダを厳しい顔でにらみながら司教に答えた。

「司教様、まったく、私もこのような格好をしているこの子を見て、びっくりしています。さっき、聖務のときに初めてこの格好を見たのです。司教様が不意に訪問されることがなかったら、きつく叱って罰を与えるつもりでしたのに。ヴァンダはクロディエルドに感化されているのです。あの子は懲罰用の部屋に入れても、あくまでも王の娘として扱われることに固執しているのですよ」

激しい怒りがヴァンダの心にわきあがった。彼女は頭から金のバンドをはずし、ローブの飾りをひきちぎり、院長の前に投げ捨てた。

「私はこんなものはいらないし、王の娘と見てもらおうなんて思ってもいません」

「なんと、気でも違ったのか？　院長の前でそのようにかっとなったことを謝りなさい」

ヴァンダはじっとしたまま、腕を組んで、痛悔のそぶりもみせず司教をにらんだ。

マロヴェは怖い顔をして立ち上がった。

「亡き王妃どのはどうやらお前にあまりに寛容すぎたようだな。私をこれ以上怒らせぬように、娘よ」

「私の母のことをそんなふうに言わないでください、司教様」

「私が誰であるか、忘れたのかね、引き起こされた石の子よ？　私はお前の父親より上にあり、お前は私に完全に服従しなければならないのだぞ。その無礼さを懲らしめてやる。ルボヴェール、この娘を聖誕祭まで独房に入れるように」

「聖誕祭までですって！　おお、司教様、それは長すぎます」

「そのほうが十分に反省する時間があるだろう。そして神の前にへりくだり、祈りを捧げる時間もな」

ヴァンダはルボヴェールの命令によって独房に連れて行かれた。そこには乾いた筵が敷かれていた。三枚の毛布が与えられ、フォルテュナットが、一日に三時間だけランプと本と紙と書く道具をもらえるようにと計らってくれた。水とパンだけという食事が毎日繰り返された。

フォルテュナットの本のおかげで、ヴァンダにとってこの生活はそれほど長く感じられなかった。閉じ込められたことで自由でありたい、なるべく早く修道院を出たいというヴァンダの望みはさらに強くなった。彼女はロムルフに会いたいと願ったが、拒否された。独房にいる間に、ヴァンダはアシアの死を知らされた。アシアはヴァンダが子どもの頃かわいがってくれたのだ。しかし、懇願しても彼女を墓まで送ることは許してもらえなかった。こうして、ヴァンダの中で一つの計画がゆっくりと膨らんでいった。

第12章　ヴァンダの病気　母オオカミの死

それはいままでに経験したことのないような過酷な冬だった。凍りついた木々は裂け、石でさえもろくなりちょっとした衝撃で細かく砕け散った。羽が凍った鳥たちは地面に落ちた。森も、野原も、川も硬くなった動物たちで埋め尽くされた。農民たちは最初、こうした動物たちを天の恵みだと思い、その肉を食べることで水っぽいスープばかりの毎日の食事を少しは贅沢にできると考えた。が、こうした死骸は、温めた途端に腐ってしまった。飢えにがまんできず、これを食べてしまったものはひどい苦しみのうちに死んだ。道のあちらこちらで、町に逃げる途中凍え死んだ人々の死体がころがっていた。その大半はオオカミや野犬と化した犬たちによって引き裂かれていた。

ポワチエでは聖ヒラリウスの教会に大勢の人が集まり、炭火がたっぷり入った金属製の背の高い盥《たらい》の周りで暖をとろうとしていた。毎日、伯や司教の奴隷が夜のうちに死んだ人を運び出していた。老人や子どもが特に多く、また子どもを生んだばかりの女性も多かった。

このような致命的な寒さをまのあたりにし、フォルテュナットはヴァンダに科された処罰を軽減してもらうように司教と修道院長に願い出てかなえられた。独房の戸が開けられると、最初は空っぽなのではないかと思われたが、すぐによわよわしい、うめき声のような音が積んだわらのあたりから聞こえてきた。部屋の中に立ち込める冷気と湿気に、ルボヴェールに遣わされた修道女たちは足がすくんだ。彼女たちはぶるぶる震えながら、なにか動物がいるのではないかと恐れつつ近づき、わらをどけた。そこにいたのは熱で震えているヴァンダだった。彼女たちはヴァンダを起こそうとしたが、ヴァンダはしもやけで膨らんだ手でもがき、分けの分からない言葉を発した。メロフレドが走って助けを呼びに行った。ベッガが来た。そのあとに、ルドヴィン、バシナ、ウリオンが続いた。彼女たちはフラヴィの持っているランプの光に照らし出されたヴァンダの苦痛にゆがんだ顔ややせ衰えた身体に動転して独房の入口のところで立ち止まった。ベッガが、中に入り、病人の額や手に触れてつぶやいた。

「おお、神よ」

ウリオンは泣いているバシナやルドヴィンを荒々しく押しのけるとヴァンダを子どものように抱き起こし自分たちだけに通じる言葉で何かつぶやいた。

「急いで」とベッガが言った。「救護室に運ぶのです」

それから何日もの間、人々はヴァンダが今にも死ぬのではないかと思ったが、ベッガの手当ての甲斐もあり、もともと丈夫な体質を持っていたことも幸いして、少しずつ危機は去り力が戻ってきた。ヴァンダは夜寝ているとうわごとを言って上体を起こし、まっすぐ前を見て亡き王妃に語りかけたりした。枕元で見守っていた修道女たちは、ラドゴンドが彼女に答えているのだと信じた。そのうちのひとり、アルフォレッドは幻視をみやすい修道女だったが、聖女が涙を流しながらヴァンダのことを「私のかわいそうな子」と呼んでいる姿をみたと証言した。ルボヴェールは彼女を叱ったが、彼女は司教の面前でも同じ事を主張した。

フォルテュナットとバシナとクロディエルドは毎日のように病人の様子を聞きにやってきた。ヴァンダの部屋に入る許可が出た時には、感激のあまりみんなでヴァンダを抱きしめた。その日以来、ヴァンダの健康は急速に回復していった。

クロディエルドは回復していくヴァンダがひどく気になるようだった。彼女はわずかでも余暇がとれると時間が許す限り長い間ヴァンダと過ごした。そして、司教や修道院長に対する強い怒りをヴァンダに話した。

「あの人たちは間違いなくあなたを殺すつもりだったのよ。あなたがグントラム叔父様のところへいくことをおそれているし、亡き王妃様があなたに愛情を注いでいたことをうらんでいるわ」

「それだけで殺すことはないはずよ」

「本当にそう思う？　マロヴェ司教の憎しみはいつもひどいじゃない。司教はラドゴンド様が皇帝にたのんで聖なる十字架のかけらを送っていただいたことをいまでも許していないのよ。それに、自分ではなくて王たちの庇護の下に入ったということもね」

「それはずいぶん昔のことだわ」

「教会の中にいる人たちって、とにかくしつこく恨むのよ。だから、ルボヴェールもあなたが捨て子だったのに王妃の養女になったことを決して許そうとしないでしょ。あの人は自分の姪を養女にしてもらうことを夢見ていたの。自分が身分の低い生まれだから私たちにふさわしい飾りとかを拒否するのよ」

「あなたは贅沢をしすぎだと思うわ。私たちは修道院の中にいるのであって、宮廷にいるわけじゃないのよ。規則もこのことについては厳しいでしょ。祈りに捧げられた場所で飾り立てるあなたの趣味は理解できないわ」

「だから、あなたっていやなのよね。私はここにいたいって言ったわけじゃないし、ここの規則は私が作ったわけじゃない」

「じゃあどうして誓いを立てたの？」

「平和と静寂を得るため。もっと自由であるためよ」立ち上がりながら怒ったようにクロディエルドは叫んだ。「私はここで一生を終えるつもりはない。おかしくなってしまうわ。今に神様を大嫌いになってしまう」

「口を慎んで。それは冒瀆よ」

「あら、あなたは私より野蛮だし、王の娘ではないものね。でなかったら、そんな風に言うはずないわ」

「落ち着いて頂戴。私が誰かなんてどうでもいいでしょ。フォルテュナットが書いているみたいに、貧しき娘か王の娘かなんて。もちろんオオカミの子だって関係ない。私はオオカミたちから自由を教えてもらった。私だってあなたのように自由でいたい、でも理由はちがうわ。もしそのときが来たら、私たち別々の道を行ったほうがいいと思う」

「何が言いたいの」

「ここを出る方法を知っているわ」

「じゃあ、早く出ましょう」

「あわててはいけないって、オオカミたちから教えてもらったの。ふさわしい時期を待つべきだわ」

「待ってる、ずっと待っているのよ」

「そう、待つのよ。もし準備ができたら、あなたに教えるわ」

クロディエルドはさらにせがんだが、ヴァンダはそれ以上何もいわなかった。そして疲れたのでもう出て行ってほしい、休ませてほしいとたのんだ。

ふたたび、オオカミたちが街の中に入り込んでくるようになった。飢えのために弱っていたので、住民たちはたいして苦労せずにオオカミたちを殺した。ある日、ヴァンダの前で、一人の年老いた修道女が、五〇匹ものオオカミが虐殺されたことを話した。

「あんたのオオカミもその中に入っていたらしいよ」老女は修道女らしくない意地悪さで付け加えた。

ヴァンダが真っ青になったので、女は逃げ出した。

「みんな出て行って、私を一人にして。いいえ、ウリオン、あなたはここにいて頂戴」

部屋が空になると、ヴァンダは羊毛の布団を跳ね除けて起き上がった。

「急いで、服を探して、着るから手伝うのよ」

「ヴァンダ様、起きちゃだめです」

「言うとおりにして」

あわれなウリオンが手伝う中、ヴァンダは足に羊毛のひもを巻きつけ、下着を一枚二枚と手早く重ね着しその上にローブをはおり、頭には肩までかかるほどの頭巾をしっかりと締めた。

修道服のローブには太い皮のベルトを締め、そこにカリウルフから奪った剣とアルビンからもらったビザンツ様式の短剣をさした。さらにその上に長い黒毛のマントをはおり、厚い毛でつくられた靴を履いた。ウリオンが紐をむすぶ。

「ついてきて。羊毛の毛布をもってくるのよ。あなたに必要だから。ランプを持って」

夜になり、暗闇が訪れていた。回廊の中では誰にも会わなかった。外に出ると、庭は霜が降りていて歩くたびじゃりじゃりと音がした。ヴァンダが前を走り、重たい毛布をかぶったウリオンがもどかしそうに続いた。こうして、二人はクラン川に面した城壁にたどり着いた。ヴァンダは壁のひとつのくぼみをウリオンに指差した。

「そこに入っていて、私を待っているのよ。もし私が明け方までに戻らなかったら修道院に戻って、何も言わないこと」

「でも……」

「黙って。こうしなくちゃいけないのよ。アヴァはまだ死んでいないし、かあさんが危険にさらされているんだもの。行かなくちゃ。ランプをちょうだい」

ヴァンダは壁を登ると一番上の広い手すりにまたがり足をたらした。足でくぼみを探すと一つ目が簡単に見つかった。それから二つ目を探した。こうして彼女は長い壁を降り始めた。突然、足の片方が茂みに触れた。

「ここだわ」ヴァンダは思った。

さらに降りて、壁に生えている茂みのところに来ると、ヴァンダは葉を掻き分けた。そしてかなり大柄なものでも通り抜けられそうな入口を見つけた。入口の前に大きな石が突き出していたので簡単につかまることができた。ヴァンダは外からはまったく見えない広間に入り込み、ランプを持ち上げてあたりを調べた。地面は乾いた砂で、壁はとがった石だった。

頭をかがめて、前にぽっかり開いているトンネルに入り、ランプのかすかな光で照らし出されている、ゆるやかな下り坂を歩いた。時間が途方もなく長く感じられたが、やがて足元が平になった。ついたのだと思った。右手には広間があった。ヴァンダはその広間の突き当りが修道院の外壁の下であり、反対側からは街の城壁の中にある小さな野菜畑の小屋のほうに出られるということを思い出した。

風がマントを吹き上げ、ヴァンダは身震いした。通りは人影もなく真っ暗だった。聞こえてくるのは霜で石に亀裂の入る音と、木の戸口がばたん、ばたんとあおぐ音だけだ。ヴァンダは迷った。どちらへ行くべきか？　突然、人のざわめきのようなものが聞こえた。彼女は小屋の中にランプを隠すと壁のくぼみに身を隠した。こちらへ近づいてくる足音とぼんやりとした光。その中に巨大な影がゆらめく。ヴァンダの耳には凍った地面をかつかつと歩く何十人の足音と怒りの声がはっきりと聞こえてきた。

「憎らしいやつめ、また逃げられたか！」

ヴァンダは喜びに震えた。まだ間に合ったのだ、母さんを助けることができる。どうやって、母さんに追われていることを知らせたらいいんだろう？　声は出せないし。

「つかまえてやるぞ、悪魔の息子め」

「わしらの子どもを殺したんだ、あいつの子どもも殺してやる」

「死を、オオカミに、死を」

疲れてやせこけた顔をした男たちはつるはしや斧や棒やナイフを持っており、薄着でがたがた震えているものもいたし、毛皮の重たそうなマントに包まったものもいた。彼らはヴァンダにまったく気づかず、行き過ぎた。

ヴァンダは壁の暗がりから出ると、男たちの後を追って町の大通りや路地を見つからないようにつけた。勝ち誇ったような雄たけびがあがり、ヴァンダはびくっと立ち止まった。

「いたぞ」

「みんなひるむな、やつは一匹だ、わしらは百人だぞ。前へ出ろ、殺せ」

ヴァンダは男たちを回り込んで追い越した。母オオカミとの距離はほんの少しだ。すぐ目の前にいる。彼女はオオカミを呼んだ。

「母さん、母さん、ここよ」

やさしくかけた声に、今にも飛びかかろうとしていた母オオカミは動きを止めヴァンダのほうへ頭を向けた。ヴァンダに飛びつこうとするオオカミを石のつぶてが襲い、耳、胸へ命中した。ヴァンダは彼女を抱きしめ、そのはなづらにやさしく口づけをした。唇に甘い血の臭いがした。

「母さん、怪我をしているのね、来て、助けるから」

しかし、遅すぎた。男たちが二人を取り囲んだのだ。一瞬沈黙が流れ、そこにいるのがヴァンダだと分かると彼らは言った。

「恵み深き王妃様の娘だ」

「オオカミの子だ」

ルドヴァルドが近づいてきた。ヴァンダにも彼だとわかった。

「この人たちに立ち去るように言ってください。このオオカミは私が責任を持ちます」

「無理です」ルドヴァルドは言った。「この前のときあなたはもうオオカミは戻ってこないと言ったではないですか。こいつもこいつの群れも、あまりに人を殺しすぎた」

「お願いです、わたしのお母様に免じて、逃がしてあげてください」

「そんな願いを聞くなよ、ルドヴァルド。そいつは修道院から抜け出してオオカミたちに命令している魔女だ。そいつも殺さねば」一人の男が言った。ほかのものよりも頑強で大柄でこの寒さにもかかわらずヤギの皮の胴着しかつけていない。

「黙れ、ウェロック。お前の動物の殺し方は普通じゃないぞ、殺すことしか考えていないだろう」

「おっしゃるとおりさ、あんたは偉いね。俺はこのオオカミを殺したい。それに、こいつらを守ろうとするやつもね」そう脅すように付け加えると、ルドヴァルドのほうに向かってきたので、ルドヴァルドは後ずさった。

「けんかしないで。私たちをこのまま行かせてください。誓ってこのオオカミが町に近づくことは今後一切ありませんから」

「今後一切？　それじゃ死ねってことだな」そういってウェロックは大きな肉切り包丁を振り上げながら近づいたが足が止まった。

ヴァンダが手にしっかりと握ったカリウルフの剣を胸に突きつけたからだ。

「動くな、でなければ殺す」

肉屋はこの脅しに大笑いで答えた。

「ウェロックをこんな小娘がとめられると思うか……」

男が最後まで言い切らないうちに、剣が彼ののど元をついた。後ろに跳び下がって、のどの辺りに手をやると血がついている。彼は驚いたように血を見つめそれから甲高い声で仲間たちに訴えた。

「見ろ、見ろ、こいつが切った、魔女がおれを切ったぞ」

若い学生のウルバンは、オオカミを追うというより面白半分でついてきたのだが、その様子をからかった。

「大げさな、たいしたことはないですよ、ちょっとしたかすり傷です、深くもないし」

「深くなくても血がでてるじゃないか」愚痴っぽくウェロックは言う。

「血が出ているって、それがどうした。おまえさんにとってはいつものことじゃないか」

「そりゃそうだが、自分の血じゃないんだぜ」

「それくらいにしておけ」とヴィダストという名のポワチエ伯の兵士が言った。彼は目の前で妻と娘をオオカミにかみ殺されたのだ。

「そいつを殺そう」

十人ほどの男たちが決着をつけようと前に出た。オオカミは飛び掛ってひとりの哀れな男ののどを噛み切った。同時に棒で激しくたたかれ、槍が腰にぐさりとささった。ヴァンダはすばやく剣を払って、まだ槍を握っているその手を切り落とした。オオカミは狂ったように戦っていた。決死の形相で、無防備のわが子を守ろうと必死になっているかのようだった。

オオカミの子は無防備ではなかった。何人もの男たちが、カリウルフの剣とアルビンの短剣で切りつけられた。誰かの一撃がヴァンダの剣をはねあげ、剣はカランと音をたてて後ろのほうに落ちた。オオカミが遠吠えをする。ヴァンダは彼女が仲間を呼んでいるなとわかった。けれども、助けは来なかった。斧が空を切り、オオカミの肩を打ち砕いたと同時にヴィダストが剣をそのわき腹につきたてた。老いて白くなった毛が血で赤く染まった。ヴァンダは短剣でその兵士に切りかかったが、剣の平で腕をたたかれ、痛さで短剣を落としてしまった。武器を失ったヴァンダはふりむくと母オオカミのほうへかけよった。戦いに夢中でオオカミがほとんど力を失いかけていたことに気づかなかったのだ。弱った姿を見て再び元気を出したウェロックの大きなナイフを避ける力は、もはやなかった。ヴァンダは叫びながらオオカミの上にかぶさった。

「かあさん、ああ、かあさん」

身を震わせながらすすり泣き、すでに冷たくなりかけている頭を起こそうとした。

「娘も殺せ、今だ」

しかしウェロックの腕を若い学生ウルバンが止めた。二人の男はにらみあった。暴力と知性。勝ったのは知性のほうで、肉屋は武器を投げ出した。

ウルバンとルドヴァルドはヴァンダを引き起こそうとしたが、ヴァンダは屍にしがみついて離そうとしなかった。涙にぬれながら、うわごとのようにつぶやいていた。「来ないで、ひとりにして……」

「若者よ、私はこの子を知っている。こうなったらてこでも動かない。置いていこう」

「しかし、この寒さでは死んでしまいます」

「修道院長に知らせてくる。誰かをよこしてくれるだろう」

「かわいそうに、よっぽどこのオオカミを愛していたんだな」自分のマントをヴァンダにかけながらウルバンは思った。

オオカミの身体に倒れ掛かったままどれくらい長い間いたのか、ヴァンダにもわからなかった。あたたかい息遣いを感じて、彼女は頭を上げた。二つのきらきらした眼が彼女を見ていた。

「アヴァ、生きていたのね……どうしてこんなに遅かったの？……私たちの母さんは死んじゃったのよ」

まるで理解したかのように、アヴァが遠吠えをし、それにほかのオオカミたちが悲しそうな叫びで答えた。アヴァとアヴァの妻や子どもたちは虐殺を免れたのだった。ヴァンダは彼らを抱きしめながらほんの少し悲しみを忘れかけた。

「こんなにやせてしまって……」ヴァンダは思った。

ヴァンダは立ち上がった。ローブの前は血で赤く染まっている。それから、すでにこわばっているオオカミの屍を抱き上げようとしたが、オオカミはやせているにもかかわらず重すぎた。

彼女は母親の屍を背中に背負い、首を手でおさえながら、聖ヒラリウスの家へと向かった。フォルテュナットが聖マルティヌスと同じくらい尊敬しているこの聖人の家に、ヴァンダは彼に連れられて時々遊びに来たものだ。そこは今や巡礼地になっていた。あたりはとてもにぎやかな一画で、肉やカキを扱う市場があった。ちょうど家の向かい側にも一軒の小さな肉屋があった。赤い壁の色でそれとわかる。半開きの戸口から光がもれていた。ヴァンダは戸を押し開けた。中はたいまつがひとつともされているだけで、赤茶色の土の地面の上にしとめられたばかりの新しい動物の身体がゆらゆらとゆれていた。壁には獣の皮がいくつもかけてあって、その多くがオオカミだった。

「戸を閉めてくれ」太い声が奥から聞こえた。

ヴァンダは四匹を連れて中に入った。

「だれだ？　もっとこっちに来い。見えんぞ」

ヴァンダの姿がたいまつの光に浮かび上がった。手には剣をもっている。

「おまえは？　……魔女……何をしにきた？」

「あんたを殺しに」

「わしを……わしを」大男は口ごもりながら後ずさった。

「でも、そのまえにちょっとやってもらいたいことがあるわ」

「わかった、わかった、なんでもやるから」そういうと、なにかたくらむような顔をしてヴァンダのほうへ近づいてきた。

が、その足が止まった。剣を突き立てられたからだ。

「アヴァ、この男を見張っているのよ」

そのときになって初めて男は四頭のオオカミに気づいた。彼は再び後ろに下がった。眼を大きく見開いて、声もだせない。

「私の母さんを運ぶのよ。さあ」

ウェロックは引きつったようにがくがく震えながら、歩き出した。

「年寄りのように震えるのはやめなさい。母さんを運んで仕事台に乗せ、皮をはぐのよ」

男はわけが分からないというようにぽかんとしていた。

「しかし、もうオオカミの皮は十分にある」

「私がほしいのは母さんの皮なの。おしゃべりはもういいわ。すぐに取り掛かりなさい。終わったら私を呼ぶように。アヴァと奥さんを置いていってあげるわ」

ヴァンダは外に出た。あたたかい肉屋の穴倉のような店からでたことで、寒さがよけいに強く感じられた。彼女は聖ヒラリウスの家の前に行ってひざまずくと、神に祈った。どうかこれから私がするべきことをやり遂げられるように勇気をおあたえください。すると感じたことがないような穏やかさが身体に訪れ、涙が止まった。ウェロックの声で、祈りから引き戻された。

「来てくれ。終わったぞ」手をぬぐいながら、彼は言った。血の臭いと最愛の動物だった母オオカミの皮をはがれた屍を目の当たりにしてヴァンダは吐き気を催した。

「よくやった。皮をもらう」

「まだ洗ってないが」そういいながら皮をヴァンダに差し出した。

ヴァンダは何も答えず皮を肩に担ぎ、前足を首のまわりに巻いて結び、オオカミの頭を自分の頭の上からかぶり下ろした。それはぞっとする光景だった。血が顔にしたたり、ほどいている髪にしみこんでいった。ヴァンダは、まるでクロディエルドがあたらしい縁取りでかざられたローブを見せてまわるときのようにくるくると回ってみた。

「いい仕事だわ。その仕事にふさわしい代金を受け取るがいい。行け、殺せ」

四頭のオオカミは同時にとびかかった。アヴァと妻が男ののどを押さえ込み、太い首を砕いた。子どもたちはもう十分に大きく、男の股に突進し、鼻や爪でかぎまわって性器と睾丸を引きちぎった。砕けたのどから、人間のものとはいえないような叫びがあがった。アヴァはさらに力をこめて噛み、恐ろしい叫びは消えた。その間、ヴァンダは身じろぎもせずにいた。まるで眼に入らぬかのように、無関心だった。感情をまったく表に出さずに、ヴァンダはウェロックが死ぬのを見ていた。

飢えたオオカミたちは血に興奮して死体を執拗に攻撃し、肉片をひきちぎっていた。ほどなくその顔は見分けがつかなくなった。突然、アヴァが、皮をはがれた母親の屍の置いてあるテーブルの上に飛び乗った。毛を逆立て、眼は血走り、あごから血を滴らせている。ヴァンダがとめるまもなく、アヴァはその身体をずたずたに切り裂き始めた。ヴァンダはなんとかしてアヴァを引き離そうとしたが、アヴァの妻や息子たちまでやって来てその不吉な作業を手伝い始めた。

恐ろしさに両手で顔を隠し、ヴァンダは動転したまま後ずさった。

彼女は耳をふさぎ、骨の砕ける音やあごを噛む音がきこえないようにした。まだ血の流れている皮に身を包みながら、壁にもたれたままずるずると床に崩れ落ちた。

親しみなれた気配を感じ、彼女は頭を上げた。すぐ近くに肉の塊をくわえたアヴァがいた。いつかのように彼は自分の分け前をヴァンダにもあげようとやってきたのだ。でも、今回はあのときのようなウサギの肉ではなく、彼らの母親の肉だった。彼は肉をヴァンダの唇のところに押し当てて食べろとせかした。自分でもなにをしているのかわからぬまま、ヴァンダは口を開いて肉を引きちぎった。そしてゆっくりとその硬い肉を噛んだ。ひどいにおいがした。

ヴァンダは思った。

「母さんが私の中に入ってきている」

そう考えると心が安らぎ、幸せな気分にさえなった。彼女はもう一切れを口に運び、新しい力が自分の中に生まれてくるのを感じていた。いまや本当の意味で私はオオカミの子となった、母の血を飲んだことで私自身がオオカミとなったのだ。ヴァンダは聖体拝領のこと、パンとぶどう酒の形で食べられるキリストのからだのことを思い出した。あれと同じことだ。これからはずっと母さんは私の中にいる。

彼女は立ち上がった。散らばった肉片があるだけで、もとの身体はなくなっていた。ヴァンダはおなかがいっぱいになったオオカミたちに合図をした。

彼らは修道院のほうへと歩いた。その夜とこれまでの日々の疲れがラドゴンドの娘の身体にどっと押し寄せてきていた。最後の力を振り絞ってようやく門にはたどり着いたものの門を叩くこともできずにヴァンダはうずくまってしまった。アヴァが門番のユダヤ人が気づくまで延々と吼え続け、後ろ足でのびあがって戸を叩いた。

「アヴァ」

トランキルがアヴァに気づいた。彼女はその動物の様子から外で何かが起きたのだと理解し、助けを呼んだ。ほかの奴隷たちも走ってきた。

「アヴァだわ。ヴァンダのオオカミよ」

「なにがあったの？　このさわがしさはどうしたの？」それはベッガだった。彼女は修道院の門の近くにある救護室に患者を診にやってきたのだ。

「アヴァがいるんです。ヴァンダのオオカミの」トランキルは繰り返した。

「はやく、門を開けなさい」ベッガが命じた。

門をふさいでいた厚い鉄板が回った。ベッガが飛び出すのと同時に、アヴァは逃げ去った。彼女は門に寄りかかっている塊の前にうずくまった。指で触れると最初はざらざらとした毛皮だったが、そのうちに柔らかい毛髪となった。ヴァンダだとわかった。

「手を貸して……誰か来て」

二人の使用人と一人の奴隷が気を失っているその身体を持ち上げ、ベッガの指示で救護室に運んだ。大理石のテーブルの上にそれが横たえられたとき、みなは恐ろしい叫びを上げて後ろに下がった。なんと、ここにいるのはあの王妃の愛した娘？　フォルテュナットが賛辞を惜しまず、クロディエルドがその美しさをねたんだ、あの娘？　この半分少女で半分オオカミのような存在が？　ちょうどその時、修道院長がお気に入りの修道女たちに付き従われて入ってきた。

「いったい、これが王妃に愛され娘と呼ばれた子なの？　いいえ、子どものかわいらしい姿をしてここに入り込んだ悪魔です。悪魔祓いの祈りをすべきだわ。夜が明けたら司教に来ていただくように。それからその悪魔の皮をはがして焼き払うのです」

ヴァンダは眼を開けたが、うつろなまなざしは何も語らない。身を起こし、恐ろしそうに血塗られた顔や手でオオカミの毛皮を引き寄せた。彼女がしがみついているのを引き剥がすのは大変だった。突然、ヴァンダは気を失った。毛皮はテーブルから下に滑り落ちた。

「その汚いものを捨てるように」

一人の奴隷がそれをかきあつめ、堆肥の山の上に放り投げた。夜が明けたら燃やすつもりだったのだ。

その奴隷が立ち去るやいなや、ウリオンが暗闇からあらわれた。ウリオンはずっと羊毛の毛布に包まりながら放り投げられたそれを見ていて、しかもそれが母オオカミの皮だとわかっていた。自分でも知らぬ間に、彼はそれをつかむと走っていって階段の一箇所に隠した。そこはウリオンしか知らない隠し場所だった。寒さに身を震わせ、使用人たちの部屋に戻ると横になり、眠り込んだ。オオカミや遠吠えがつきまとう夢をみながら。

第13章　母オオカミの毛皮
ヴァンダ、トゥールへ行く

修道院長や司教の反応に不安を感じたフォルテュナットはグントラム王とブルンヒルド王妃に使者を送り、ラドゴンドの娘を宮廷に送り出すように命じてほしいと頼んだ。彼らから返事のないままに春が過ぎた。またもやヴァンダは死の戸口に差し掛かっており、回復するとしたら奇跡だろうが、それは悪魔の仕業だろうとうわさされていた。実際、彼女が意識を取り戻したのは、ウリオンが輝くような白さを取り戻した母オオカミのやわらかい毛皮をベッドの上に置いたその日だった。ヴァンダは弱々しい手で長い毛並みをなで、眼を開くとつぶやいた。

「母さんだわ」

ヴァンダは毛皮を抱きしめた。この毛皮がふたたび生きる喜びを与えてくれたのだ。彼女はウリオンのほうに手を伸ばした。ウリオンは嬉しさに涙を流しながらヴァンダに飛びついた。

「ありがとう」そっとヴァンダは言った。「ありがとう」

ウリオンにしてみれば修道院から出て毛皮に鞣《なめ》しをかけさせ、瀕死の主人のベッドのところに持ってくるのは相当のわざと勇気がいったにちがいない。

フォルテュナットとベッガのとりなしのおかげで、ルボヴェールはその毛皮を聖別させたあとそのまま置いてよいと許可した。

使者がブルンヒルドから院長と司教宛の手紙をたずさえて戻ってきた。王妃は義弟グントラム王が戦場に入っていて不在であるが、ヴァンダを喜んで迎えると告げてきた。また、息子であるキルデベルト王がその年の八月にはポワチエの司教を訪ねてくるだろうと付け加えた。王の一行にはブルンヒルドの宮廷の宮宰であるフロレンチウスもいる。司教マロヴェが、町の人が税を納めすぎないですむように人口調査をしてほしいとキルデベルト王に願い出ていたからだ。王は司教に対しその調査を必ず行うと約束していたのである。この訪問の際に、王はヴァンダのことを必ず問いただそうと思っていた。

キルデベルトがポワチエにやってきたのは九月の終わりだった。伯や供のものたちも連れていた。彼は町の門のところで、司教を先頭に聖職者やマッコン伯領の助祭たち、彼の使用人たちの大集団に迎えられた。歌に先導され、一行は行列を組んで民衆の歓呼の叫びの中を進み、ミサをあげるために聖ヒラリウス教会へと向かった。式が終わると新たに饗宴がもよおされ、アウストラシアの宮廷で王を子どもの頃から知っているフォルテュナットも招かれた。キルデベルトが彼に対して尊敬をこめ親しげに話しかけたのでマロヴェはひどく気分をそこねた。

それから数日は仕事に追われ、時にはポワチエの森での狩りに中断されたりしていたが、あの裸の娘を探すというチャンスを若い王は常にうかがっていた。

ある日、キルデベルトは修道院長に許可を得て幸多きラドゴンドの墓で黙祷することにした。

彼は午後の遅い時間に到着した。ちょうど太陽が修道院の高い壁を金色とうす紫色に染め上げ、最後のバラが芳香を漂わせていた。彼は聖女の墓のそばに一人でいさせてくれと頼み、長い間祈り続けた。その長い金髪で顔は見えない。スイカズラの香りがしめやかなその場所に充満していた。王はふと顔を上げた。彼の前に、光のように現れたものが墓に寄りかかりながらじっとこちらを見つめている。彼は最初天使を見ているのだと思ったが、それから、まさかそんなことは……あの森の裸の少女だ！　オオカミの子だ……と気づいた。王は少女を怖がらせないようにゆっくりと立ち上がり、今にも消えてしまうのではないかと恐れながら近づいていった。そして墓にかけられた少女の手のそばに自分の手を置き彼女を見つめた。彼女はにっこりと微笑み返した。

「そなたはだれだ？　まぼろしか、それとも命あるものか？」

「好きなように」

彼女だ、と王は確信した。彼は自分の手を彼女の手に重ねたが、彼女は手をひかなかった。

「去年森にいたのはそなたであろう」

彼女は答えなかったが、ずっと微笑みながら彼を見ていた。

「そなたはわしを剣で脅した……何も着ていなかった……そして、一匹のオオカミと一緒にいた」

微笑がヴァンダの口元から消えた。彼女は手をひっこめた。眼に涙が溢れ出した。

「その話をしないで。母さんは死んだわ、あいつらに殺された」

キルデベルトはどんな言葉も彼女を慰めることができないと感じた。どうやらその沈黙のおかげでヴァンダは落ち着いたようだった。再び彼女は笑った。

「あなたが王妃の墓に祈りに来てくださってうれしい。神の祝福がありますように」

それから一体どこから出て行ったのか、あっという間に姿を消してしまった。墓の裏に低い扉があったが開けることができなかった。彼は走って墓所から出ると、そこでばったりと修道院長と大勢の修道女の一団に出くわした。彼の祈りが終わるのを待っていたのだ。彼はその一人ひとりを注意深く調べ、あの不思議な少女の美しい顔を捜したが、その中にはいなかった。

ルボヴェールは王に対するにふさわしい敬意をもって彼に挨拶をし、キルデベルトはその祝福を願い出た。彼らは町へ通じる壁のほうに歩き出した。若者は少女のことをどうやって話そうかとあれこれ考えたが、このような慎重を要する問題を、見るからに厳格そうなこの修道院長にどうやって切り出したものかと悩んだ。と、彼は母であるブルンヒルド王妃からラドゴンドの養女に会ってくるようにと助言されたことを思い出した。

「私の母がヴァンダ王女と近づきになることをとても喜んでいます。お迎えするしたくはすべてできています」

「急ぐことはありませんよ、わが息子よ。ヴァンダはまだ子どもでしっかりと見守る必要があります。われらの王妃様が亡くなられてから、私は個人的にあの子の魂に責任を感じています。なにより、まだ健康に不安があり、十分な休養が必要なのです」

「では、院長殿、ここに連れてくるように命じてください。そうすれば母や叔父のグントラム王に彼女がどんな姿かをお話しできますから。叔父もとても知りたがっておりますので」

ルボヴェールは折れるしかなかった。サントクロワ修道院はいまだ王たちの庇護の下にあったのだ。その申し出を断ることは致命的な結果を修道院にもたらすことになるに違いない。

彼女はヴァンダを呼んでくるようにと使いを出した。

ラドゴンドの娘は沈む太陽の光の中に現れた。白いローブにたらした三つ編みの髪に光の輪が幾重にも金色に輝いている。

なにかが王の胸の中に湧き上がった。粗雑で野蛮で、母に甘やかされ、幼いうちから自分のわがままを満たすことを当たり前としてきた男は、今までにない感情に襲われ、嬉しさのあまり少女の前に駆け寄った。

「ヴァンダ、あなただったのか、ヴァンダ、ヴァンダ！」彼はそう言うとヴァンダの手をとった。翳ったり明るくなったりする不思議な緑色の眼でじっと見つめながら、ヴァンダは彼に笑いかけた。

「あなたは王にしては若すぎますわ」

「年は若いけれど、もう一〇年以上も統治しているのだよ。王であると早く年をとってしまうのだ。暗殺されなかったとしてもね」

「あなたの父上であるシギベルト王はあなたの叔母のフレデゴンド王妃に暗殺されたといわれていますけれど、本当なの？」

「そうだ、あの罪人は私の父を殺した。それだけでなく、自分の夫であるキルペリク王、その息子たち、それから彼らの母であるアウドヴェル王妃と私の母の姉ガルスヴィント王妃まで殺したのだ。あの女は地獄からやってきた悪魔だ。わが叔父の寛大な心がなければ今頃はその罪ゆえに処刑されていただろう」

修道院長が二人の若者に近づいてヴァンダに向って言った。

「わが子よ、夜のお勤めの時間です。あなたの義務を忘れないように」

ヴァンダはルボヴェールとキルデベルトの前でお辞儀をすると走り去った。

「わが母の宮廷で彼女に会えるのが楽しみです。いつ連れて行けますか?」

「考えて見ましょう。司教様にも話さなければなりませんし」

「彼女は私たちのところにいるべき人です。わが妻フェルーブも彼女を妹のように迎えるでしょう」

「お気持ちはわかりますが王よ、そのことについてはまた今度話すことにしましょう。もうここをお発ちくださらなくては。夜になります。ここにとどまることは良識があるとはいえません」

母の助言を思い出し、王は礼をすると道案内の三人の修道女とともに立ち去った。再び閉じられた門の前で、キルデベルトは供のものたちを見つけた。

「もう戻られないかと心配し始めていたところです」馬の手綱を引っ張りながらそう言ったのは、従者の一人で王がとても信頼する友でもあるマルシアルだった。

「そなたは私がいつか話した、森の中の裸の少女のことを覚えているか」

「覚えているかですって? どうしてあの不思議な話を忘れられるでしょう、あんまり不思議だったから、あれからずっと、あなたが夢を見ていたのだろうと思っていました。そのような少女に出会うことは男ならだれでも夢見ることです。しかし、あなたの話はどこか信じがたいものでした。裸なのはいいが、オオカミが一緒にいるとは……」

「私はまた会ったのだ」

「なんですと？　なんと言われましたか？　また、会ったと？　一体どこで？　ポワチエに来て以来どこにも行っていないのに」

「ここだ」

「どこですって？　ここ？」そう言ってマルシアルは辺りを見回した。

「修道院の中だよ」

王の友人は心配そうに彼を見つめた。あの話で気が変になったのではないか？　修道院の中にオオカミと裸の少女？　……ありえない。

「そんな眼で見るな。私は正気だ。もう一度言うが、彼女はここにいる、名前はヴァンダ、ラドゴンド王妃の娘だ」

「しかし、王の娘が、裸で、森で何をしていたのです？」

キルデベルトはまるでわからないというように肩をすくめた。皆は馬をすすめて、町の外にしつらえた王の陣営地に戻った。

数多くの暗殺者に狙われている王は、自分の兵士たちと一緒でないと身の安全を感じることができなかった。そうした兵士たちの中には小さい頃から一緒に育ったものもいる。司教が自分の館に泊まるようにと熱心に勧めたが、王にとっては司教の館よりも壁の外のほうがなにより安心だったのだ。

キルデベルトはテントのすそを開けた。暖かな居心地のよい空間だった。広い床の片隅で、沐浴するための水が温められていた。火の近くにうっとりするような美しい娘がいた。美しい褐色の髪で、鮮やかな色のローブを着ている。その長い髪は色とりどりのリボンで結んであり、細い腕は腕輪でおおわれていて、首には重そうなネックレスを飾っている。娘は王が入ってくると嬉々として立ち上がり、足元に飛びついて熱狂しながら口づけをした。

「ああ、わが殿、あなたがいない時間がどんなに長かったことでしょう」

「起きろ、アルキマ」

娘はそれを無視して、手を青いチュニックの下に滑り込ませ、王を愛撫した。キルデベルトは見下したような笑いをうかべ、娘を激しく押しやった。彼女はテントの床に敷いてある麦わらの上に転がったがすっと起き上がった。その眼は怒りで燃えていた。

「どうしてこんな扱いをするの？　私を父から奪って、愛人にしたのは、あなたでしょう？」

「アルキマ、もうやめろ。私は一人になりたいのだ。マルシアルに来るように伝えてくれ。それから私たちにワインを、料理人には今夜は腕を振るうようにと言え。腹が減った」


クロディエルドは王が修道院を訪れたと知ってひどく怒って部屋に入ってきた。王の近親者であるのに何も知らされなかったからだ。

「あの修道院長は私たちをばかにしているわ。こんな礼儀にかけているのってある？　ここでは王は主人、ということはつまりその親族たちもそういう権利を持っているっていうことを知らないのかしら」

彼女はヴァンダの腕を激しくつかんだ。

「どうして、あなたは呼ばれたの？　王はあなたに何を言ったの？　どんな方だった？わたし、叔父様のグントラム王のところではお会いしていないの。美しいってほんと？　ねえ、話してよ」

「とにかく、その手を離して。あなたに揺さぶられるのはいやなの」

不満そうにしながらしぶしぶクロディエルドは従った。

「彼はルボヴェールに私がいつブルグンドの宮廷に出発するのか聞いたわ」

「院長はなんて答えたの？」

「私の健康状態がまだ不安だとか、私の魂が安らげるか心配だとか」

「ほら、あなたがここを出ることの邪魔をしているでしょ」

「たぶんね……なんとしてでも、私はここを出るわ。ここは息苦しいし、いる意味もなくなってしまったし」

「私もあなたと一緒に行くわ」

「私も」そういったのはバシナだった。

「私も」フラヴィ、ペラジー、プラシディニ、ジュヌヴィエーヴ、スザンヌ、テオドギルド、ウルトロゴートとクロチルドが口を揃えて言った。

「私も」そこにいた一〇人の修練女たちも。

言い切ってから、気まずい沈黙が流れた。お互いに顔を見合わせながら、修道院長に言いつけられて罰を受けるのではないかと恐れ、探り合っている。

ヴァンダが口を開いた。

「私は誰かについてきてほしいなんて、言っていない。どうして私と来たいの？　あなたたちのほとんどはこの修道院の生活しか知らないじゃない。外へ出て、どこへいくつもり？」

「あなたについていくわ」勇気を出した幾人かが言った。

「そんなことを言われても、私には荷が重過ぎる。これは、私がしたいことなの。誰かを巻き込むことはできないわ」

「じゃあ、どうしてあなたがここを出て行くの。なぜ私たちじゃないの？」クロディエルドは怒って言った。

「私は誓いを立てていないもの」そう言ってヴァンダはからかうように彼女を見た。

すでに修道女になっていた娘たちが頭をたれた。

「私たちには選ぶ自由はなかったのよ。小さい頃からここに閉じ込められて、望んでもいない規則に縛られて、こんな生活、死んでいるのと変わらないわ。死ぬまでかわり映えのない毎日より、外で冒険をしてみたいのよ」

「外に出ても、心配が尽きないわよ。修道院長、司教、王……」

「王のことなら私に任せて。私が会いに行って、どんな風に私たち王の娘が扱われているか話すから」

「ここでは、私たちはみんな平等よ、分かっているくせに。王妃様でさえ平等であることを望んでいらしたわ」

「もう結構。あなたって、ほんといやな人。ここに居たいなら居ればいいわ。でも私は外に行く」

「そうね、みんなそれぞれに行けばいいわ」

クロディエルドは怒りで真っ青になり、いつもの仲間をひきつれて出ていった。バシナは残って、ヴァンダを抱きしめ寄り添った。

「私、どうしたらいいのか分からない。クロディエルドはいつも、私たちはここをでなくちゃ、ここはわたしたちが居るべきところじゃない、っていうけれど。私にはわからない。すごく恐ろしいのよ、また恐ろしいフレデゴンドに会うかも、お母様やお兄様たちのようにあの人に殺されるんじゃないかって」

ヴァンダはキルペリク王の娘の美しい顔をなでた。彼女の悲しい話を知っていたので心底かわいそうだと同情した。バシナの居場所は修道院だった。なぜなら、彼女は父親の目の前でフレデゴンドの手下に乱暴され汚されたあの恐ろしい夜を、義理の母にふしだらだと訴えられたあの夜のことを決して忘れられないでいるからだ。王は娘のことを愛していたのに王妃の申し立てることが正しいかどうかを調べようとしなかった。彼は娘を自分の娘と認めず、サントクロワ修道院に送りつけ、このうえない辱めとして娘を丸刈りにさせたのだ。

キルデベルトの訪問の翌日、ポワチエの司教マロヴェがサントクロワ修道院にやって来て院長に面会を申し込んだので、ルボヴェールは聖務を途中で抜け出して司教のところへ赴いた。

「親愛なるルボヴェールよ、さあ座って。私がこれから言うことをよく聞くように。まず、この会見のことを誰にも明かさないこと、この件についてひと言も漏らさないことを、十字架に誓いたまえ」

「誓います、司教様」

「よろしい。ではよく聞いて。あなたは昨日キルデベルト王をもてなした。そして、何かのきっかけで、残念なことだが、彼はヴァンダに会った……」

「それは」

「口をはさまないように。わかっている、あなたに選択肢はなかったのだ。しかし、ヴァンダはいないと言うこともできたのではないのか?」

「でもそれではうそをつくことになります!」

「うそ、うそも、時には必要ではないか! まあ、それはよい。過ぎたことだ。あなたはラドゴンドの娘に対してグントラム王やブルンヒルド王妃が関心を寄せていることは知っているね。その上、王妃の下に探りを入れさせた者によると王妃はヴァンダの出生に関する重大な何かをつかみかけているらしい。あの子の存在はいまや私たちにとって切り札になっている」

「よくわからないのですが。なにがおっしゃりたいのです？」

「あなたも知っていると思うが、今ブルンヒルドの宮宰であるフロレンチウスと宮廷の伯がポワチエにいて、正確な納税者を調査し名簿を改めている。が、彼らは貧乏人や障害者の税を軽減することに難色を示している。私がこのことを王に話すと、自分は従者たちを信頼しているからこの件についてこれ以上議論することは断ると言ってきた。あなたは私が司教区の貧しい人たちをどれほど大事にしているか知っているだろう。税は減らすか、なくさせてやらねばならない。聞けば、王は一刻も早くヴァンダを連れて行きたがっているというではないか。そうはさせてはならぬ」

「でも、もし王がヴァンダを探しに使者をよこしたら？　ラドゴンド王妃の望みは誰もが知るところです。長い間あの子の出立を阻止することはできません」

「わかっている。明日の夜明けに、かごと付き人を寄こすつもりだ。ヴァンダには門のところで支度をして待たせるように、二人の従者と、それにあなたが十分に信頼できる修道女をもう一人つけるのだ」

「フラヴィかしら？」

「なんだって！　トゥール司教グレゴリウスの姪か？　だめだ、それはありえない。なぜなら、私がヴァンダを送り込もうとしているのはトゥールだからだ。特に縁者のない、そして頭のよい者でなくては。グロドシンドはどうだろう？　ああ、そうだな、グロドシンドなら任せられる。ただし知らせるのは間際になってからだ」

「でも、われらの規則では、修道女が外に出ることを禁じています」

「私が例外的にその禁止を解こう。ヴァンダはインギトルードが建てた修道院に連れて行くことにする……」

「その人はグントラム王の親類でボルドー司教ベルトランドの母君では？」

「そのとおり。彼女は娘ベルテゴンドの相続のことが引き金になって王とは絶縁状態になっている。私が支持を約束したから、向こうも手助けをしてくれるだろう。一行が着く前に使者を送っておく。あなたは、手紙でしばらくの間ヴァンダを手元においてもらえるように、そして彼女の魂の安息のために完全に人を遠ざけてもらえるようにと頼みなさい。その手紙はグロドシンドに託すように」

「ヴァンダにはなんと言いましょう？」

「なにも。あの子には関係のないことだ」

「では、王には？　もし、彼女を探しにきたらどうしましょう」

「ヴァンダは静修のためにここを出たと、その居場所は明かさないと誓いを立てたといえばよい」

「もし、力ずくで門を開けようとしたら」

「そんなことはしないだろう。破門の危険にさらされることになる。あの男は自堕落な生活をしている割には敬虔で信心深い」

「司教様、ほかに方法はないのでしょうか」

「ない。それになにより、王や王妃に渡す前に、ヴァンダが何者なのか知る必要がある」

「私はあの子がどんな反応をみせるか心配です。もし逃げ出そうとしたらどうしましょう」

「それは私も考えた。このビンから五滴を朝のミルクに入れて飲ませるのだ。そうすれば旅の間ずっと眠っているだろう。さあ受け取って」

マロヴェが金色の小瓶を差し出すと、ルボヴェールは躊躇しながら受け取った。

「五滴以上入れてはならぬ、さもなければあの娘を殺してしまうことになるだろう。さあそんな顔をしないでルボヴェール。あなたならうまくやれる。私たちがこんなことをするのは主が愛された貧しいものたちのためなのだということを考えるのだ。さてあなたの話を聞こう。修道院の運営はどうかな？　修練女たちはまじめに勉強や祈りに励んでいるかね？この冬は厳しくなるのが分かっているが、たくわえは十分かな？　フォルテュナットは新しい歌を作ったかね？　あなたの健康はいつも問題ないかな？　まったく、あなたはいつも私に隠そうとするからね。クロディエルドは言うことを聞いているかね？　少しはおしゃれを控えて、生まれを自慢しなくなったかな。バシナは新しい環境にもうなじんだだろうか？ラドゴンドのオレンジの木を屋根の下に入れることを考えてくれたかい？」

次から次へと質問攻めにされて考えることもできず、ルボヴェールはただ答えるしかなかった。彼女のほうから質問するチャンスもないままに、司教は立ちあがった。

「友よ、楽しいひと時だった。残念だが、もう行かなくてはならない。仕事が待っているからね。さあ、こちらへ、祝福を与えよう。いやいや、送ってもらわなくてもよろしい、大丈夫、道は分かるからね。忘れないで、五滴だよ、決してそれ以上入れないように。それから夜明けにはすべて整えておいてくれ」

修道院長はすっかり途方に暮れたまま司教が立ち去るのを見送った。司教が彼女に命じたことはやってはいけないことだと心の中で声がするのだが、その一方で、司教に逆らえるとは一瞬たりとも考えていなかった。

マロヴェの計画についてルボヴェールに猛反対したのは、グロドシンドだった。勇敢なグロドシンドは、それは誘拐ではありませんかと反対した。なぜ司教たちは、グントラム王に信頼され彼の後継者となるキルデベルト王にヴァンダを託さないのですか。それに、この計画はなきラドゴンド王妃の遺志に反している、ということは罪になる。すくなくとも、なぜもう少し待ってヴァンダの養父であるロムルフに知らせることはできないのですか。こうした理の通った言葉に動揺した院長は、しまいには怒って、グロドシンドに黙って従うようにと言い放った。命じられては仕方もなく、彼女は愛する王妃の娘を守りますと約束した。

翌日の夜明け前に、ルボヴェールはヴァンダを起こして、あなたをトゥールに保養のために行かせます、グロドシンドとルドヴィンとウリオンがついていきますと説明した。院長があたたかいミルクの椀をヴァンダに差し出すと、ヴァンダは半分眠りながらそれを飲んだ。

四頭の白い牛に引かれたかごが修道院の門の前で待っていた。周りには一二人の武器を持った衛兵がいた。グロドシンドは太りすぎて体が言うことを聞かず、高い乗り物に乗るのは一苦労だった。使者の団長が手助けを申し出たが、何度やっても無駄だったので、そのうち二人の兵士になにやら指示をした。彼らはこの太った女性をやさしいとはいえないやり方で持ち上げ、かごの中に押し込んだ。彼女がクッションの上に転がり込むと連れの三人が大笑いした。グロドシンドは身体を起こして威厳を取り戻そうとしたが、その様子がよけいにおかしくてみんな笑った。

ヴァンダは修道院を抜け出せるということでうれしくて、どこに連れて行かれるのか心配もしなかった。なにより、眠くて仕方が無かったのだ。まもなくヴァンダは眠りこんだ。

旅は六日間続いた。六日間の間、ポワチエ司教が用意したかご馬車の中で皆は十分に眠った。

インギトルードは自分が院長に任命した姪とともに迎えに出てきた。彼女はヴァンダを抱きしめ「わたしの親族」と呼び、グロドシンドから渡されたルボヴェールの手紙を読んだ。それから娘ベルテゴンドとの争いについて話し始めた。彼女の娘ベルテゴンドは夫の家から逃げるときに自分と夫の財産を船に積み込ませ、兄でありボルドーの司教であるベルトランドのところに逃げ込んだのである。恐ろしいことに、夫はオルレアンで、グントラム王の面前で、この司教を姦通と近親相姦の罪で訴えたのだ。

ああ、インギトルードは本当にうんざりしていた！　親族である王は彼女に非があると言い、トゥールの司教は非常に厳格、娘は彼女の財産を食い尽くすことしか考えていない、そして今また、ポワチエの司教が、自分の利益を守ってくれると約束はしてくれたものの、同時にラドゴンドの養女を送りつけてきて、この子の後見人はグントラム王なのに、誰にも近づけないようにさせよと命令してきた。サントクロワ修道院長からの手紙には何の説明もなかった。どうすればいいのだろう？　すべて上手く事を運ばなくては。彼女はヴァンダと手を結ぶことにしようと思った。この少女は後々役に立つに違いない。彼女は自分で案内し、鮮やかな色のモザイクのある居心地よい部屋にヴァンダを引き入れた。部屋は花の咲く中庭に面していて噴水の水の音が響いていた。

グロドシンドは周りを見回して驚いた。ここにはラドゴンドの修道院にはありえないような贅沢さが息づいている。修道女たちは笑い、おしゃべりをしている。彼女たちの白いローブは縁取りがあり、飾り立てられたベルトをしめていた。靴にもかざりがあり、それに手袋にも。髪の毛にはビーズやリボンが絡まっている。クロディエルドなら喜びそうな場所だ、と賢明な修道女は思った。ウリオンははじけるように庭に出て行き、門番を任されている使用人たちと早速仲良くなった。食いしん坊なので、料理人たちともすぐうちとけた。ルドヴィンは衣装箱に入れて持ってきた服を出して並べたり、一つ一つの部屋を見て廻ったり、インギトルードが寄こしてくれた奴隷を手伝って寝台を整えたりした。ヴァンダはといえば、決して手放そうとはしなかった母オオカミの毛皮に包まりながら、中庭の大理石のベンチに座って、何か考えながら水が吹き出て落ちていくのを見ていた。次第に夜の風がしぶきを彼女の顔にうちつけ始めたが、気づいている様子もなかった。

キルデベルト王の怒りは大きかった。ヴァンダが出発した翌々日、王は彼女に会わせるようにと要求してきた。談話室で、修道院長は王に、それは無理です、彼女は静修に入っていて、いかなる理由でもそれを中断することは規則で禁じられているのですと答えた。王はしぶしぶ引き下がった。

一週間もしないうちに、再び王がやってきて、静修は終わっただろうかとたずねた。しかし、それは四〇日と四〇夜続くという答えだった。

「これ以上は待てない。私はブルグンドに行かなくてはならぬ。そこでグントラム王が待っておられるのだ。ヴァンダを呼んでくるように。一緒に連れて行く」

ふたたび、規則がそれを禁じていますという返事が返ってきた。

「ここでの規則は、私自身だ」彼は顔を真っ赤にして叫んだ。

修道院長は恐ろしさにふるえたが、厳として彼に言った。

「もし王様が力で押し切ろうとされるなら、お気の毒ですが、あなたは罰せられ、母なる教会から追い出され、聖体拝領はできなくなるでしょう」

王はこの脅しには敏感だった。さすがに地獄の炎に焼かれたくはなかった。怒りを抑えきれぬまま、修道院を去ると、司教の元に向かった。

マロヴェの返事は院長と同じだったが、もしも王がポワチエの貧者ややもめや孤児たちに哀れみを示すならヴァンダの静修を短縮させてもいいでしょう、私ならそれができますけれどね、と付け加えた。キルデベルトはまったくのばかではなく、こうした裏取引を予測していた。が、簡単に事を決めることはできなかったので、彼の税務役人たちと相談した結果、この地方の税を軽減することに決めた。こうして王は恭しく従順に司教に礼をいい、新しい台帳に署名した。

「さて、ヴァンダはどこですか?」そういいながら、王は重い指輪をした手をテーブルの上で裏返した。

「迎えのものを出しましょう。二〇日ほどで、ここに戻るでしょう」

「それでは、遅すぎる。私は明日発たなくてはならないのだ。私が自分で迎えに行ってもいいだろうか？」

「それでは、あなたの予定がさらに遅れてしまうでしょう、王よ」

「司教、そなたが私をだまそうとしたのではないと思いたいものだ。さもなくば、私の復讐を恐れることになるだろう。私が遣わす男たちの手の中にグントラム王の後見されるべき人をゆだねるために一五日の猶予を与えよう。冬が近づいている。厳しい寒さが来る前に彼女が安全なところにいることを望んでいる。忘れるな。一五日だ」

第14章　グレゴリウス、ヴァンダに会う　修道女たちが脱走を決意する

一体誰が口を滑らせてグレゴリウス司教にヴァンダが私の修道院に到着したことを知らせたのかしら？　インギトルードには知るすべもなかった。司教は彼女を呼び出すと、この訪問について長上である自分にしっかりと報告するべきだったのになんの相談もなかったことにたいそう驚いたと言った。トゥールの司教の声に怒りはなかったが、インギトルードは彼の前でおびえていた。司教は善良で正義感が強く厳しい人だったので、人を気詰まりにさせやすく、インギトルードは自分が過ちを犯したかのような気分になってしまったのだ。もともと気の強い女性で、かつて自分が美しかったことを決して忘れていなかったので、修道女の服を着ているにもかかわらず、しなをつくったように振舞っては、修道院つきの司祭やグレゴリウスから何度も繰り返し叱られていた。今回も困った小娘のような顔つきをし、袖をくねくねとねじりながら彼女は司教に答えた。

「司教様、そんなにお叱りにならないでくださいな。わたくし、ポワチエの司教様の要請

に従わざるを得なかったんですもの。司教様が、ヴァンダの魂の休息のために何日かわたくしのもとで静養できるようにしてほしいとおっしゃったのですから。あなたにお知らせするひまもくださらなくて。それに、あの子はわが親族であるグントラム王が後見を約束している子です。ひとつの魂を守ることを拒否できませんでしょう?」

グレゴリウスはラドゴンドの娘の魂にはどこにも危険などないように見えるが、と思いながら笑った。あの子はいつも実際の年齢より成熟した姿を見せてくれる。

「明日三時の課が終わったら、あの子を迎えにいかせよう」

「でも、マロヴェ司教とルボヴェールは私に、特にあの子が誰にも会わないようにと念を押してきましたわ」

グレゴリウスはいらいらして立ち上がった。

「私をその誰かと一緒にするのか? ここ、トゥールでそなたが従うのは私であってポワチエの司教ではないぞ。ヴァンダには指示した時間に準備をさせておくように」

インギトルードは仕方なくお辞儀をして恭しく暇を請いながら下がった。次の日、トゥールの町は雪がマントのようにふんわりと降り積もった中で目覚めた。それはこの季節にしてはたいそう珍しいことだった。ヴァンダとルドヴィンとウリオンは子どものように庭の中を追いかけ合いながら雪の玉をぶつけ合っていた。修道院長が呼び出すとヴァンダは首や頬を真っ赤にして現れた。

「わが子よ、グレゴリウス司教様があなたに会いたいそうです。修道女たちに言ってあなたの服に少し飾りを縫わせましょう。それから刺繍の入ったベールも準備させるわ」

「ありがとうございます。でもそんな必要はありません。司教様だって、いつもの服を着ている私に会うほうがきっといいと思います」

若く美しい娘のほうから、予期せぬ答えが返ってきたので驚いたインギトルードはそっけなく言った。

「好きにしなさい……でも……あら何をしているの？　なぜそんなものを着るのです？」

「これは、私を育ててくれた母さんです。母さんがいなかったら、お乳を飲ませてくれなかったら、私は死んでいました。母さんは殺されたので、こうして毛皮を着ているんです。抱かれているみたいに暖かいから」

「そんな格好で司教様のところへは行けませんよ。なんと思われることか」いかにも気持ち悪そうにそう付け加えた。

「司教様のことは知っています。心優しい方ですから、わかってくれますわ」

ヴァンダが言い張ったのでインギトルードはしぶしぶ譲ったが、なんて扱いにくい子だろうと思うようになった。

グレゴリウスはまるで父親のようにヴァンダを迎えた。彼はラドゴンドとフォルテュナットからある程度はヴァンダについて聞かされていた。どんなことができるようになったとか、落ち込んだりはしゃいだりころころ変わる性格のこと。それから詩や文学を愛していることは特に心に残っていた。というのも、彼もラテン語の衰退を心から憂えていて、友フォルテュナットと一緒に熱く語りあかすのが常だったからだ。また、王妃と詩人が、彼らの愛する子の才能を自慢しすぎないことにも感動していた。

グレゴリウスは数々の地位を示す装飾を身につけ、秘書、写本師、通訳、挿絵師、歌い手、楽師や従者たちと共にいたが、この高僧の前に出てもヴァンダは一瞬たりとも怖気づくことはなかった。彼女は若いイタリア人の挿絵師が聖母の絵を金で飾ったり、ビザンチンから大枚をはたいてとりよせたヨハネの黙示録の写本をしっかりと守るため丈夫で豪華に装丁するようアドバイスをしているのをうっとりと眺めていた。その写本はグントラム王に贈られることになっていた。ヴァンダはふるえる指で羊皮紙の最後の一枚の上をなぞりながら、ギリシャ語で書かれた一節をはっきりとした声で訳した。

「『その名が命の書に記されていないものは、火の池に投げ込まれた（黙示録　二〇章一五節）』」

「おお、恐ろしい言葉だ」そう言うとグレゴリウスはその貴重な書物を閉じた。「おいで、わが子よ、すこし歩こう」

二人は色とりどりの大理石のタイルが張られている広大な部屋を通りぬけた。天井には豪華なモザイク画が描かれ、緑の大理石の太い柱が支えている。その部屋では、なごやかなざわめきの中で、楽師や写本師たちが働いていた。彼らは、時々立っていってはあちこちにある火の上に指をかざして温めていた。司教とヴァンダは壁のくぼんだところで立ち止まった。そこは厚いカーテンでさえぎられ、人目につかない。司教はカーテンを引くと座席に置かれている刺繍の入ったクッションの上に座った。

「娘よ」そういって、ヴァンダの手をとり、座るように勧めた。「そばに座って、私の質問に正直に答えなさい。あなたは修道女となって、神にその身を捧げたいと思っているのかね」

「いいえ、司教様。私は修道院を出たいと思っています」

「どこに行くつもりかな」

「グントラム王とブルンヒルド王妃が私を待っています。でも、修道院長はそうさせたくないみたいです」

「それは間違いだ。院長は反対しているのではなく、あなたの将来がどうなるか、あなたの魂の平安が大丈夫か心配しているのだと思う」

「私は将来を恐れてもいないし、私の魂も何も不安を感じていません。ラドゴンド様が、お母様が私を見守っています。これ以上サントクロワに留まりたくありません。王妃様が死んでからは、耐え難い雰囲気が続いています。ルボヴェールはしょっちゅう不当な厳しさをみせるので、とても多くの修道女や修練女たちが彼女の厳しさに苛立っているのです」

「そのことは知っている。クロディエルドが私に不満を書き送ってきたからね。あの子の不満はわがまま娘の不満だ。彼女は修道院長に全面的に服従するべきだ。司教マロヴェだけがその不服を受け取ることができるというのに」

「かわいそうなクロディエルド。あの子は修道院であまりに不幸なんです。外へ出るために何をするか分からないわ」

「もし、そのような間違いを犯したら、破門されるだろう」

「では、私も、もし、修道院を出たら、破門されますか」

「もちろん、それはない。あなたは修道女ではないからね。クロディエルドは厳しい誓いを立てたのだ。それを遵守しなければならない。あなたはブルゴーニュに行くのは嬉しいのかな」

「わかりません。私は父のロムルフといたいのです。王たちの庇護をうけず、森や野原の中で自由に暮らしたい。そのことをクロディエルドに話したら、彼女はわたしをばかにして、農場の中で暮らすなんて王の娘にふさわしくないって、言い張って」

「クロディエルドが間違っている。ロムルフは王よりも神に近いところにいるのだ。ところで」司教はオオカミの毛皮をなでながら、続けた。「去年の冬にポワチエで起きたことを耳にしたが、それによるとあなたのために多くの者が傷を負い、一人の男が死んだとか？　この話に間違いはないか？　恐れずに話してみなさい」

ヴァンダはオオカミの毛皮を自分のほうに抱き寄せた。涙が頬を伝い、グレゴリウスの手の上にも落ちた。彼は次第に優しい気持ちになっていくのを感じながらヴァンダを見つめていた。それほどよく知っているわけでもないが、この子は私の心にとても強い印象を与える。

「母さんのことだったんです。あいつらが、母さんを殺した。死んでも当然です、司教様」

「復讐しようとするのはよくないことだよ。一匹の獣の命が、あなたにとっては一人の男の命と等しいということかな」

「それは人によります。そして、動物にもよります。あの場合、動物のほうが人間よりも優れていた。動物は生きるに値していたけれど、人間のほうはそうではなかった。司教様、動物たちだって神さまがおつくりになったでしょう、私たちみたいに？」

司教はふと口をつぐんだ。話し始めたとき、その声はやさしかったが厳しさを含んでいた。

「動物は、人間と同じように、神に造られた。その意味では、私たちはかれらを尊敬し無益な苦しみを与えてはならない。しかし、人間はすべての動物を支配するために造られたのだから、それゆえ彼らより優位にあるし、人間の命のほうがより重いのだ」

「でも、もしその人間が、有害な動物のようなところを持っていたら、狂犬にするみたいにその人を打ち叩いてもいいのではないですか？」

「いや、人間はどんな罪を犯そうとも人間であり、公正に裁かれるべきだ。雌オオカミを殺したのも、自分や子どもたちの身を守るためにしかたなく」

「違いいます。あいつらは、母さんを虐殺したの。私の言うことも聞いてくれなかった。母さんを殺した上に、私も殺そうとした。私のことを、魔女、オオカミの子と呼んだわ。そう呼ばれたとき、私はすごく嬉しかった。そうよ、私はオオカミの子だもの。私は母さんのお乳と血を飲んだもの」

「そんな風に言ってはいけない。あなたは人間の社会にいるのだから。あなたの居場所は人間の中であって、オオカミの中ではないのだから彼らのことは忘れるべきだ。さもなければ、人々があなたを危険でのろわれたものと見なし、自分たちと似ていないことを思い知らせてやろうとするかもしれない。どうかお願いだ。娘以上にあなたを愛してくれたラドゴンド王妃を思い出し、すべての憎しみと復讐の心を捨てておくれ」

「私が慈悲を請うたのに彼らに拒絶されたことはどうしても忘れられません。でも、努力してみます。王妃様の愛にこたえるために、彼らを許そうとしてみます。約束します」

グレゴリウスは胸がいっぱいになり、ヴァンダを祝福して額に口づけをした。

「また会いにおいで、わが子よ、あなたが来てくれて、久しぶりに楽しかった」

ヴァンダが踊るような足取りで立ち去っていくのを物思いにふけりながら司教は見ていた。彼女の長いお下げはオオカミの毛皮の中に隠れ、足のひとつが地面を引っかいていった。

週の初めに、マロヴェが遣わした兵士たちがヴァンダを迎えにやってきたが、雨と雪と見たことのない大粒のひょうの嵐と、木々や屋根をふきとばす竜巻のように吹き荒れる風に見舞われていたので、それがおさまり再び出発できるまで何日も待たなければならなかった。

ヴァンダと修道女たちとインギトルードの別れの挨拶にはあたたかさも親しさもなかった。天候も不順で、こんなに早く出発するなんて狂気の沙汰です、もっと時機を待つべきですとグロドシンドが不満を漏らしても、だれも一行をひきとめようとはしなかった。隊長が断固として主張したのだ。すでに時間をずいぶん無駄にした。出発しなくてはならない。そこで、一行は出発した。

旅は過酷で、二週間以上続いた。道が悪かったので重い馬車は速く進めなかった。人家のまばらな村を通ったときには、寒さと飢えに朦朧となった人々がさまよい、馬の足元に飛び出して物乞いをしてきた。森の中では一〇人の飢えた盗賊に襲撃された。盗賊たちのうち三人は殺したが、彼らに馬を一頭殺された。ヴァンダは生き残ったものたちのために命乞いをして、彼らが馬の肉の一部を持っていけるようにしてあげた。

「恩は忘れません」若い男がその弱った身体には重すぎる荷を担ぎながら叫び、木々の中へと消えていった。

毛皮に包まれ、ヴァンダはその男が立ち去るのを見ながら肩をすくめた。

その夜は、馬の肉を食べた。

一行とその警護のものたちは、よれよれになってサントクロワの修道院の高い門の前にたどり着いた。ルボヴェールはグロドシンドが気を取り直すひまも与えずすぐさま呼び出し、このように遅れたわけと、短いトゥールでの滞在での出来事を説明させようとした。つかれきったグロドシンドは、はい、いいえぐらいしか言えず、眼を開けているのもやっとのことだった。いらいらしたルボヴェールは、会見を明日に延ばし、彼女を去らせた。

ヴァンダがいない間に、クロディエルドはまたもや修道院長に傲慢な態度をとったことで懲罰室に入れられていた。部屋から出てきた時には、怒りの度合いがさらにひどくなっており、機会が訪れたらすぐにでも修道院を飛び出そうと決めていた。彼女はヴァンダの帰りを今か今かと待っていた。

それなのに、またラドゴンドの娘がどこかに閉じ込められ、誰にも会うことができないと聞いたときには、どれほど怒ったことか！　ルドヴィンは泣くばかりで何の説明もできず、グロドシンドもわからないのか話したくないのか何も言わない。ウリオンはといえば、怒りをじっとこらえながらつぶやいた。

「司教が」

クロディエルドはヴァンダは司教の命令によって閉じ込められたのだなと思った。

彼女はキルデベルト王の使者たちがヴァンダを迎えに来て、何日も待った挙句に不満をかかえながら帰っていったことを知っていた。修道院でも、町でも、王が軍隊を送ってポワチエを占領し、約束を守らない司教に対する報復として町の人を人質にするのではないかとうわさしていた。だれもが深刻そうにあれこれ論じ、司教の態度についても意見はいろいろだった。

ヴァンダはなぜルドヴィンやウリオンから自分が引き離され、自分の部屋に閉じ込められたのかわからなかった。耳も聞こえず、口も利けない老女の使用人がヴァンダに食事を運んできたが、質問に答えることはできなかった。

ある夜、扉を叩く音がした。クロディエルドだった。

「どうして、閉じ込められているの」

「まったくわからない。私を助けて、外に出して」

「そうしたいけれど、この扉の鍵はルボヴェールが自分で持っていて、食事の時間に侍女と二人で来るヒルデガルドにしか渡さないのよ」

「フォルテュナットはいないの？」

「ええ、ルボヴェールがブルグンドに使いに出したわ。ここから出るための計画はあるの？」

「計画、というよりも考えだけど。ヒルデガルドは侍女を連れてきて扉を開けさせているって言ったわね。そのあと、彼女は何をしているの」

「また扉を閉めて、侍女が中から出ますって扉を叩くのを待っているのよ」

「ほかにヒルデガルドについてきている人はいないのかしら？」

「だれもいないわ」

「よかった。じゃあ、これからやることを教えるわ」

ヴァンダは自分の考えを手短に説明し、クロディエルドも賛成した。

「四日はかかるわね、あなたが食料と着るものを調達するのには。ウリオンとルドヴィンには前もって知らせておいて頂戴、手伝ってくれるわ」

「それで、どこにいくつもり？」

「トゥールの司教にアジールを求めることにしましょう。いい方だから、聞き入れてくださると思うわ」

扉の向こうで驚いたような叫び声と、つづいてあわてて走り去る音が聞こえた。まもなく、扉が開けられた。ルボヴェールがグロドシンドとベッガを連れてヴァンダの部屋に入ってきた。院長はヴァンダのほうにやって来て、腕を取った。

「わが子よ、何か必要なものはないか、見に来たのですよ。体調はいいかしら」あとの言葉は振り向きながらベッガに言った。

「いたって元気です。どうして、私は閉じ込められているのですか？　私は何かしましたか？　外へ出たいのですが」

「我慢するのです。あなたがここにいるのは司教様の命令です」

「でも、どうして？」

「司教様はなにもおっしゃいませんでした。私たちは上に従わねばなりませんからね。私がまず一番に」わざと神妙そうに院長は言ったが、ヴァンダはだまされなかった。

ベッガはヴァンダに近づくとやさしさをこめて抱きしめた。

「この子は顔色が悪いですわ。空気をもっと吸わないと。一日に一時間の散歩を処方します」

「それはできません。司教様が誰にもあわせないようにと特に強調されたのですから。それに外は寒いから、部屋の中にいたほうがよいでしょう」

「でも私の意見では……」

「ベッガ、あなたにも服従を言い渡さなくてはならないの？」

ベッガはお辞儀をするしかなかった。彼女が下がると青ざめたヴァンダが修道院長のほうへ歩み出た。美しい顔が怒りにゆがんでいる。彼女の言い方があまりに激しかったのでルボヴェールは後ずさった。

「院長さま、お願いですから、私をこの部屋から出して、この修道院から出て行かせてください。大きな災いが起きる前に」

「それはできません」

「私たちの聖なる王妃様の名にかけて、どうしてもお願いします」

打ち負かそうかというような激しさでヴァンダが言ったので三人の修道女は身震いをした。後に、ベッガは、すべてがこの瞬間に運命付けられたと語った。

少女と院長は正面からにらみ合った。最初に折れたのはルボヴェールで、怒りを抑え切れず叫んだ。

「ここで、私たちの聖なる創始者の名前を出しても何の役にも立ちません。あの方はお前を養女にするという間違いを犯した、ちっとも報われない方！　天の高いところからご自分が愛したものを哀しそうにごらんになっているに違いな……」

後は続かなかった。ヴァンダの指にのどをつかまれたからだ。

「それ以上言ったら、死ぬことになるぞ、憎らしい生き物め」

グロドシンドとベッガが修道院長をヴァンダの手から引き離し、くしゃくしゃになった衣服をなんとか元に戻した。恐ろしさと怒りに声を震わせながらルボヴェールはヴァンダに向かって言い放った。

「厳しい罰におびえているがよい、オオカミの娘よ。神と等しいくらいに尊敬しなければならない人に手をかけるとは。隠遁者の独房に閉じ込めてやる」

二人の修道女が茫然と見詰める中を、院長は出て行った。同時に、囚われ人の口元にさげすむような笑いがのぼった。そして、ベッガの手を握るとこっそりささやいた。

「神の愛のために、会いにきてね」

返事の代わりに指がぐっと握られた。

夜になり、ヴァンダの部屋を誰かが叩いた。

「だれ？」

「私よ、ベッガ。何をしてほしいの？」

「クロディエルドに来るように頼んでくれる？」

「できないわ、それは院長の命令にそむくことになるわ」

「お願い、ベッガ。あなたは私が赤ちゃんの頃からずっと見守ってくれて、決して見捨てないでくれるでしょ。私が何かしてほしいって頼むのはこれが初めてよ。クロディエルドを呼んできて頂戴」

「あなたたちが何をたくらんでいるのか、分かっているのよ、かわいそうな子たち。あまりにもばかげたことだわ。どうしてキルデベルト王の使いがまた来るまで待てないの？」

「それまでに私は死んでしまうわ。クロディエルドを呼んできて」

「クロディエルドはあなたたちの中でも一番のおばかさんよ。王妃様を悲しませるってことを考えて」

「王妃様はもういない。あの方なら分かってくださるわ。王妃様だって夫である王から逃げたのでしょ？　私も院長から逃げたいの。行って、ベッガ、お願い」

返事はなかった。私に何も答えないで、立ち去って密告したのだろうか？　いや、それはありえなかった。ベッガはヴァンダを愛していた。そして、とても信義に満ちたことを考えていたのである。

「ベッガ、そこにいるの?」

「考えていたのよ。お祈りをして、心を決めたわ。もし、あなたが出て行くなら、私も一緒に行きます。あなたのことをずっと見守ると王妃様に約束をしたし、それにきっと医者が必要になるわ」

「ベッガ、ほんとに一緒に行ってくれるの?」ヴァンダは嬉しさと驚きをこめて言った。

「だめだわ、そんなことできない。だってあなたは修道女だから、破門されてしまうかもしれないもの。その申し出は受けられない。私のせいであなたを不幸にしたくないの」最後の声は悲しみにみちていた。

「これ以上話すことはないわ。クロディエルドを呼んでくるわね」

ヴァンダは扉の木の部分に膝をがくりとついて、友が去っていく足音を聞いていた。ベッガが払う犠牲を思うと涙があふれてきた。ベッガは修道女としての生活もサントクロワ修道院も愛していたし、仕事に十分な満足感を得ていたし、神への愛も強く真摯だった。それなのに、ヴァンダのために、そしてラドゴンド王妃との約束のためにすべてを躊躇せずに捨て、善良な人たちと袂を分かつつもりでいる。ヴァンダは神が与えてくれたかくも力強い励ましに感謝した。

足音が聞こえ、ヴァンダはふたたび顔を上げた。誰かが扉を叩いた。クロディエルドだ。

「なにがあったの？死ぬほど怖かったわ。ベッガが私のところに来て、あなたが会いたがっているっていうから……」

「よく聞いて」ヴァンダがさえぎった。「今夜出発しなくちゃならないの」

「今夜、ですって……でもまだ何も用意ができていないわ」

「なんとかするのよ。他の人たちに知らせて頂戴。それぞれが食料をいっぱい袋につめて、十分にあたたかく着込んで、靴の上にさらに木靴かサボを履くようにって」

「でも、私たちは輿も馬も持っていないのよ。どうやって行くの」

「歩くの」

「歩くですって！」

「そうよ、歩くの。自由になりたいんでしょう？　そのときが来たのよ。もし次の機会を待っていたらまた独房入りだわ。ベッガに言って、グロドシンドと私に食事を運んでくる修道女をここに来させて頂戴。川の近くの小さな扉の鍵が必要だから。地下道を通っていくひまはないわ。そんなに大勢にならなければいいけれど」

「あら！そんなに多くはないわ、たぶん、二〇人かしら」

「二〇人！　……ちょっと、あなた気でも違ったの。そんなに大勢の一団では間違いなく見つかってしまうわ」

「仕方なかったのよ。みんなここを出るって決めてしまっているし、何人かは私にべったりで、私を自分たちの修道院長にしようってくらいなんですもの」

「まあ、なんとかなるわ。ほかに選択肢もないし。さあ、ベッガに伝えて、私がグロドシンドを待っているって」

まもなく、ヴァンダの閉じ込められた部屋の戸が開けられた。そこにはグロドシンドと例の侍女がいた。扉はヒルデガルドによってまた閉められた。太った女性は小さな頃から面倒を見てきたヴァンダをやさしそうに見つめた。

「それでは、とうとう、今夜なのね」

ヴァンダはびくっとした。グロドシンドも知っていたのかしら？　もしそうなら、修道院中がこのことを知っているのかもしれない。そして、ルボヴェールも。ヴァンダはいたずらっぽく笑いながら甘えるようにグロドシンドに言った。

「クラン川に面している小さな扉の鍵が必要なの。おねがい、頂戴」

何も言わずグロドシンドはポケットのひとつから鍵の大きな束を出し、二巡三巡した挙句にその鍵を見つけた。そして鍵束からはずすと、ヴァンダに渡した。ヴァンダは信じられないというまなざしで受け取った。

「どうして？」

「信じているからですよ。もしあなたが間違いを犯したらその咎は私にありますと神にお願いしていますからね」そう言って、グロドシンドは大きな音を立てて鼻をかんだ。

ヴァンダはグロドシンドの腕に飛び込み、身をうずめた。感謝でいっぱいだった。

「行きなさい、ヴァンダ、神があなたを守ってくださいますように。いつも太ったグロドシンドがあなたのために祈っていることを忘れないで」

彼女が手を叩くと、扉が開き、ヴァンダはヒルデガルドを押しのけて飛び出していった。グロドシンドがヒルデガルドを部屋の中に引き入れた。それから、部屋の鍵を彼女から取り上げ、二人を残して戸を閉めた。

回廊にはルドヴィンとウリオンがいた。両手に衣類といろいろな包みをかかえ、すっかり身支度をして出発を待っていた。二人はヴァンダの着替えを手伝った。ヴァンダはまとわりつくローブやお下げがじゃまだわ、と毒づいた。修道院にはいつもとちがう静寂が支配しているようだった。戸や柱の一つ一つの後ろに誰かが息をとめて潜んでいるのではないかとヴァンダは思った。仲間を門の近くに残すと、ひとり養母である王妃の墓に祈りに行った。礼拝堂から出てきたとき、彼女の顔はとてもおだやかになっていた。入口の前にはベッガ、クロディエルド、バシナ、ルドヴィン、ウリオンのほかに、四〇人もの女たちが羊毛や毛皮をあたたかく着込んで待っていた。

ヴァンダはクロディエルドにぴしゃりと言った。

「二〇人だけと思っていたけど?」

「それが」

「もういいわ。遅すぎるから。でも、甘い考えはもたないでね」そう言って震えている女たちを振り返った。「旅は大変よ、トゥールまで本当に厳しいわよ。前もって教えてくれたらよかったのになんて不平を言われるのは困るわ。もしここに残りたい人は、まだ時間があるからそうして」

誰も動かなかった。まるで亡霊の集団のようだった。唇からもれる吐息だけがこの白い影が生きていることを証明している。

「出発！」それだけ言うと、ヴァンダはオオカミの毛皮を肩のところでかぶりなおした。

第15章　修道女の反乱　誘拐未遂　グントラム王の宮廷

それから三日間、小さな集団はトゥールへと続くぬかるんだ道の中でなかなか進まなかった。ヴァンダはロムルフの農場へ行って食料と馬をもらうことをあきらめた。おそらく修道院長が真っ先に人を送るのが彼のところだろうと思ったからだ。途中でたまに農夫に出会ったが、修道女の服を着て、毛皮に身を包んだ女たちが歩いているのを見ると、彼らは十字架の印をしてまるで悪魔を見たかのようにさっさと逃げていった。闇や野生の獣は怖かったが、日中は歩かず夜に歩こうということで全員の意見が一致していた。そこで、明るい時間帯は洞穴やきこり小屋に隠れたり、それもなければやぶや溝になったくぼみに身を隠した。ほどなく衣服も顔も泥でよごれてしまい、まるで粘土の像のようになった。

ヴァンダの剣と少しばかりの金のおかげで、一台の重い荷車と二頭の牛と三頭の馬を手に入れることができた。馬には王族の三人の娘が乗った。ほかのものたちは順番に、あまり快適とは言えない荷車で身体を休め、携帯用の小さなたいまつで指先を温めあった。別の農場では、脅かしてパンとミルクと卵と鶏肉を手に入れた。ウルトロゴートは勝手に一団の経理係りを自任し、みなに食事を均等に分け与えた。クロディエルドは人より多く分けてほしいと主張したがあっさり無視され不機嫌になった。

そのうち、五人の修道女が熱に震えながら荷馬車の奥で寝込まざるを得なくなった。ベッガが一生懸命世話をしたが、病人たちの状態はあっという間に悪化した。

「急いで安全な場所に移さないと死んでしまうわ」ベッガは言った。

ヴァンダはどうすることもできないという表情で肩をすくめた。まだ道のりの半分も進んでいなかったのだ。

それまでは仲が良かった雰囲気が、少しずつ変わり、小さな集団は二つのグループに分かれた。クロディエルドのグループは、少しでも早く行けるから昼間も歩きましょうと主張した。もうひとつのヴァンダのグループは慎重にしたほうがいいといった。彼女たちは激しく言い争い、あやうく殴りあいそうになることもあった。

ある朝、体力を回復するために休憩していると、数時間ほどしてクロディエルドとバシナが一〇人の修道女と一緒に消えていることに気がついた。食料も三頭の馬もなかった。

「まあ、なんてひどい」ベッガがつぶやいた。

夜になるやいなや、一行は彼女たちの足跡を追った。おなかはぺこぺこで、身体も冷え切っていた。病人たちのうめき声と荷車の車輪のきしむ音とオオカミへの恐怖がつきまとう。明け方、安全な場所を探していたヴァンダが夜の間に降り積もった雪のために隠されていた足跡を見つけた。馬のひづめ、逃げ出した修道女たちの足跡、それに別のもっと大きな足跡が入り混じっていた。皆をその場に残すと、ヴァンダは毛皮から剣を取り出し、ウリオンには自分の石投げを持つように言った。二人は小さな物音も立てないように気をつけながら黙って歩を進めた。突然、ヴァンダは止まるように合図した。大きな叫び声が森の凍った空気を引き裂いた。ウリオンは身震いした。

「バシナだわ」そういってヴァンダは叫び声の上がったほうに走り出した。

「ああ、アヴァがいれば……」その光景を見たとき、ヴァンダは思った。

数歩先のところで、クロディエルドと仲間たちがお互いにしがみつきながら、ペラジーが獣の皮を着た男に乱暴されているのを怯えて見ていた。ふたりの別の男たちが彼女を押さえつけている。ペラジーの横では雪に膝をついたバシナが異様な顔つきで身体をゆすっていた。ほかの山賊たちは抱き合っている女たちを見張りつつも、その光景を大笑いしながら凝視していた。ただひとりだけをのぞいて。その男は離れて、うんざりしたような顔をして木の枝を刈り込んでいた。

ヴァンダとウリオンはベルトから石投げを出すと、丸くて重い石をつがえて発射した。ペラジーを押さえつけていた二人の男が顔を真っ赤に染めて倒れ、三人目はちょうど快楽の最中で、かわいそうな少女の身体の上でうめき声を上げた。精液と一緒に血がほとばしり、男は切られたのどをのけぞらせて倒れた。

ヴァンダの手は震えもせずに、その野蛮人のべたべたした髪をつかんで、アルビンにもらった短剣で最後の一撃を加えた。殺された男の仲間たちは、驚きから立ち直り、剣やこん棒を持って威嚇しながら近づいてきた。ウリオンはその間にそのうちの一人を自分の石投げで倒し、ヴァンダは二人を剣で切ったが、相手はあまりに多く、みるみる劣勢に陥った。そのとき、誰かが叫んだ。

「待て、その手を離せ」

男たちの動きが止まった。そこにやってきたのはずっと木を切りそろえていたあの男だった。ヴァンダはその男に見覚えがあった。

「われわれはその娘に借りがある。思い出せ、少し前にその娘がとりなしてくれたおかげでわれわれは命拾いをし、食べ物にありついたではないか」

武器を持った手が下ろされた。

「たしかに、この娘だったようだ。やあ、これはあの時と同じくらいひどい状況での再会だな」

「若い娘よ、私はあなたに受けた恩を決して忘れないと約束した。私の名はアンソルド。あなたとあなたの仲間は旅を続けるが良い」

怒りに顔が青ざめ、ヴァンダは若い男のほうに向っていくとみだらな格好をしたままで地面に横たわっているペラジーを剣の先で指した。

「このようなことを、忘れろというのか?」

あきらめるしかない、というように、手を上げて男は言った。

「女たちだけで森の中をさまようのは危険極まりない。われわれ男たちは飢えた犬のようなものだ。女に会うことなどほとんどないのだし。おや、どうしたのだろう?」

ヴァンダに殺された男の近くで、ひとかたまりになった男たちや修道女たちが騒いでいた。その中に入っていったヴァンダがつぶやいた。

「なんてこと……」

雪の中で、その死んだ男の足の間にしゃがみこんだバシナが、小さな手と歯をつかって、男の局部をちぎり取ろうとしていたのである。男や女たちが恐ろしそうに見守る中、バシナはそれをやり遂げると悪魔のような笑い声を上げ、いたましくも勝ち誇ったようにそれを振り回した。ヴァンダが平手で頬を二回叩くと、キルペリク王の娘はすこし正気をとりもどしたようだった。彼女はけがらわしそうにその哀しい肉片を遠くに投げやると涙をためてヴァンダの腕の中に倒れこんだ。ヴァンダは彼女をクロディエルドに託した。沈黙が流れ、聞こえてくるのはバシナのすすり泣きだけだった。

「ウリオン、馬に乗って、他の人たちにここに来るように言ってきて頂戴」

アンソルドが手綱を握った。

「だれを呼びにいくのです」

「残りの仲間よ。この人たちは私たちの食料や馬を勝手に持って逃げてきたの」

「われわれの仲間がそんなことをしたら、死に値する」そういって、アンソルドは馬の手綱を解きぽんと叩いた。

「今日はもう十分に人が死んだわ。そうじゃないかしら？」

「そのとおりだが、裏切りには常に厳しくするべきだ」

「確かにね。でも、これはあなたとは関係ない。あなたの仲間は何人死んだ？」

「二人だ。あなたはなかなかの使い手だな。誰があなたにそのようにうまく石投げを使えるように教えたのです？」

「私の父と、叔父よ」

「それで、あなたたちは護衛もなく、自分たちだけで何をしているのですか？　修道院からも離れて。あ、つまり、その着ているものから思うに、あなた方は修道女なのでしょう？」

「私たちはトゥールの司教のところに直訴をしにいくの」

「そこまでたどり着けるかどうか。森には脱走兵やらい病人や、飢えたものたちがうようよしているし、それに、ポワチエ司教の兵や伯の兵にもしょっちゅう出会います。彼らは一日中やぶをしらみつぶしに探している」

「だから私たちは夜の間だけ歩いているの。でも病人が出てしまって、彼女たちを助けるためには昼も夜も歩かなくてはならなくなりそう」

クロディエルドが口元に笑いを浮かべながら、くねくねと二人のほうに歩み寄ってきた。

ヴァンダは剣の先を彼女の胸に突きつけて押しとどめた。笑いが消えた。

「聖なる遺物に触れたこの剣に誓うのよ。私たちから物を盗み、見捨てたことを後悔しているとし」

「でも、私は……」

「誓いなさい。でなければ、この強盗たちのように首と耳を切り裂くわよ」

クロディエルドは怒りで真っ赤になった。

「私が誰だか忘れたの」

「いいえ、忘れていないし、だからこそあなたは二重の罪を犯したのよ。さあ、誓う?」

「誓うわ、でも」

「黙りなさい。そして、バシナとペラジーを見てあげるのよ」それからアンソルドのほうを振り向いて、ヴァンダは言った。「何か食べるものがあるかしら」

「ええ、昨日は金持ちの商人たちに会いましたから、まあ、喜んでってわけではなかったけれど、われわれに道中のたくわえや財布の中身を分けてくれることに同意してくれましてね」笑って胸を叩きながらアンソルドは言った。

一時的に一緒に食事を取ることになった二つのグループの中で、ヴァンダはあたたかくて濃厚なスープをむさぼるように飲んだ。

死体は速やかに埋葬されそこにはもうなかった。ペラジーは青い顔で、血のあとが残るローブのまま、声も立てずに涙を流し続けていた。その姿に仲間たちは哀れみのまなざしを投げかけていた。ヴァンダは死んだようなその顔を上げさせ、額にキスをした。バシナは一本の木に放心したようにもたれかかり、自分がかつて犠牲者となった暴行を思い出していた。ヴァンダの優しい言葉もその恐ろしい記憶から引き戻させることはできなかった。

荷車のガラガラという音に気づいて、皆が眼を向けると、ウリオンが自分の後ろにベッガを乗せ、ヴァンダと修道女たちの前で立ち止まっていた。ベッガは馬から下りると、何も言わずにペラジーのところにいき、抱きしめ、子どものようにあやした。それから、かいがいしく手当てをし始めた。盗賊らは新たにやってきた修道女たちに皿のスープを与え、彼女たちはそのあたたかさのおかげで元気を回復した。病人でさえ、すこし気分がよくなった。

あっという間に日が暮れ、夜になった。逃亡者たちにとって歩き出す時がきたのだ。アンソルドは彼女たちのほうに近づき、ヴァンダを見つめながら言った。

「われわれはみんな、あなたたちをトゥールの町の入口まで送っていくことにしました。われわれがついていなかったら、とてもたどり着けませんよ」

「あなたとあなたの友人たちの申し出をありがたく受けます。決して無駄足にならないように、いつかお返しをするということを皆に伝えてください」

六〇人と一二頭の馬からなる一団がトゥールに向って歩き始めた。

氷のような冷たい豪雨が、道を泥の川と変えてしまい、たちまち、あらゆる移動が不可能になってしまった。修道女と盗賊たちはトゥール地方独特の石灰岩でできた広い洞窟に避難せざるを得なかった。湿った木々にはちっとも火がつかず、ぬれた服のままがたがたと震えるしかなかった。食料もあっという間にそこをつき、狩りに出ても次第に獲物がない日が増えていった。そもそも、火がなくては獲物をとってきてもどうすればよいのだ?

ところが足止めを強いられてから三日目に、アンソルドが何本かの小枝に火をつけることができた。それからもう少し太い枝に火を移したが、煙が出たため彼らはあわてて、むせたり、涙を流しながら洞穴から出た。あやうく窒息するところだった。神はこの切羽詰った状況に心を動かされたに違いない。すぐに明るく大きな炎を出してくださり、煙は追い払われた。喜びの叫びを上げ、森の遭難者たちは洞窟に戻って、復活のシンボルである火の周りにひしめき合った。最高に幸せだったのは、ウリオンとアンソルドの仲間の一人が狩りから戻ってきたときだ。それぞれ肩に、一人は牡鹿を、もう一人は雌鹿をかかえており、二人はその獲物を火の前にどさっとおろした。宴会が始まり、彼らはかじかんだ指を炎の前にかざした。男たちが獲物をさばき、切り分けられた肉片はすぐに炭火の上に置かれた。皆は丸くなってつばを飲み込みながら肉のかたまりが少しずつこんがりと焼けてくるのをじっと見つめていた。肉の焼ける匂いが洞窟の中に充満し、気分をうっとりさせていった。焼いている間、火がぱちぱちと燃える音、肉がジュージュー焼ける音、そして油が炎に落ちる音しか聞こえなかった。

ウルトロゴートが剣の先で、肉がしっかり焼けているかどうかを確認した。最初の一切れはヴァンダに与えられた。彼女は他の同席者たちをチラッと見たあと、白いきれいな歯で、焼けているかどうかを気にも留めずに、その肉を裂いた。油があごから首に滴り落ちた。

「こうしていると、本当にオオカミみたいだわ」ベッガは思った。

クロディエルドはウルトロゴートがアンソルドに渡そうとしていた肉を奪い取ると彼女に言った。

「最初にもらうのは私よ。私は王の娘なんですからね、忘れないで」

「忘れないようにするのは大変だわ」ウルトロゴートは笑いながら横柄に言った。

男たちの一人が助けなかったら、彼女はクロディエルドに押され、炎の中におとされているところだった。

「ここには王も、王妃も、修道女も、兵士も居ない。いるのは飢えて、凍えている貧しいものだけだ」アンソルドはそう言って、自分に与えられるはずだった肉をカリベルトの娘から荒々しく奪った。

クロディエルドは肉を取り戻そうと飛び掛ったが、伸ばされた足にけつまずいて、地面にばったりと倒れ泥に顔をうずめた。周りにいたものたちが大笑いした。だれも彼女を助けおこそうとしなかったので仕方なく自分で起きたが、怒りと恥ずかしさの涙のあとがよごれた顔にはっきりと残っていた。ベッガがかわいそうに思い、半歩ほど踏み出した。すすり泣きそうになるのをこらえ、クロディエルドは肉をとった。それを遠くに放り投げたい衝動が心によぎったものの、自尊心よりも飢えのほうが強かった。

女たちの多くは、何日も食べない日が続いたあげくのこの食事はあまりに刺激が強すぎて体が受けつけず、食べたものを吐いてしまった。

病人の状態は悪くなっていた。修練女の中でも一番年若で一五歳の少女は、ベッガが作った薬草のスープや火で温めた甲斐もなく夜明けに死んだ。この死はひどくつらいものだった。それを天の徴しだと思うものもいた。ベッガはやせこけた遺体を洗いきよめ、苔で巻き、白く長い羊毛のケープで包んだ。それから美しい茶色の髪の毛をとかすと死者の祈りを唱えた。男たちがコナラの木の下に、穴を掘った。一方、木の枝で作られた担架に載せられた遺体は、髪を解いた六人の修練女によって運ばれ、その後ろから修道女たちが賛美歌を歌いながら進んだ。葬儀をしていると、雨がやみ、太陽がわずかの間顔を出した。

埋葬の翌日、ヴァンダはベッガに言った。

「私が馬に乗って、トゥールに行き、助けを呼んできます。そうでなければ、姉妹たちが死んでしまう」

「それがいいわ。あとの二人もかなり深刻で、わたしにはどうしようもできない」

アンソルドがトゥールまで付いて行きますと言ったが、ヴァンダは私の道中よりも苦しんでいる女性たちのそばにあなたがいてくれたほうがずっと助かるのだからと言って断った。しかし、この若い頭領に一番近い仲間であるセノックとジュリアンが護衛を申し出ると受け入れた。ヴァンダは忠実なウリオンを連れて行くことにした。ウリオンの背の高さや体格にはだれもが驚いた。初めて彼を見たものは娘だと思い込んでいるからだ。ベッガを除いては、だれもこのヴァンダの忠実なしもべの本当の性別を知るものはいなかった。不幸なことに、彼はかつての状況を忘れてしまっているようで、自分を女だと思い込んでいるらしい。声はやや太いが、体つきは丸く、長い髪をしていた。力や器用さ、勇気はたいしたものだった。オオカミでさえもう恐れていなかった。このような先発隊の仕事には一番役に立つだろう。クロディエルドは自分もヴァンダと一緒に行くといって譲らなかった。

トゥールまでは二日かかる。一刻の猶予もないヴァンダは、司教の館をめざした。司教はヴァンダを待たせず、すぐに面会してくれた。それは、五八九年五月一日のことである。

ヴァンダが以前に来たことのある緑の大理石の柱が並ぶ大きな広間では、現れた見知らぬ一団に会話が途切れた。二人の女は汚れ破れた修道服を着ており、その上にヴァンダは帯をしめてそこに剣とアルビンのナイフと石投げをさしていた。白いケープはオオカミの毛皮に半分隠れている。クロディエルドは威張って尊大にしていた。縁飾りはほころび、無残にたれさがっており、汚れた額に金のバンドをしめていた。彼女たちの後ろには背の高い女の従者がいて、短い上着の下からたくましいくるぶしが見えていた。それから、二人の武装した男がいたが、彼らは半分は蛮族風で、半分はローマ風といった、ちぐはぐな服装をしていた。顔はひげだらけ、あかだらけである。しかし、人々はこの時代、町にも街道にもゴート、ガリア、ブルグンド、フランク、ローマからの脱走兵があふれかえって、自分を雇ってくれそうな王や司教を探していることを知っていたので、二人の美しい女には驚いたが、男たちには大して驚かなかった。

使用人たちが重い扉を押し開け、ヴァンダの一行は広い部屋の中に入った。部屋の壁は本棚で埋め尽くされ書物や多くの巻物が収められていて、その間に東方から届いたタペストリーが何枚も下げられていた。同じようにタペストリーで覆われた演壇の上で、見事な彫刻をされ、螺鈿と大理石がはめ込まれた背の高い肘掛け椅子にすわっていたのは、長い司祭服を着たトゥールの司教だった。まわりには、助言者たちがいた。司教の哀しそうでもあり、厳しそうでもあるその表情をみてヴァンダは胸が痛んだ。彼女はひとり前に出て、演壇の足元まで進んだ。そこで、ひざまずくと、グレゴリウスを見つめた。司教はラドゴンドの娘を見ると、苦笑いをした。それから、ヴァンダの同行者たちに眼を移した。彼らは司教の厳しいまなざしを前にして、ひざまずいたままだった。クロディエルドが前に出て、明らかにそうする立場にはなかったのに、ヴァンダの横でひざをついた。

「ここに何をしにきたのだ、若い娘たちよ」グレゴリウスが言った。ポワチエの司教が、修道女たちの逃亡の数日後にはすでに使者をよこして知らせていたのである。

「正しいお裁きをいただくためです、司教様」クロディエルドが高慢に言った。

「もし、あなた様が、そうしてくださるなら」ヴァンダが彼女の言葉をさえぎった。「あとで、詳しいことをお話しいたします。まずおすがりしたいのは、人と馬車と暖かい衣服と薬を森にいる私たちの病気の姉妹のところに送っていただきたいということです。私の忠実なしもベウリオンが道案内をいたします」

司教はそれについて何も聞かずに、秘書の一人に指示を出した。秘書は走って立ち去り、ウリオンが後を追った。

「あなたの仲間は助かるだろう。神のご意思ならば。しかし、肉体はともかく、魂は！どうして彼女たちを連れ出したのだ？　神に仕えることを誓ったものたちを？」

ヴァンダは答えなかった。かわりに口を開いたのはクロディエルドだった。

「お願いがございます、司教様。ポワチエの修道院長によってひどく傷つけられたこの姉妹たちをしばらく守ってください。私が縁者である王たちのところに行って、どれほど私たちが苦しんでいるかを話し戻ってくるまで」

グレゴリウスは答えた。

「もし修道院長が間違いを犯し、何事かで教会法を破ったというなら、あなたはマロヴェ司教のところにいってその不満を述べるべきであろう。ただちに修道院に戻って、この騒ぎによりラドゴンドが集めたものを散らしてしまうことのないようにするのだ」

クロディエルドは言い返した。

「いいえ、私たちは王の娘としてではなく使用人のようにあつかわれていると、王たちに不満を述べに行きます」

「ヴァンダはどうなのだ?」司教はうんざりとしたようにため息をついて言った。「どうして黙っている?」

「私がポワチエの修道院を出た理由は、クロディエルドのそれとは違います。お母様の記憶を大切にしなくてはいけないことや、クロディエルドが修道院の中で王妃のように扱ってもらいたがっていることもよく知っていますけれど、私の望みは自由になってグントラム王か父のロムルフのところに行くことです。とはいえ、私はクロディエルドやみんなと一緒に行動しています。彼らの運命は私のものでもあります」

司教は不意に立ち上がった。いつもの彼らしくないことだった。

「どうしてこんな無茶なことをしたのだ? どんな理由で、私の助言を聞き入れなかったのだ? もしあくまでも反乱を起こそうとするなら、あなたたちは破門されてしまうのだぞ。これは私の前任者たちがラドゴンドに対し、あの修道院の創立の際に書いて送った手紙の中に明らかにされていることなのだ。あなたたちにみせておいたほうがよいな」

司教が座ると、一人の助祭がクロディエルドに巻物を渡した。

「読みなさい」ぶっきらぼうにグレゴリウスが命じた。

少し震える声でクロディエルドはその手紙を読んだ。その中で、司教たちは聖なる創立者と、修道院長と、後々の修道院長たち、修道女たちに対し、神と教会への義務、聖カエサリウスの規則を厳格に守ること、誓願は犯すことのできないものであり、それを汚した場合には恐ろしいことになるということを繰り返し説いていた。

読み終えた後、カリベルトの娘はしばらく黙っていたが、やがて尊大ぶって宣言した。

「なにものも私が親類である王のもとに行くことを妨げることはできません。お願いです司教様、私にふさわしい従者を与えてください」

グレゴリウスは悲しそうに彼女を見た。

「あなたの計画は常軌を逸している。しかし、どうやら、どんな助言にも従わないようであるし、自分の意志でしか動かないようだな。やれやれ。ただ、春というのに冬のようにふきあれているこの天候がおさまって、空がもう少し明るくなるまで待ってから行きたいところに行くがよい」

その言葉に驚いたクロディエルドは自分が勝ったと思い込み、トゥールの司教の意見に賛成したが、ヴァンダは黙っていた。

グレゴリウスの要請によって、インギトルードと姪の修道院長が、この二人の若い娘とそれから残りの逃亡者たちもトゥールに着くや否や受け入れることに同意した。

彼女たちは悲惨な状態で到着した。思わずしりごみしたくなるような汚れと悪臭、おまけにノミやしらみがいっぱいたかっていた。旅の間にもう一人修道女が死んでいた。インギトルードはみんなをサウナに入れさせた。みなは嬉しさにはしゃぎ声を上げながら、奴隷や使用人たちに身体を洗ってもらい、髪をとかし、香水をつけてもらった。着ていたものは火にくべられた。新しい衣服を待つ間、ありあわせのローブが与えられた。クロディエルドは自分の出自にふさわしいものを要求した。インギトルードは王族の格好をした娘を三人も自分の修道院に迎えたことを自慢に思って、意に沿うべく命令を出した。一〇人の奴隷が昼も夜も修道院の衣服製作の監督役である修道女の指示に従い働いた。五日目の朝、クロディエルドとバシナとヴァンダの部屋に届けられたのは、白いローンのブラウス、大きな半袖のついた、色とりどりの刺繍で飾られたチュニックとその上に着る緑、赤、青の袖なしのローブだった。ローブには金の縁取りがあり、一枚の長くて白いベールもついていた。それには金糸でミツバチの刺繍がしてあり、足下まで届く長さだったのでたくし上げて左手にかけるようになっていた。インギトルードは儀式の日のためにと、大きな袖のついた、たっぷりな刺繍と宝石で飾られているローブも与えた。バシナのローブは彼女の目の色のような青みがかった緑で、マントは濃い赤、豊かに装飾され、金色の留め金でとめてあった。クロディエルドのローブは鮮やかな赤で紫の縁取りがあり、さらに金糸で刺繍してあった。マントは黄色と黒の格子模様だった。黒の格子の中には黄色の石が縫い付けられていた。ヴァンダのはといえば、とても濃い緑で、白の縁取りが縫い付けられていて、その上に黒や緑の宝石が留めてあった。黒のマントには全体に白い花が刺繍してあった。留め金は二人の王女たちのそれと同じようなものだった。靴下と手袋も、同じように最高に贅沢なものだった。三人はサントクロワの修道女の白い羊毛の質素なローブからこの贅沢な衣装に着替え、最後に額のところに太い金のバンドを締め、自分たちが修道院にいることを忘れないよう金の十字架をつけた。

このように盛装した自分の姿をみて、三人はとても幸福な気分だった。ヴァンダでさえこの贅沢な衣服をつけた。そのほかの娘たちは、修道女も修練女も、もっと簡素な衣服をもらったが、それでもサントクロワ修道院のものとは比べようもなかった。ベッガだけが、二〇年着続けてきたものとよく似た服がほしいと申し出た。

アンソルドとその仲間たちも、新しい衣服を与えられ、バジリカの中に落ち着いた。

トゥールの司教が、修道女たち全員に会いに来るようにと命じた。司教の館に行くには町の一部を通過していかねばならない。グレゴリウスは、彼女たちが群衆と直接接触するのを避けさせるために護衛と何台ものかごを用意してきたが、それは無駄に終わった。どうして知っていたのか、脱走した王女たちと修道女たちを一目見ようと群衆がおし寄せてきたのである。人々の中傷やのろいの言葉が彼女たちの行く道に雨のように降った。様々なものが投げつけられ、汚れたり傷つかないようにあわててかごの皮のカーテンを閉めなくてはならなかった。女たちは男たちよりもさらに敵意をもっていた。男たちはぶしつけにじろじろ眺めてあざ笑ったり、彼女たちの魅力を下品にやじったり、みだらな身振りをして見せたりするだけで満足していた。行列の五台の乗り物の先頭に乗っていたのはベッガとバシナとクロディエルドとヴァンダだった。バシナはベッガにすがりつき、恐ろしさに泣いていた。クロディエルドとヴァンダはしっかりと顔を上げ、人々の攻撃に身じろぎもせずに耐えていた。ヴァンダは飛んできた重い陶器の花瓶を受け止め、投げたものに投げ返した。その女はひっくり返って気絶してしまい、スカートがめくれて町の人たちの笑いものになった。兵士たちは群衆を押しやった。

ラドゴンドの娘たちは司教の館の門が目の前で開かれるのを見てほっとした。

クロディエルドは怒り狂ったようにかごを降りた。それを見てヴァンダが笑うと、さらに憤慨した。

彼女たちは司教と聖職者および伯の代理人たちの前に引き出されると、従順の印としてひざまずいてから、腰掛にすわった。クロディエルドは自分の威厳にまるでふさわしくないその椅子に苛立ちを見せた。

きびしいながらも好意を持って、グレゴリウスは彼女たちに質問をした。最初に質問されたのはベッガだ。司教が話しかけるとベッガは膝をついた。

「ベッガ、私には分からない。二〇年以来、私はあなたの知性や敬虔さを見てきた。修道院長に従順であったこと、聖ラドゴンドが定めた規則をしっかりと守ってきたことを知っている。それなのに、この信仰のない娘たちと一緒のあなたにここで会うとは。あなたはルボヴェールを継ぐものだと思っていたし、聖ラドゴンドは愛のすべてと全幅の信頼をあなたに置いていたのに。何があったのだ？　どうして、あなたは逃げてきたのだ？」

ベッガの疲れた顔に涙が伝った。感情にふるえ声を詰まらせながら彼女は答えた。

「ああ、司教様、厳しくお裁きにならないでください。あなたがおっしゃったように、ご存知のように、私は何も変わっていません。私は喜んで修道院を出たわけでも、もちろん反乱しようというわけでもなく、この子達だけで身体や魂を手当てする薬もないまま森の中を、さらに世の中をさまようことになると知って辛かったからです。もし私が罪を犯したというなら、それは哀れみによるものです」

その声があまりに哀しく、優しかったので、居並ぶものたちの多くが涙を流した。グレゴリウスも見るからに感動し、額を手で隠して、しばらく黙っていた。再び顔を上げたとき、彼のぬれた瞳には優しさがあふれていた。

「あなたは愛ゆえに罪を犯した、わたしの愛するベッガ、しかし、罪を犯したことに変わりはない。けれども、あなたを知っているから、私が責任をもってあなたの罪を許そう。時がきたら、あなたをポワチエに送り返そうとおもう」

「ありがとうございます、司教様、でも私はこのさまよう羊たちと一緒でなくては帰れません。でなければ、私も彼女らと同じ罰に処してください」

「ベッガ、その哀れみは罪になる。固執していると、破門を受けることになるのだよ」

「神が私を裁いてくださるでしょう」そういってベッガは立ち上がった。

「修道院長に何か言うことはあるかね？」修道服を着た男が厳しい顔つきで尋ねた。

「いいえ、司祭様、何もいうことはありません」

ベッガは自分の椅子に座った。

「お前は」とクロディエルドを指差しながら司教が言った。「何かいうことがあるに違いない」

クロディエルドはさっと立ち上がって、ひざまずいた。

「さすがに私たちの審判者、私たちの庇護者ですわ、司教様。ルボヴェールは私たちの院長としてふさわしくありません。不純です」

この言葉に憤慨のざわめきが一同の間に広がった。それに気づいていないかのように、クロディエルドは続けた。

「私たちの創立者、聖ラドゴンドが亡くなってから、院長はカエサリウスの聖なる規則をすっかり自由に変えてしまい、聖務を減らし、他の雑務の時間をふやしています。それに夜の間ずっとさいころやカルタ遊びをし、奴隷たちには私たちの浴場を使ってよいと許可し、自分の姪に贅沢な贈り物をし、祭壇の被いまでその娘への贈り物にするために切り裂いたのです。そのうえ、私たちは飢えと寒さで死にそうです。私たちは司教マロヴェに助けを求めたかったのですがルボヴェールと司教は共同体の父の職務を彼が引き受けたときから共謀しているのです。あの男はずっと長い間不当にラドゴンド様とアグネス院長のことを迫害してきたのに。私たちは法廷によるルボヴェールの不正行為へのお裁きを要求します。私たちは、ルボヴェールが私たちを統率するにふさわしくないと判断します」

「あなたが口にしたのは、厳しくも恐ろしい告発だ。よく考えるのだ、クロディエルド。罪のないものを告発するとなれば最悪のことになる」

「では、私の仲間たちがどう考えているか、聞いてみてください」

「バシナ、あなたの言い分はどうかな」

「わたしはいとこのクロディエルドの意見とまったく同じです」

「では、ヴァンダはどうだ」

「前にも言いましたように、私が修道院を出た理由はバシナやクロディエルドのとは違います。でも、まったく同意見です。司教様の善意と正義を期待しています。司教たちを集め、私たち一人ひとりの話を聞いて私たちに罪があるのかどうか判断してください」

「お前たちは自分の修道院長、司教、規則に対し反乱を犯した罪にあるのだ。聖なる共同体から引き離されるに十分ではないか？」厳しい顔をした一人の司祭が怒って立ち上がりながら叫んだ。そのまなざしに、逃亡者たちは身を縮めた。ヴァンダの目は半分閉じていた。

そうすると、オオカミの眼のようだ、とベッガがやさしく言ったものだ。この背の高いやせた男を彼女は敵だと思った。あまりに不愉快なひと言に、ことさら平然と、軽蔑をこめたはっきりとした声で言った。

「司祭様、もし、私たちが罪を犯したなら賢明なる方々で構成された法廷でお答えしましょう。そこでこの逃亡の理由をはっきりと明かします」

「理由が何であれ、お前たちはポワチエ司教のところにその不満をもちこむべきだ。それにもし彼が聞いてくれようとしなくても、謙虚に司教の特別の計らいを待つべきだろう。神に仕えると誓いを立てた娘たちは、神の手の中で死ぬべきだ」

「でも、私は生きています。それに、私たちがそのように死ぬべきだと神が望んでおられるなんて思えません。神は私たちがその愛の生きた証人であるようにと期待しておられるのです。私はまだ誓願を立てていませんし、するつもりもありませんが、愛と徳のお勤めをそのように理解しています」

「お前はだれだ、そのように偉そうに話すとは」

「私はヴァンダ、聖ラドゴンドの娘です」

「おお、わかったぞ！　引き起こされた石の赤ん坊だ、オオカミの子だ」

あまりに不快そうに言ったので、ヴァンダはその侮辱的な口調にかっとなった。やや青ざめ緊張した美しい顔をあげ、姿勢を正すと刺繍の入ったベールを震える手で押さえた。

「オオカミの子、私はそうであることを誇りにしているし、私の母はお前よりもずっと価値がある」

それから、皮肉な笑いを押し殺しかねていたグレゴリウスと集まっていた聖職者の方を振り返り、付け加えた。

「教会と王の尊厳のある代表者たちよ、私たちがここに来たのは助力と裁きを求めてであって、侮辱をされに来たのではない」

「ここにいる司祭は自分の守るべき規則に従っているのであって、心のままに振舞ってはいない」とトゥールの司教が言った。「彼もまた神を恐れる正義と善の人だ。なにかほかに言うことはあるかね」

「いいえ」

一人ずつ修道女や修練女たちが質問をされた。みな、その確信のほどはそれぞれではあるものの、クロディエルドの言うとおりだといった。

「どうやらあなたたちの望みのようだから、私は同僚である司教たちを招集して、あらゆる英知によってあなたたちの不満と過ちについて審判をしてもらうことにする。待っている間は修道院には帰りたくないだろうから、インギトルードのところで静寂と祈りのうちに生活するように」

こう言ってトゥールの司教は立ち上がり、助祭、修道士、聖職者や王の代理人たちも従った。立ち去る前に、あの司祭がヴァンダをじっと長い間見つめていた。

グレゴリウスの父親のような助言にもかかわらず、クロディエルドとヴァンダはブルグンドに行って、グントラム王の助力を要請することに決めた。二人は十分に天気が落ち着くのを待って夏の初めに出発した。

二人の安全を心配したトゥール伯は念入りに武装した二〇人の男たちの護衛と、馬と白い牛に引かれた二台のかごを与えてくれた。一台にはブルゴランの娘コンスタンティヌとガロロマンの家系のジュヌヴィエーヴ、美しいけれど気性の激しいテオドギルドとクロディエルドが乗った。もうひとつにはヴァンダとやさしく献身的なベッガ、そして、トゥールにはとどまりたくないといったプラシディニが乗った。ルドヴィンとウリオンは従者とともに馬車に乗って後に従った。旅は本当に楽しいものだった。このまま終わらないのではないかと思われた冬のあとに自然はそのあらゆる威容をみせていた。いたるところで鳥の鳴き声がひびき、太陽の日差しに温められた草の香りがたちこめていた。美しい一日が終わると甘い夜が訪れ、ナイチンゲールの歌が聞こえてきた。

ヴァンダはさっさと優雅で実用的でない服を脱ぎ、ひざまでの真っ赤なチュニックと紫色で黄色いフリンジのついた上等の皮でできたブーツを履いた。チュニックの上には柔らかいネコの毛皮の袖なしの短い上着を着て、肩から十字につり革をさげそこにカリウルフの剣とアルビンの短刀をさした。ブロンズの留め金のついた短いマントを着ればこれでよし。長い髪はじゃまだったので切ろうとしたが、ベッガにとんでもないと反対されあきらめざるを得なかった。ベッガにしてみればヴァンダの新しい格好にすでにショックを受けていたのだ。ルドヴィンに手伝ってもらって、ヴァンダは長い髪をひとつの三つ編みにすると頭の上にまとめて馬のしっぽのようにたらした。こうして動きやすい姿になるとヴァンダは兵士たちの中に入って馬に乗った。

五ヶ月目の終わり（七月の終わり）に彼女たちは目指していたシャロンに到着した。そこにはグントラム王の宮廷があった。太陽は真っ赤な夕焼けの中を今にも沈もうとしていた。慣例に従い彼女たちは王の前に出るのは翌日まで待つことにした。ソーヌ川の川岸に近いところに野営をはり、川に入って笑いながら道中でついた泥を洗い落とした。ヴァンダは泳ぎながらみんなとは離れていった。そして仰向けになるとそのあたりはゆるやかな川の水の流れに身を任せ、裸の身体にふれる水の心地を楽しみながら、ひとつまたひとつと神秘的な星が光る夜空の美しさに見とれていた。

ヴァンダは水をたたくオールの音に気づいていなかった。小船の影が浮かび上がり、ヴァンダははっと驚いた。三人の男の影が彼女のほうに乗り出し、つかまえようと腕がのびてきた。

すばやく身体をひねると、ヴァンダは野営地のほうをめざして水にもぐった。息を継ぐために水面に顔を出さなくてはならず、振り返ってみると小船はすぐ近くにいた。見られることを恐れる余裕もなくヴァンダは必死に泳いだ。盗賊に捕まるなんて、あまりにもおろかなことだった。野営地の明かりが見えなくて、ヴァンダは心配になってきた。おそらく予想以上に川の流れに流されてきてしまったのだろう。突然、足をつかまれたと思ったら、引き上げられ、頭が水面から上げられず、水をしこたま飲んだ。半分息が詰まった状態で、ヴァンダは襲撃者たちに船の上に引き上げられ、ようやく息をついた。

ヴァンダの身体は小船のざらざらした床の上に無造作に転がされた。彼女は叫び声をあげた。

「さあ、オオカミがわなにかかったぞ。司教も喜ぶだろう」

「黙れ、ばかもの、余計なことを言うな」

「オオカミだろうとなかろうと、おれはこいつとやってみたい」

「まったくだな、兄弟。いつもいつもこんな美しいあばずれをいただけるわけじゃないからな」男のひとりがそう言ってヴァンダの太ももに手を滑らせてきた。ヴァンダが後ろ足で蹴り上げたので、男は小船の反対の端まで転がっていき、船が沈みそうなほど揺れた。彼の仲間が笑いながらヴァンダの上に全体重をかけてのしかかってきた。しかしその男はヴァンダの肌のやわらかさを楽しむひまはなかった。かしらと思われる男がその男のチュニックを荒々しく一気に引っ張り、男を引き起こし、静かな声でこういったのだ。

「水に放り込まれたいか？」

「やめてくれ、サクソン人、俺は泳げないんだ」

「自分で何とかしろ」そういうと彼は男を水に突き落とした。男は見えなくなった。

一回、二回、三回、四回と頭が水面に上ってきた。恐怖で叫んでいる様子があまりにはげしかったのでヴァンダは助けてやってくれといった。

「お前は優しい子だな、あいつはお前を犯そうとしたのに、助けてやれというのか。無駄なことだ。あの男は泥棒で、人殺しだ。おまけに人の言うことなど聞かない自分勝手な男だ。もう十分に生きたのさ。俺たちの役目のほうが大切だろう。どう思う、サモ？」

サモは何も言わなかった。一緒に戦い、人を殺し、喜んだ仲間が断末魔の叫びを上げているのを見て足がすくんでいたのだ。サクソン人のクルデリクの言うことはもっともだった。自分たちの役割のほうが重要だった。

彼らがぼんやりとしていた隙に、ヴァンダはゆっくりと身体を起こすと水に滑り込んで小船から離れた。水にもぐる直前に、二つの怒りの叫び声が聞こえた。ヴァンダは川岸の方向に向って泳ぎ、息をするために水面に顔を出し後ろを振り返った。ひょっとしたら、夢を見たのだろうか？　小船は遠ざかってしまったようだった。小さな浜の砂の上を歩き始めたとき、周りを兵士たちが取り囲み、自分を黙って見つめていることに気づいた。薄暗い中でも、自分の裸の肌に注がれる彼らのきらきらした視線を感じた。ちょうどそのとき、月が現れ、ヴァンダの白い身体をこの世のものとは思えないように照らし出した。ざわめきが男たちの間に広がった。

「ソーヌ川の精霊だ。水に投げ込まねば」

「いや、魔女に違いない。われわれに魔法をかけにきたのだ」

「さっきの叫びは、われわれを自分の巣穴にひきつけ、おぼれさせ、肉を食らおうとするためのだ」

「かたがた、この子は川に落ちたかわいそうなガチョウ追いの娘だ。見てみろ、寒さでがたがた震えている。精霊が歯をカチカチ鳴らすはずはないだろう。よきキリスト教徒としてこの子を温めてあげようではないか」一人の男が大笑いをして言った。

「待て、待つのだ」夜の闇の中を、明るい声がした。

「王だ、王だ」

キルデベルト王は馬から下りると若い娘のほうにやって来て、まるで釘付けされたように足を止めた。

「そなた……」

驚きが微笑みに、そして笑いに変わった。

「最初にそなたに会ったときも、そんな格好をしていたな。王の娘としては奇妙な振る舞いだね。修道院から離れて、何をしているのです？　私があなたを迎えに人をやったとき、マロヴェはあなたが神に仕えたがっていると言った。私の使者たちはあの忌々しい司教が、もしあなたをむりやり神から引き離そうとするなら破門も辞さない真剣な態度でせまったかられを信じたのに」

「寒いわ」

王はヴァンダの言葉に気づかないようだった。彼はさらに言った。

「そのあと、トゥールの司教からあなたが私の従妹のバシナやクロディエルドと一緒に逃げ出して私の叔父であるグントラム王の庇護を求めにきたと聞きました。私はストラスブルグからあなたに会うために戻ってきたのです」

「こうやって、私に会えたのですから、どうか、私になにか着るものをくださいな。この人たちの視線から私の裸を隠したいわ」

ヴァンダは毛布に包まれ、キルデベルト王にしっかりと支えられながら彼の軍馬に乗って戻ってきた。みんなは大喜びで迎えた。ベッガは泣きながらヴァンダを息が詰まるほど抱きしめた。

「よかったわ。私、あなたが川に流されて死んだとばかり思っていたのよ」

ルドヴィンは膝をつき両手を挙げて涙をぼろぼろ流しながら神に感謝した。ウリオンはといえば、ヴァンダの足元に身を投げて彼らにしか分からない言葉を発しながら口づけした。ヴァンダも同じ言葉で応じながらウリオンを立ち上がらせ、やさしく抱きしめた。ただクロディエルドだけが隅のほうでこの様子をいらいらしたように見つめていたが、キルデベルト王が彼女の前でお辞儀をすると笑顔になった。王は言った。

「ごきげんいかがですか、従妹よ。この前会ったときよりもさらに美しくなりましたね」

クロディエルドは嬉しさに真っ赤になった。

「しかし」と王は続けた。「あなたのしたことには怒っていますよ。どうしてこんな風にあなたの修道院を逃げたのです、バシナや多くのかわいそうな娘を引き連れて？　あなたのとんでもない行動がどんな結果をもたらすか分からなかったのですか」

「従兄どの、私はここに叱られるために来たんじゃないわ、あなたの保護をもらうために、そしてあなたの母君ブルンヒルドと私たちの叔父グントラム王の保護をもらうために来たのです」

「保護は、あなたに与えることを決めていますよ。司教たちがあなたたちに隠れ家を与えるものに破門をちらつかせて反対しようとね」

「私たち王の子どもたちは何ができるのでしょう？　王から権力を取り上げることしか考えていないあのおしゃべりな人たちの言うことに対して」

「できることはあります。けれども、彼らが持っている権力は神から与えられたもの。神に対してはわれわれは争うことはできません」

「まるで、臆病な女のような言い分ね。王ともあろう人が」背後から声がした。

侮辱されたと思い、キルデベルトは身を震わせると短剣を抜きながら振り向いた。向こう見ずな者に今の言葉を撤回させてやろうとしたのだ。

彼の前にはヴァンダがいた。金や銀の刺繍のはいった白いローブを着て、暗紅色のマントをはおり、長い髪はまだ濡れていて月の光で輝いていた。

武器を持った手が下がり、王はじっとヴァンダを見つめた。二度もその裸身を見てしまったこの娘が夜な夜な頭から離れない。

「どうして、私を侮辱するのです」

「あなたを傷つけるつもりはないわ。ただ、司教の中にはその権限を神からもらった人であれもらっていない人であれ、おぞましい使い方をしているものがいる。そういう人たちと戦うことは神の意思を侮辱することではないと思うの」

「そんなことをいうとは、誰か特定のものがいるのですか?」

「いいえ、私を誘拐しようとしたあの襲撃者たちが話していたのはどの司教のことだったのだろうって、ただ考えていたの」

「あなたを誘拐しようとした、ですって」クロディエルドが恐ろしそうに叫んだ。

「ええ、王にはなにが起きたのかは話したわ。でも、お願いだからベッガには話さないでちょうだい。無用に心配させるだけだから。もう疲れたわ、休みます、おやすみなさい」

ヴァンダはそこに二人を残し、かごの中に入ってルドヴィンとベッガの間にもぐりこみ、すぐに眠った。

夜通し王の従者や伯の従者が見張りをし、眠りについた野営地の周りを警戒した。

夜が明けると一行は再び進んで喜びにわくシャロンの町に入り、群衆の歓声に迎えられた。

グントラム王は父親のように迎え入れた。彼はクロディエルドとヴァンダにプレゼントをふんだんに与え、彼女たちのために祝宴を用意するようにといったが、ひとつだけ断固として主張した。すなわち、クロディエルドはトゥールの修道院に戻って司教たちの到着を待つこと。かれらに今回の不幸な事件についてサントクロワの修道院長と話し合うようにと命令してあるから、というのだ。ヴァンダについては修道女としての制約からはまったく自由であるからラドゴンド王妃がはっきりと見せていた意思に従い王の下にとどまるようにとのことだった。

新しい人生が開けたことで、ヴァンダはクロディエルドの気分がどんどん落ち込んでいることに気づかなかった。朝早くヴァンダはウリオンだけを連れて、短いチュニックに着替え若いキルデベルト王と数人の従者とともに狩りに出かけた。キルデベルトはヴァンダに対して日増しに大きくなる感情をおさえられず、それは誰の眼にも明らかだったのでまわりのものはみな笑っていた。しかしながら、王は人生で初めて、女性を押し倒して思いを遂げようとはしなかった。楽しんだり甘えたりしながら、ヴァンダはそれがたいしたことではないかのように王と遊びまわった。キルデベルトの妻であるフェループ妃に知られることもなかった。彼女は子どもを死産したばかりでまだ回復していなかったからだ。

それからしばらくして、宮廷はオータンに移動し、そこでまた宴がひらかれたので、クロディエルドはさらにプレゼントをたくさんもらい大喜びした。テオドギルドも若いフランクの領主たちに浪費をさせ、またプラシディはそのおおらかで官能的な気質が花開き、男たちから称えられて嬉しがった。

この三人の若い娘は夜になると宴会にふけり、ワインやビールがどんどんと注がれ、プラシディはわら作りの倉の中で、テオドギルドは若い兵士のテントの中で、クロディエルドはあまりに酔っていたため自分の相手が誰だったかわからないという有様だった。

ベッガは修道女たちが最も神聖である誓いにもかかわらず放蕩に身をゆだねている姿を悲しくも恐ろしげに見ていた。彼女はグントラム王にこのことを話そうとしたが、王はそうしたくなるのは自然ではないか、すべての創造主である神は、若者の情熱も娘の美しさも造られたのだ、造ったものについては気分を害されたくはないだろう、といって彼女を追い返した。

ヴァンダのことはベッガにとってもうひとつの心配の種だった。ある日、ヴァンダは狩りからなかなか戻らなかったかと思うと、目を輝かせ、頬を紅潮させ髪をくしゃくしゃにして言った。

「見つけたわ、あそこにいたのよ……生まれた森からこんなに遠くで。私についてきたんだわ」

何のことを話しているんだろう？

「アヴァよ。私、アヴァと子どもたちとそのまた子どもたちに会ったの。ベッガ、あの子たちが私に会ってどんなにうれしそうだったか、あなたにも見せてあげたかったわ。でんぐり返しをしたり、抱きついたり、キスをしたり、かみついたり。明日また会うのよ」

「まあ、気でも違ったの。お願いだから、もう森には行かないで、オオカミたちのことは忘れてちょうだい」

「できないわ」

「じゃあ、何を期待しているの？　あなたはオオカミではないしあなたの居場所は人間の中よ。この宮廷の中ではあなたは王女なのだから、それらしく振舞わなくては」

「なにも期待はしていないわ。私は彼らを愛しているし彼らも私を愛している。ここにいるより、彼らのそばにいるほうがずっとしあわせで安心だと感じるの。王女として振舞っているときは、私ではあるけれど、違う私になる必要があるのよ。自分の恋人やアクセサリーのことだけを考えたり、ほんのちょっと裏切られただけでも仕返しをしたり、周りの悪口を言ったり、お菓子をおなかいっぱい食べることばかり考えているような娘にね」

「あなたが純粋でいい子だって知っているけれど、心配なのよ。王たちに気に入られているあなたを中傷して蹴落とそうとしている人もいるし。ブルンヒルド王妃が不在なのがずっと残念でならないわ。あのかたならあなたの出生についてなにかはっきりとさせてくれたでしょうに。それがわからないがために、あなたを貶めようとしているものたちはあなたのことを『オオカミの子』とか『引き起こされた石の子』と呼び続けるでしょうね。でも決して忘れないでちょうだい。あなたがオオカミ狩りの中に飛び込んでいってお母さんのオオカミを助けたとき、多くの人は悪魔が現れたと思ったことを。肉屋のウェロックの奇妙な死に方やあなたが理由もなく身に着けているこの毛皮のために余計にそんな感じを強く持ったのでしょうけれど」

「理由もなく……って、ベッガ、どうしてそんな風にいえるの？」

「そうね、ごめんなさい。でもそうしていると、あなたは侵入者たちと勇敢に戦ったガリアの戦士たちと似ているわ」

「もしそうなら、私はあの勇敢な女性たちに似ているのを誇りに思うわ」

「私の片方の祖母がその中の一人だったのよ」

「いつかあなたからそのおばあさまの話を聞きたいわ」

一人の奴隷が入ってきて、彼らの会話をさえぎった。

「王がお会いしたいそうです。お二人に」


ベッガはヴァンダを手伝って女性らしい装いをさせ、やぶやオオカミと遊んだことでできた膝や太ももの擦り傷をなんとかごまかした。くしゃくしゃになった髪を隠すためにヴァンダは長いベールで頭を覆った。二人が王の前に行くと、クロディエルド、コンスタンティヌ、ジュヌヴィエーヴ、テオドギルドとプラシディニがすでにそこにいた。彼女たちは王の手に口付けをし、王は娘たちをすぐそばの椅子に座らせた。

「秋が近づいている。私はあなたたちに天候の悪い季節に旅をさせたくはない。明日、ここを発ってトゥールに行き、そこで私の親戚であるインギトルードの修道院に落ち着くがよい。そして、あなたたちの訴えを審議するためにやってくる司教団を待つのだ。会議はおそらく一〇月の一五日には開かれるであろうから、まだ少し日にちがある。隊列を準備するよう命令をしたから、あなたたちは明日発つのだ。ヴァンダ以外はな。ヴァンダは修道女ではないし破門される対象ではないからだ」

ベッガ以外の娘たちはこの知らせに悲嘆にくれた。

「もう少し出発を遅らせて、ここで司教たちの会議の結果を待ってはいけませんか？」クロディエルドが聞いた。

「だめだ、私が決めたことはすでに話が進んでいる。私は使者を遣わして、キルデベルト王とトゥールの司教とポワチエの司教にもすでに知らせたのだ」

コンスタンティヌが立ち上がって王の足元にひざまずくと震える声で言った。

「王様、どうか私にオータンの修道院に隠遁することをお許しください。私の心は自分の罪の大きさに痛んでいます。厳しい規則のある修道院に入って、苦行と悔悛の日々を送りながら修道院長や司教やわが神のお許しを得られるよう、お命じください」

王は感動して、同意を与えた。

コンスタンティヌは泣きながら感謝すると、仲間たちにお別れを言いながら、自分に倣うように懇願した。ヴァンダの順番が来ると、彼女は立ち上がってグントラム王の前に膝をつき、しっかりとした声で言った。

「私も、王にお願いがあります」

「言ってごらん、娘よ。聞いてあげられる頼みなら喜んでそうしよう」

「私はクロディエルドと一緒に出発したいのです」

「これはまた、変わった考えだな。この先あなたにすべきことはないと思うが」

「私がいなかったら、間違いなく、彼女たちは逃げ出さなかったでしょう。私のせいなのです。ベッガが修道院を出たのも。もし、彼女たちが断罪されるなら、私も一緒に断罪されるべきです。そうではありませんか、正義の王よ」

グントラム王はあごに手を当ててしばらく考えていた。このヴァンダという少女は彼にとって興味深くもあり、邪魔な存在でもあった。彼女は王の知っているどんな女性にも似ていない。言葉も行動も、誰よりも自由で、誰よりも勇敢だった。それ以上に、彼女に惹かれているキルデベルト王のことを思った。それは、この先彼と王妃たちの間で新たな問題を引き起こすに違いない。

「私はあなたの出発に反対はしない。あなたの言うことは尊いことだ。神のご加護があるように」

王が手を打つと従者たちが重たそうな小箱を持って入ってきた。王は一人ずつに金の首飾りを与え、ヴァンダとクロディエルドには色とりどりの宝石で飾られた彫金のバンドを与えた。

「これはわが姪のバシナに、私の記念として与えてほしい」王はそう言ってベッガに見事な彫金のバンドを渡した。

王はベッガに同じように金貨が一〇〇枚入った袋を渡し、彼女たちのために出費をすることになったことの埋め合わせにインギトルードに贈るようにと言った。

「この子たちを頼むぞ、賢いベッガよ。道に迷った娘たちを正しい港まで連れて行ってあげるように」

それから、ひざまずいている修道女たちに向って付け加えた。

「天の神があなたがたを見守り、より良い道をしめしてくださらんことを」

周りの人たちが出て行くと、クロディエルドはイライラを爆発させた。

「ここで、司教たちの審判を待つことはできないの？　どうして私たちをトゥールに帰したいのかしら？」

「でも、そもそもこれは私たちの問題なのよ、クロディエルド」とヴァンダが答えた。「あなたは、私たちの件についてどんなことが言い渡されるか、知りたくないの？それに、もし私たちがトゥールにいなかったら、中傷や誤解に対して、だれが答えるのよ？」

「たぶん、あんたの言うとおりだわ」クロディエルドは考えながら言った。

それから、彼女はほんの一瞬黙って、ヴァンダを盗み見した。まるで、何か言うことを探しているかのように見えた。とうとう決心したのか、まるで言葉が舌を焼き焦がすかのように短く言い放った。

「王に言ってくれて、私たちと行くって言ってくれて、ありがとう」

皆は仰天したように彼女を見つめた。高慢なクロディエルドが誰かに感謝するのを聞いたのはこれが初めてだった。ベッガはクロディエルドを小さい頃から知っているだけに、彼女がこれを言うためにどれほど努力したのかと想像し、笑いを隠すために後ろを向いた。ヴァンダは肩をすくめた。

「たいしたことをしたわけではないわ。あなただって同じことをしたでしょうし」

「あら、もちろん、しないわ」クロディエルドが叫んだ。

この正直な叫びに、ヴァンダや修道女たちがわっと笑った。

「まあ、これだから、あなたを信じちゃうのよね」プラシディニが嬉しさのあまり二度しゃっくりをしながら言った。

クロディエルドは気を悪くしたように眉をひそめたものの、ヴァンダを抱きしめ笑いに加わった。

「さあ、子どもたち、部屋に戻って、出発のための支度をしましょう」ベッガが言った。

その言葉が終わるか終わらないかのうちに、娘たちはベッガが止めるのも聞かず宮殿のモザイクで飾られた廊下を走り出した。

プラシディニ、クロディエルド、テオドギルドがそれぞれの恋人のところに会いに行くと、彼らはトゥールまで会いに行くからと約束した。ヴァンダはというと、出発まで姿を見せず、着ていたものはあちこち引き裂かれ、巣穴の猛獣の臭いがしていた。

第16章　サクソン人クルデリク　森の中の待ち伏せ
暴行と一人の修道女の死

道に長く伸びた隊列を灼熱の暑さが苦しめ、灰色の細かい埃がまきあがる。馬上の兵士たちはまどろみ、馬たちの口や鼻はいかにも辛そうだった。輿の中ではカーテンを上まであげて下着だけを着た女たちがまるで小麦袋のように牛車の揺れに体をゆだねていた。体に下着が張り付いている。ヴァンダはベッガの膝の上に頭をのせたまま、眠っていた。

一枚の葉も、一本の若木も動かない。野原はまばゆい日の光に制圧された、完全に静止した世界だった。太陽の光が道端の石や兵士たちの武器に反射すると眼に痛いほどまぶしく、開けておくことさえ大変だった。暑さの中、無数の虫たちの声が鳴り響いている。

軍隊と輿の間がだんだんと開いていった。兵士たちは自分の馬が、おそらく悪魔のような太陽に参っていたのか、水のある場所をかぎとったのか、道を外れて木々の中をジグザグに走る小道へと踏み入れていっていることに気づいていなかった。

クロディエルドの輿を引いていた牛の一頭のひづめに石がはさまったため、御者は止まって石を取り出さなくてはならず、そうしている間にヴァンダの輿が追い越して道の曲がり角に消えていった。

男は短剣の先で石を取り出すのにてこずり、ののしっていた。牛はハエの群れにたかられて苛立っている。

「おいおい、そんなに動くな、おれが……」

言い終わらないうちに、彼は牛のひづめの上に崩れ落ちた。慣れた手つきでなげられた斧で頭が割られていた。

牛車の中のだれも、気づかない。

獰猛な雄たけびにクロディエルドと二人の連れは眠りから引き戻された。すぐには何が起きたのかわからなかった。一〇人ほどの武装した男たちが元気な馬にまたがって彼女たちに襲い掛かってきた。彼女たちは助けを呼んだが、その叫びは熱気の中に吸い込まれていった。

「娘たちを取り押さえろ、分け前はあとだ」一人の男が馬に乗ったまま死者の頭から斧を抜きながら叫んだ。旅行者たちの顔に真っ赤な血のしずくが飛び散った。

物静かでおっとりとしたジュヌヴィエーヴは汗臭い野蛮な片目の男に捕まった。その男は自分の前に横向きに彼女を引っ張り上げ、ローブをたくし上げた。そうして、押さえつけると太ももの間に片手を突っ込んだのだ。ジュヌヴィエーヴは恐ろしさと指でまさぐられる痛みで気を失った。テオドギルドはまだましだった。彼女を奪った男は美しいブロンドの戦士で、きれいな娘の下着しかつけていない体に触れると眼を輝かせた。クロディエルドは輿から飛び降りて逃げようとしたが長くゆれるお下げをつかまれ、いつも自慢していたその衣装を引っ張られて馬の上に引き上げられた。きらきらと光るような透き通った目をした男が乗っていた。そしてうなじを叩かれ、気絶した。

盗賊たちは森の中を早駆けで突き進んだ。先頭を行くものは隊列がとったのと同じ方向を目指していた。やがて、彼らは崩れかけた礼拝堂の近くにたどりつきその前で足を止めた。娘たちを運んできた騎馬手たちは彼女たちを下にずるりと落とした。娘たちは地面に泣きながら転がったが、ジュヌヴィエーヴだけは茫然として身を起こすと自分のローブについている血の意味が分からずにただ見つめていた。

「グンタリクよ、前にも言ったが、そんな風に娘を扱うのは俺は好かんぞ。仲間たちのように男らしくやれ」

片目の男は下品な笑いを浮かべた。

「俺はこうして犯すのがいいのさ、この方が快感なんだ」

「お前の好きにすればいいが、俺は気に入らん」そう言ってサクソン人のクルデリクは不愉快な仲間に嫌気がさしたように背を向けた。

背が高く、がっしりとして、赤みがかった黒い髪を頭の上でひとつに結んでいた。髪よりも明るい色の口ひげは長く、まなざしには知性と悪意が混じりあっている。上半身は裸で毛深く汗が光っており、上等なつり革を締め、短いマントを首のところで結んでいた。たくましい太ももと強靭な足でその男は子どものようにしがみつきあっているクロディエルドとテオドギルドの方へつかつかとやってきた。そして二人の前に立ち止まると、じろじろとその顔を見ていたが、やがて怒りだした。

「オオカミ娘はどこだ？」彼は盗賊たちのほうを振り返ってそう言った。

男たちはわけが分からないというようにお互いを見た。グンタリクと同じようにヴァンダル族出身のフニリックが答えた。

「三人のうちのどれかのはずだが」

「どいつもこいつも、馬鹿ばかりだ」クルデリクは怒り心頭で今にも剣を抜きそうである。彼はクロディエルドに近づくと、彼女の腕をつかみ、引き起こして前に立たせ顔を寄せた。

「輿の中には何人いた？」

「三人」ぼそっと、答える。

「じゃあ、ラドゴンド王妃の娘は？　どこにいる？　……さあ答えるんだ」揺さぶりながら、クルデリクは責めた。

「あの子は別の輿にのっていました」

クルデリクは理解できないかのように彼女を見つめた。

「ヴァンダが乗っている輿は私たちの輿を追い越していったわ」

サクソン人から乱暴に突き放されたクロディエルドは転びそうになり、テオドギルドにしがみついた。男はようやく事の次第が飲み込めたが、誰を責めたてることもできなかった。次こそはあのオオカミ娘に思い知らせてやる！　……さしあたり、このくやしさを他のもので紛らわすとしよう。

「お前は、誰だ？」彼はテオドギルドにむかって言った。

「私の名前はテオドギルド、グントラム王の姪のクロディエルドの付き人です」

「グントラム王の姪だと」せせら笑いをしながらサクソン人は言った。「こいつで身代金がたっぷりいただけるってことかい。どう思う、お前たち」

この馬鹿にしたような言い方に、クロディエルドは恐ろしさを忘れて言った。

「黙れ、汚い犬よ。私を馬鹿にするのか。私は王の娘ゆえ身代金は払われるであろう、もしこのままわれらを行かせるならなおのこと」

どっと笑いが起き、クロディエルドの望みは打ち砕かれた。クルデリクと仲間たちはこのあまりの世間知らずな娘を前にして息が止まるほど笑い転げたのだ。ようやく口が利けるようになると、彼は足でけったり握りこぶしでたたいたりして泣き叫んでいるクロディエルドをかまわず持ち上げた。

「笑わせてもらったぜ、かわいいお嬢さん。王の娘だろうとなかろうと、お前さんは気に入った。ヴァンダを人質にするかわりに、そのお約束の身代金を待ちながら楽しませてもらうことにしよう。お前たち、二人は置いていくぞ」

彼は礼拝堂の崩れた壁のひとつの裏にクロディエルドを運び、コケでできたベッドの上に両手でかかげるとやや丁寧に横たえた。

「痛いわ」

彼は抱きしめていた手を緩めると、じっと見つめながら彼女の脇に寝そべった。

「お前はきれいだ。もう男は知っているのか？」

クロディエルドの顔が瞬間うろたえた。どうやらクルデリクの期待したとおりだったようだ。

「気にするな、おれはその方がいいのさ。処女を奪うのは趣味じゃないし、むりやりなんてのはもってのほかさ。そういうのはグンタリクにまかせてる」

サクソン人の手が薄いローブの上をすべり、湿った茂みを愛撫した。クロディエルドはあえぎ、気持ちとは裏腹に体をくねらせた。

「おやおや、きれいなカモシカさんは愛撫がお好きなようだな」

クロディエルドは男の手が差し込まれた太ももをぎゅっと締め、抱きしめた手を何とか振りほどこうとした。

「私を放すのです、農民のくせに」

「俺に王女風をふかすなよ。俺は農民じゃない、金もあるフランクの戦士だ」

「盗賊ふぜいが、王に殺されるわよ」

「どうせ殺されるならなおのこと楽しんでおこう」そう言ってサクソン人はクロディエルドの太ももを乱暴に開かせた。

カリベルトの娘はたいしてあらがわなかった。やがて森の木や草は二人がかわす快楽の声の証人となった。

礼拝堂の崩れた壁の反対側では、別の光景が繰り広げられていたが、そこには喜びのうめきはなかった。

テオドギルドは涙でぐしゃぐしゃの顔のまま、抵抗することもやめて五人目か六人目かの男を受け入れていた……もう何人なのかも分からなかった。ジュヌヴィエーヴはといえば、美しい体は汚れ、ほとんど裸同然になっており、盗賊たちがどんなに乱暴を働いたかがわかるというものだ。たった一五歳というあまりの若さとはかなげな金髪が、男たちみんなの欲望をかきたててしまったのである。一人残らず彼女を犯したのだった。ある者はさっさと済ませ、ある者はその武骨さに似合わないような残虐のきわみで乱暴した。フニリックは最後の仕上げといわんばかりに、少女の肛門を責め立てた。それには仲間たちも驚いた。そんなやり方を知らなかったからだ。

哀れな少女がようやく立ち上がったとき、おなかの辺りも足も、血にまみれ、唇には奇妙な笑いが浮かんでいた。彼女はテオドギルドに眼もくれずにその前を通り、礼拝堂の壁の向こうへ消えていった。それと同時にクロディエルドがクルデリクと手をつなぎながらあらわれた。欲を満たし、疲れてはいるものの幸せそうなその様子はまるで恋人同士のようだった。

「さあ、皆のもの、時間を無駄にしているひまはない。やつらを追いかけるのだ。間違えちまったからな。追いついて、肝心の娘を捕まえるんだ」

「どうしてこの娘たちを抱え込むんだ？」グンタリクが聞いた。

「安全のためさ。もし殺してしまったらグントラム王が兵隊を差し向けてくるだろう。そうなれば遅かれ早かれつかまってしまう。なにより、この娘がおれに自分と仲間の分の身代金の約束をしたからな。おや、三人目はどこだ？　二人しかいないじゃないか」

「どこかそのあたりの暗がりに隠れているんだろう」フニリックは下品な笑いを浮かべていった。

「娘を探せ、出発するぞ」

皆は礼拝堂をうろうろし、一本一本の木の後ろを探しながら名を呼んだ。

「ジュヌヴィエーヴ、ジュヌヴィエーヴ……」

「一体どこにいるのかしら」クロディエルドがテオドギルドに言った。「あの子を最後に見た時、どこにいたの」

「私の前を亡霊のように歩いていったの。礼拝堂の角を曲がっていって、それからあとは見ていないわ。おお！　クロディエルド、私怖い！　あのけだものたちがあの子にどんな風に襲い掛かったか、あなた見ていないでしょう。まだ子どもなのよ」

「めそめそしてても仕方が無いでしょう、さあこっちへ」

二人は壁の後ろに入り込むとそこに半開きになった低い扉を見つけた。扉を押して、中に入るとそこは丸天井の部屋で、踏み固められた土の床の上には何層にも埃が積もっており、ずっと長い間誰も入ってこなかったことを示していた。午後の傾きかけた光がところどころ壊れている丸天井を通して差し込み、金色の光の細かい粒がその中で踊っている……その場所はひんやりとしていて、カビの強いにおいがただよっていた。

「ジュヌヴィエーヴ！」クロディエルドが呼んだ。

答えはなく、息遣いもない。テオドギルドが何気なく壁にゆれて映る大きな影に気がついた。突然、彼女は眼を大きく見開き、クロディエルドの腕をつかむと、まるで体が鉛になって動かなくなってしまったかのように、途方もなくゆっくりと後ろを振り向いた。驚いたクロディエルドも、眼でテオドギルドの動きと、その恐怖の視線の先を追った。二人ののどから同時にうめき声が漏れた。二人の前には友の痛めつけられ汚された体がゆらゆらとぶら下がっていた。ジュヌヴィエーヴは自分の長いお下げ髪で首をくくってしまったのだった。

叫び声を聞いて、盗賊たちが剣を手に壊れかけた礼拝堂に入ってきたが、その光景を見ると恐ろしさに動けなくなった。気の弱いものはひざまずいて哀れみを請い、他のものたちは腕をたれて黙ったまま、ほんのさっきまで美しい娘だったその姿をじっと見つめた。

不吉な静寂から身を振りほどくかのように、クロディエルドは涙にゆがんだ顔で振り向くとクルデリクにこぶしを振り上げ、その胸を思いっきり叩いた。

「人殺し、人殺し……」

「俺はこんな死は望んでいなかった」彼はその手首をつかみながら、心から言った。「だれか、死体をおろせ！」

フニリックとグンタリクが前に出た。

「いいえ、この人たちは駄目」テオドギルドがうめきながら彼らの前に立ちふさがった。娘の告発するような嫌悪のまなざしに、二人は足を止めた。

「こいつらにはさせないで」テオドギルドは続けた「もう十分にあの子を痛めつけたんだから」

クルデリクが前に出て、ジュヌヴィエーヴが死ぬ際に階段にしたのだろう瓦礫の上にのぼり、遺体をかかえると首に巻きついているお下げ髪を短刀で切った。それから廃墟の外に運び出し、夕暮れの日差しの下、クロディエルドの寝た後がまだ残っているコケのベッドに寝かせた。

「もう、行かなくては」

「私たちのかわいそうな友を埋葬しないままで？」テオドギルドが言った。

「それはできない。もう待っていられないんだ、そろそろ夜が……」

後は続かなかった。尖った石が額を切った。さっと辺りを見回しただけで、危険な状態にいることがわかった。完全に包囲されていたのだ。彼は剣を引き抜くと叫んだ。

「襲撃だ……馬に乗れ……」

仲間の三人は乗り遅れ、二人がグントラム王の兵士の手に落ちた。残りのものたちは何とか逃れ、クルデリクはクロディエルドのほうに向って叫ぶのが精一杯だった。

「また会おうぜ」

兵士たちの数人が追いかけたが、すぐに見失ってしまった。夜の闇にまぎれ逃げおおせたのだ。

ベッガはかわいそうなジュヌヴィエーヴの体を洗い、飾りのない修道服を着せた。そして一晩中ヴァンダと一緒に遺体を見守った。翌日の朝早く、彼女たちは遺体を礼拝堂の壁の近くに葬った。

旅はそれからも苦悩と悲嘆の雰囲気に包まれながら続いた。ようやくトゥールの町の城壁が見えたとき、一同は心底安心した。

第17章　ポワチエへの帰還
クロディエルド、ウリオンの真実を知る

　クロディエルドは怒り狂い、ベッガは言いようのない悲しみを感じた。一〇名の修道女たちがそれぞれ違った人間に丸め込まれ、自分たちのいない間に結婚していたことが分かったからだ。アンソルドの仲間たちに乱暴されたペラジーは妊娠しており、死にたいと漏らしていた。

　一行が到着したのは一〇月の一二日で、その三日後はグントラム王が定めた司教会議が開かれる日だった。しかし、一一月の中ごろになっても司教たちは依然として到着しなかった。長い待ちぼうけのせいで彼女たちはどんどん険悪になり、インギトルードの修道院の中では逃亡者たちの口論やわめき声が響き渡った。彼女たちは三つのグループに分かれてしまっていた。クロディエルド、バシナ、そしてヴァンダのそれぞれの取り巻きだ。二人の従姉妹の友人たちの間では、どちらが上席をとるかとか、リボンの大きさや礼拝堂の場所取りで嫉みあったりの口論が絶えなかった。ところが、彼女たちはヴァンダの親しい者たちを批判す

るときだけは結託して、彼女たちを「オオカミ娘たち」と呼んであざけった。こうした狭量な意地悪な雰囲気に、ヴァンダはすっかり嫌気がさしていた。修道院の図書室でのささやかな楽しみにもすっかり飽きてきていた。彼らの帰還以来、修道院の壁の外に出ることや町を通ることは司教からもトゥールの伯からも禁止令が出されていた。修道女たちが醜聞を巻き起こすことを恐れたからだ。いつまでも待たされることにうんざりしたヴァンダはバシナとクロディエルドに、トゥールを出て他の場所で司教の到着を待とうと思うと打ち明けた。

「どこに行くの？」バシナが聞いた。「どこに行っても追いかけられるわ」

「追いかけられることはないでしょうよ。ポワチエの聖ヒラリウス教会の中に逃げ込むのよ。あそこは豊かでしょう。まわりに野菜畑も果樹園もブドウ畑もあるし、家畜も製粉所もカキの養殖所もあるわ。それに高い城壁が私たちを守ってくれる」

「ここを出ましょう、最高のアイディアだわ」と、クロディエルド。「でも、私たちの敵のいるポワチエにどうして戻るの？　ここトゥールの聖マルタン教会の中に落ち着いたっていいいんじゃないの？　そうすれば、冬が近いのにまた旅をすることもないし。私、あの最初の旅の悪夢がまだ頭にあるのよ」

「今度はあんなことにはならないわ。どうして聖マルタン教会ではなく聖ヒラリウス教会なのか、説明するわね。ポワチエなら私たちがよく知った場所だし、私のお父様のロムルフが近くにいて助けてくれるわ。それに敵の近くにいれば、彼らの動きが良く分かるでしょう。

あの教会はトゥールのよりもあまり人が訪れないから、私たちの居場所もあるし、一緒にいさせてくれると思うの。それに、もしグレゴリウス司教が快く同意してくれたとしても、伯やあの名前を知らない狂信的な司祭はそうじゃないってことを忘れてはいけないわ。今となってはここにいないことのほうが賢明だと思う。旅についてはもう全部準備してあるの」

「どうやって？　でもあなた、ここから出れなかったのでしょう？」

「私はね。でもウリオンとルドヴィンはいつでも出たいときに外出できたもの。二人に頼んだのよ」

「お金はどうしたの？」

「グントラム王からいただいた王冠をユダヤの商人に売ったのよ。そのお金で、輿と馬と、食料を積んだ荷馬車を買ったわ」

「でも、従者は？　従者のことを考えたの？　かわいそうなジュヌヴィエーヴのことがあったんだし、とても警護なしで森を抜ける勇気はないわ。一瞬たりともね」

「それも、考えたわ。アンソルドを覚えている？」

「なんですって！　あの無礼な盗賊たちのこと？」

「無礼ですって？　そうね、たしかにそうかもしれないけれど、彼は私たちを助けてくれる。私の頼みで、ウリオンが彼を探してくれたのよ。彼はまだトゥール地方を離れていないで、私の合図を待っているはず。信頼の置ける仲間を集めてくれたわ。信じていいと思う」

「あなたがだまされていなければいいけどね。ベッガにこの計画について話したの？」

「いいえ、あなたとバシナが賛成してくれて、用意がすべて整うのを待っていたの」

二人の従姉妹はうなずきあった。

「私は賛成よ」クロディエルドが言った。

「私も」とバシナ。

「この季節にしては、天候がまだ安定しているわ。一二月の一日の夜明け前に出発しましょう。私たちについてきたい人たちには用意をするように知らせて頂戴」

「準備をするのに二日しかないのね、短すぎるわ」

「うまく事を運ぼうと思うなら、十分よ。じゃあ、私はベッガに知らせにいくわ」

ベッガはため息をついたり、懇々と説いたり、泣いたりしたが、ヴァンダの意見を変えさせることはできなかった。

準備は驚くほど手際よく整った。南側の小さな玄関の前に新しい服を着たアンソルドとその兵士たちが二〇名、頑丈そうな馬に乗って待っていた。よく晴れて心持ち冷える夜の闇の中、彼らが身につけている武器が光っている。その後ろには、六台の輿と、一台の重そうな荷車があった。荷車にはほろがかけられており、二人のガリア人の兵士に守られていた。修道女たちはヴァンダのところに見事な黒毛の馬が引いてこられる間、何も言わず黙って待っていた。軽々と、ヴァンダは馬に乗った。その馬の美しさに感動したヴァンダは馬を選んでくれたアンソルドの目利きのよさに眼で感謝を示した。若い盗賊は嬉しさで顔を赤らめた。この旅のためにヴァンダは狩猟服を着込んでいた。二枚重ねの羊毛のチュニックの上からさらにかわうその毛皮のレノで暖かくし、足にはネコの毛皮を巻きつけ、毛で裏打ちされた丈夫な手袋をはめ、全身をゆったりとした黒っぽい羊毛のマントでつつんで、その上にオオカミの毛皮を羽織った。そして、アンソルドと並んで一行の先頭についた。

日が昇る頃、隊は森へと入っていった。

最初の二日間は、修道女たちも男たちも用心をして、歩を速め、馬たちに休憩させるほかは立ち止まらないようにしていた。ありがたいことに、天気も良い日が続いていた。夜は冷え込んだが、日中になると太陽が輝いてくれた。

ヴァンダはしょっちゅう隊列を離れ森の奥へと駆けてゆき、ベッガやウリオンやアンソルドをはらはらさせた。ベッガとウリオンはヴァンダが何を探しているのかすぐにわかったが、それでもそんなことをするのは馬鹿げていると思った。失敗したといえ二度も誘拐されかけて以来、ウリオンはオオカミよりも人間のほうが危険だと思い、若い女主人に影のように従っていた。

五日目、ヴァンダは仲間のオオカミがいることをはっきりと感じ、再び出発した。ヴァンダの勘は間違っていなかったが、そこにいたのはオオカミだけではなかった。体中に傷を負った一人の男が、剣を手にして群れと対峙していたのだ。

傍らでは彼の馬がオオカミたちの牙の下で息絶えようとしていた。二匹が血を流している。

「アヴァ、オオカミたちよ、こっちへおいで！」

聞きなれた声に、群れの動きが止まった。アヴァが低く長いうなり声を上げて振り返ると、ヴァンダのほうへすっ飛んできた。そして馬から下りたヴァンダにとびかかり、地面に転がって両足で彼女を押さえ込んできゃんきゃんと鳴き声を立てた。ヴァンダは笑いながらアヴァを振りほどいた。アヴァになめられて顔はベタベタだ。すぐに群れのほかのオオカミたちも寄ってきてヴァンダをとりかこんだ。

「俺はどうなる？　忘れたのか？」

今度は聞きなれない敵の声に、オオカミたちの毛が逆立ち、唇が裏返り、歯がむき出しになった。

「もういいわ、みんな！」ヴァンダが叫んだ。「アヴァ、私に従うようにみんなに言うのよ」

アヴァは仲間を従えたが、人の目にはまるでアヴァが演説をし、オオカミたちが聞いているかのようだった。

「かたじけない。これであなたに命を救ってもらうのは二度目になりますな」

ヴァンダはそう話しかけてくる男をじっと見つめた。

「カリウルフ」

「私のことをお忘れでない上に私の剣を持っていてくれて光栄です」

「ここで何をしている?」

「あなたを追ってきたのですよ」

「私を追ってきたとは、何のためか?」そう言ってヴァンダは剣の柄に手をかけた。

「ご心配なく、私はあなたに危害を与えるつもりはありません。しかし、そういうものもいるでしょう。だからこそ私はあなたを探し、あなたにお仕えしようと追ってきたのです」

「ありがたいけれども、あなたにそうしてもらう必要はない。私には兵士も友人もいる。十分足りている」

「聖マルタンにかけて、私はあなたの友になりたいのです」

ヴァンダは答えずに、彼を見つめた。そうしている間に、アヴァが戻ってきて、その後に群れも続いた。一匹、また一匹とオオカミたちはヴァンダの足元に横たわった。

「私もこいつらのようにいたしましょうか?」カリウルフはそう言うと、オオカミたちの間にひざまずいた。

ヴァンダは薄く目を閉じている。そのうち苦笑いで頬がゆるんだ。

「こちらへ」そう言って、ヴァンダは彼に手を伸ばした。「この剣に誓ってください。決して私を欺かないと」

「誓います」

「アヴァ、オオカミたちよ、よくこの男を見て、臭いをかぐのよ。これは私の友人だからね。忘れないで頂戴」

群れのオオカミたちはみなほんの今しがたまで自分たちが引き裂こうとしていた男の臭いをかぎに来た。けれども、中にはあまり友好的ではないうなり声を上げて、こんな見事な獲物を残していかなければならないのは残念でしょうがないと不満を表すものもいた。馬の駆けてくる足音がして、人も獣もピタリと動きを止めた。もう一頭の足音も聞こえる。やがて、ウリオンが、そしてアンソルドが現れた。群れを従えて、ヴァンダは彼らの前に歩いていった。来訪者の馬たちはオオカミたちを見て、後ろ立ちした。

「落ち着いて！　みんな、あれは友だちよ」そう言って、ヴァンダはオオカミたちを引き寄せた。

オオカミたちはうなりながら、そんな友達は要らないというような反感を見せたが、少女の抱き寄せた手を振りほどこうとはしなかった。

「彼の名前はカリウルフ」ヴァンダはアンソルドとウリオンにカリウルフを指しながら言った。「この人はアンソルドといって、私たちを護衛してくれている兵士たちの隊長よ。彼女はウリオン、私の侍女であり大切な友です」

「そちらは男のような馬の乗り手だな」

「カリウルフは私たちに加わるわ。二人とも、彼を受け入れて友好を誓ってね」

あまり感激はしないという感じで、三人は互いに挨拶を交わした。

群れを離れる前に、ヴァンダはアヴァに遠くからついてきてね、と頼んだ。

ウリオンは自分の馬をカリウルフにゆずり、自分はヴァンダの鞍の後ろにまたがった。彼らが隊列に再び合流してみると、みなはヴァンダたちが余りに遅いので心配し始めていたところだった。

ポワチエに到着する少し手前で、一行は刀や槍やこん棒などで武装した怪しげな集団に出会った。しかし彼らは襲撃しないで、助力を申し出てきた。頭領は体に奇形があり貧相な男で、ポリュークトと名乗った。クロディエルドが、ヴァンダやアンソルドに相談もせずに彼らの申し出を受け入れてしまったので、アンソルドはひどく怒ったが、一度受け入れたものを考え直すことはできなかった。そんなことをすれば、この新しい仲間たちが侮辱されたと怒り、無益な血の流し合いの引き金になるのではないかと心配したからだ。

「あの中には狼藉ものや、人殺しや、姦通を犯した者もいる。あらゆる犯罪の温床ですよ」

「あなただって、聖人というわけではないでしょ」クロディエルドは皮肉った。

巡礼者たちの驚きのまなざしやポワチエの住民のおびえた顔が見守る中、一〇〇人に近い大部隊になっていた一行は聖ヒエラリウスの教会の中に入った。人々はその物騒な一団の中にヴァンダの姿を見つけた。

「神よわれらを守りたまえ、オオカミの子が戻ってきた」

一時とたたぬうちに、マロヴェ司教とルボヴェール院長はこの到着の知らせを受けた。司教は和解しようと、使者を送り、修道女たちに修道院に戻るように求めた。三人の王女は司教にこう伝えさせた。

「私たちは王族の女、ルボヴェールが院長である限りは、修道院に戻ることはないであろう」

彼女たちは教会の門を閉めさせ、戦いのためにてきぱきと準備を始めた。教会には一人の隠遁者の女がいた。何年も前に城壁から飛び降りてこの教会へ逃げ込み、そこで修道院長に対して数々の非難の言葉を吐き続けていたのだ。年月がたっても、その風貌は変わっていなかった。相変わらずぞっとするような姿で、ガイコツのようにやせており、生気のない黄ばんだ皮膚、手や足の爪は獣のようで、やせこけた顔に歯のない口、ひゅうひゅううなる唇がついている。眼の周りには悪臭を放つ膿の塊ができていて、その奥に意地の悪そうな光が輝いている。全身をしみだらけの布で包み、髪はかさかさの白髪で、ごみが絡み合っていた。女は立ち上がると、汚らわしそうに、修道女たちに向かい合った。

墓から出てきたような彼女のいでたちに皆は震え上がった。ヴェネランドの口から出るルボヴェールに対する恐ろしい悪態を前にして、クロディエルドは利用できそうなところをすべて心得た。彼女はやさしくヴェネランドに語りかけ、それから居心地の良い一部屋に閉じ込めさせた。

それから数日を、ヴァンダと修道女たちは落ち着くために費やした。クロディエルドは教会の一番美しい部屋をせしめると、自分に付き添い身の回りの世話をさせるために周りに人を集めた。テオドギルド、プラシディニ、ウルトロゴート、アルシム、インゴンドとあのかわいそうなペラジーである。

バシナの周りにはスザンヌとフラヴィ、とクロチルドとブレギッドがいた。ヴァンダは一人でいるのを好んだのでウリオンとルドヴィンのほかには誰もそばに置こうとしなかった。

それ以外の修道女たちはベッガの周りに集まっていた。アンソルドとジュリアンは礼拝堂の近くの付属の建物の中に兵隊たちを寝泊りさせた。ポリユークトとその仲間は門の近くに野営をした。男たちは交代で見張りに立った。

昼間の間は、巡礼者や信者たち、商人、見物客たちは、開け放したままになっている小さな戸を通って至聖所の中にまで入ることができた。

ある夜、夜の闇とともに、一〇人ほどの怪しげな顔つきの戦士たちが現れ中に入ろうとしたので、見張りたちが押しとどめた。

「われわれはアジールを求めている」指揮官らしき男が言った。

「お前たちのためのアジールはない」そう言いながらアンソルドが近づいてきた。

「サクソン、こいつを殺そう」

「いや、グンタリク、こいつの言うとおりだ。われらのことを知らないのだから。私をクロディエルド姫のところに通してくれないか。仲間はここに残る」

アンソルドは承知して、男をクロディエルドのところへ案内した。クロディエルドはひとりで退屈していた。クッションの上に横たわり、毛皮で裏打ちされたローブをあたたかく着込んで、シリアの商人から買った東方の甘いお菓子を少しずつかじっている。紫と金の刺繍をしたベールが髪の毛を隠していた。たいまつのゆらめく光に照らされた憂鬱そうなその顔が、アンソルドを見て生き生きとした。

「あなたが来るなんて、何の御用かしら？　めったにあなたの姫にオマージュを捧げに来ないのにね。私のことを怖がっているってうわさよ」

アンソルドは答えずに肩をすぼめて額を拭いた。三つの火が焚かれた部屋の中は夏のような暑さだ。

「こっちへ来て、私のそばにおすわりなさい」

クロディエルドが優美に手を伸ばすと、ローブの大きな袖がすべり月のように白い美しい腕が現れた。

「私がきれいじゃないからかしら？　あなたが私を見ようとしないのは」

「いえ、あなたはとてもきれいです」アンソルドはよそよそしく、面倒くさそうに言った。

「武装した男があなたにお目通りを願っています」声を強めて続けた。「その男はあなたを知っていて、あなたに仕えるために来たと言っていますが」

「通しなさい」

アンソルドが振り返るまもなく、部屋の入口をふさいでいた垂れ幕が上がり、サクソン人のクルデリクが入ってきた。

はじかれたようにクロディエルドは立ち上がった。顔は真っ赤で怒りに引きつっている。

「お前は……」

「あなたの足元に剣を置きに来たよ」そう言って、クルデリクはわざとらしく身をかがめた。

「私の前にどの面を下げてきたのです?」

「前に言っただろう? あんたの手助けに来たんだ」

「お前のような犬はいらない」

「わかっていないな。あんたや他の王女たちには身を守ってくれる勇敢な男がこれから必要になるじゃないか」

今度はアンソルドが怒って剣の柄に手をかけながらクルデリクに詰め寄った。

「彼女たちを守り、戦うために私や仲間がいるではないか? われわれの勇気を疑うのか？」

「まあ、落ちついて、同士よ、どんなにそちらが勇敢だとしても、数にはかなわないだろう」

「どうして、そんなことを言う？　お前はわれわれが知らないことを何か知っているのか？」

「おそらくね。しかし、それを話すのは三人の王女がいるところでとしよう。バシナとヴァンダを呼びに行きたまえ」

「お前が正直でうそつきでないということを証明するものはいるのか？」

「あんたはなかなか賢い男だな……気にいった。名前はなんという？」

「アンソルドだ」

「俺はクルデリク。俺の言葉の証に、あんたに武器を預けよう」

そう言いながら、クルデリクは剣と斧と長いナイフをはずすと若い隊長に渡した。

「二人を呼んで来てください、クロディエルド。この男と二人きりにはできません」

「行ってちょうだい。私はぜんぜん怖くないし、身を守るものも持ってるわ」そう言うと胴衣の中から細い短剣を抜き出した。

アンソルドはサクソン人の武器をかかえて、部屋を出た。

クルデリクはクロディエルドをその腕に抱こうとしたが、鋭い短剣の先が彼の前腕にのめりこんだ。

「近づかないで。何が望みなの？」

「あんたさ。森でのあの日からずっと、あんたを忘れられなかった」

クロディエルドはこみ上げる満足の笑いをこらえた。

「私もそう。忘れることができなかった。お前から受けたあの陵辱を……」

「その陵辱をあんたは喜んでいるように見えたけどな。覚えているか？　おれはあんたの肌も香りも乳房も忘れてないぞ」

「やめて」クロディエルドは顔を背けた。

クルデリクが前に進み出て、クロディエルドを引き寄せたが、彼女は抗おうとはしなかった。抱きしめると、クロディエルドは体をぴったりと寄せて、はげしく押し付けてきた。彼らの抱擁をさえぎったのは、数人の話し声だった。

ヴァンダが入ってきて、その後にバシナとカリウルフ、アンソルド、ジュリアン、ポリユークト、ウリオンが続いた。

二人の娘が羽織っているローブは、一人は黄色い縁取りが刺繍してある赤、もう一人は紫で刺繍した緑で、下に着ているローブの純白をいっそう引き立てて、輝くように美しかった。

ヴァンダはベールをしていなくて、二人とも額に王族の金のバンドをはめていた。

「この男を取り押さえよ」ヴァンダはサクソン人を指差して言った。

アンソルドとカリウルフとジュリアンが剣を抜いた。

「どうして、そんなことをするのです?」クロディエルドが怒った。

「あなたがそんなにびっくりしたり、この盗賊の肩を持つことのほうが驚きだわ。この男のせいでジュヌヴィエーヴは死んだのよ」

「それについては、神の許しを請いましたぜ」

「神がもしお前を許すことを望まれるとしても」と、ヴァンダ。「私は違う。どうして私がお前を、強姦と殺人を許せよう。私を誘拐しようとしたのもこの男だ。はじめはソーヌ川で、そして次は森で。それについて何か言うことがあるのか?」

カリウルフがその剣の先をサクソン人の首もとに突きつけた。

「貴様、それは、本当か?」

「本当さ」

囚われ人の首から血が滴り落ちた。

「どうして、俺をこんな風に扱う? 俺はここに自分の意思で来たのだぞ。俺の話も聞け」

「だめだ」アンソルドが前に進み出た。「その前に、どうしてヴァンダ王女をさらおうとしたのかを話せ」

「そりゃ……マロヴェ司教に雇われた」

「司教……」

「なんだって？」

「まちがいないぜ」

「うそを言うな」アンソルドが言った。「どうして司教がヴァンダをさらうのだ？　神に仕える人だぞ」

「私はあなたのように教会の人間に対して絶対的な信頼を持っていません」ニヤニヤしながら言ったのはカリウルフだった。「彼らも自分の利益がかかっていればなんでもすると思いますよ。友よ、あなたは若い。残念だが、教会の衣服をまとった野蛮人もいるってことを知ったほうがいい」

「なぜ、マロヴェ司教が私を誘拐させようとしたのだ？」

「それについては何も言われなかったね。十分な金を与えられたから、何も聞くなって事だろう」

「信じられない。お前は何か知っているはずだ」

「ああ、そりゃいくつも思いつくさ。まず第一に、あんたが金持ちで司教があんたの財産を狙っているからではないか。もちろん、貧しい者たちのためだけどな。たぶん、あんたは相当な身代金に値するんだろう、それか、あんたが司教の計画のじゃまになっているのか……」

「その企てをお前はあきらめたのか、この場所にいるということは？」

「ああ、今のところはね」

「今のところ？　……ここで白状するとは、そうとうに向こう見ずな男だな」

「あんた次第ですよ、ヴァンダ。私が完全にあきらめるかどうかはね。これから司教と繰り広げることになる争いの手助けをさせてくれ。そのうちに伯ともやりあうことになるぞ」

「伯と？　どうして、伯のことを口にするのだ？　何を知っている？」

「詳しいことは知らんがね、あんたがいるせいで起きている秩序の乱れにこれ以上伯も我慢できないだろうってことさ」

「でも、ここはアジールよ」か細い声で言ったのはバシナだ。

「アジールなんて場所は小娘のように簡単に犯される……」

見事な平手打ちで言葉は途切れた。

「私たちの前でそのような言い方をするな」

血の気が引いた顔で、怒りに眼をぎらぎらさせ、サクソン人のクルデリクはヴァンダの手をつかむと砕けそうになるまで握り締めた。

「二度とするな、美人のオオカミさんよ。でなければあんたを尊重するのをやめて殺すこともできるぞ」

「その前に、お前が死ぬ」アンソルドとジュリアンが剣で脅しながら同時に言った。

「放っておいて。それより、なぜ私たちに味方しようとするのかそのわけを聞きたい」

「あんたたちの反乱がうれしいからさ」そう言って、クルデリックはヴァンダの腕を放した。ヴァンダは痛みをやわらげるように腕を振った。

「馬鹿にしているの？　私たちと一緒に来て何の得がある？　破門され、追放され、殺されるだけよ。まあ、お前が敵の送ったスパイでなければの話でしょうけど」

「好きなように考えればいいさ」

「彼の助力を受けましょうよ、ヴァンダ。彼は信用できる気がするわ」クロディエルドが言った。

「私たちにはこの男や仲間たちに払えるほどたくさんのお金はないのよ」

「金は要らない。食べ物と着るものさえあればいい。あとは司教や修道院長や、ポワチエの金持ちたちに埋め合わせてもらうさ」

「どう思う、カリウルフ？」

「私は彼を信用していませんが」カリウルフはサクソン人から離れ、声をひそめて言った。「しかしわれわれとともにいさせたほうがいいと思いますね。そうすれば見張ることができる。外へ出せば彼らの攻撃を受けることになるでしょうし。そう思わないか、アンソルド？あなたはどうです、ジュリアン？」

「そうだな」二人は同時に言った。

ヴァンダはクルデリクに近付いて言った。

「お前が私にしようとしたことは忘れよう。仲間に受け入れることにするから、二度と裏切らないと聖なる十字架に誓え」

「信じてもらえてありがたい。あなたに忠誠を誓おう」

「もしその誓いにそむいたら神に裁かれると思え」

一同は部屋を出て行ったが、クロディエルドはサクソン人を引き止めた。部屋の仕切りの垂れ幕が下ろされると、彼女は男の腕に飛び込んだ。やがて、二人はクッションの上に寝転がり、時間が止まった。

だいぶたって夜も更けた頃クロディエルドは目を開けた。視線がすぐにクルデリクを捜す。そしてこの上もなく幸せそうに身を寄せた。

「どうして来たの?」

「お前を助けるためさ、かわいい小鳩」

「うそおっしゃい。本当の目的は何?」

「もう一度会いたかったからさ、俺のお姫様」

いらだったものの本当にそうとも思えず、クロディエルドは目を閉じて眠った。

聖歌隊と聖職者の一団に先導されて、ボルドー司教ゴンデジェシルが反乱者たちを告訴するために聖ヒラリウス教会にやってきた。ボルドーがポワチエの大司教区だからである。アングレームのニケーズとペリグーのサファリウス、そしてポワチエのマロヴェ自身も彼に付き添っていた。

カリウルフ、クルデリク、アンソルド、ジュリアン、ポリュークトと三人の王女たちは彼らに払うべき敬意をもって迎え入れたが、ゴンデジェシルの訴えをまるで聞き入れるつもりはなかった。反乱者たちの強情さを前にして、司教は他の司教たちの同意を得て、破門を宣告した。

この恐ろしい言葉は教会の凍りついた静けさの中で響き渡った。それから、騒々しく野蛮な叫び声が湧き上がった。まずクルデリクの配下の者たちが、そしてすぐにアンソルドやポリュークトの仲間たちも司教たちに殺到し、彼らを棒で叩きのめした。助祭や聖職者たちが司教を守ろうとしたが、あまりの数に自分を守ることで精一杯だった。教会は叫び声、殴る音、剣のガチャガチャなる音で一杯になった。そのうち、流血の事態になったが、王女たちはこの殺戮を止めようともしなかった。祭壇の前に逃げると、まるで自分たちは無関係であるかのように仲間たちが引き起こしたお仕置きを見物していたのである。クルデリクは一人の司教のローブをまくり上げると剣の平で尻を叩いていた。高位聖職者たちは殆どが年寄りで、痛々しそうに起き上がる。助祭や書生たちは血だらけの教会から叫びながら飛び出し、その後を悪魔が追いかけた。彼らはどこでもいいからとにかく逃げられそうな道を探して走り去った。オータンの司教シアクルの助祭であったディディエは、川の浅瀬がどこかも調べずに馬に乗って流れに入っていった。幸い、馬が泳げたので、ひどい目にあわずに向こう岸にたどり着くことができたが。

それからしばらくは、穏やかな日々だった。ポワチエの住人たちはこの恐ろしい事件の大きさに恐れを抱き、生き残ったものたちの話を聞いても怖くなり、あえてのろわれた場所となってしまった教会の中に入ってこようとしなかったのだ。それで反乱者たちは自分たちの体制を整えることができた。

クロディエルドは管理人を何人か選ばせ、カリウルフとポリュークトの仲間たちとともに修道院の所領を占領した。ルボヴェールや修道女たちは逃げ出していたが、サントクロワ修道院の壁の中に集められるだけの者を集め、殴ったり叩いたりした上で自分たちのために働かせることにした。そして、もし修道院長が修道院の中に入ってきたら壁の上から地面に投げ落としてやる、と脅かすような口調で宣言した。

ベッガは、昼は涙を流し、夜は祈りながら日々を送っていた。もはや教会に戻ることもできず、秘蹟を取り上げられた今の状態で、彼女ができることは何もなかった。ベッガは病の床についた。ヴァンダは薬草についての知識を失っていなかったので、ある朝、日が昇る前にウリオンとカリウルフとアンソルドを従えて外に出た。

水浸しになった下草を見ると、使えそうな植物を見つけられるかもという希望は失われてしまった。男たちは心配したが、彼女は養父ロムルフのところまで行くことを決心した。たどり着いてみると、ウルススと他の奴隷や使用人しかいない。

「ご主人さまは」とウルスス。「ヒスパニアから戻られるアルビン様を迎えに行かれています」

「いつ戻ってくる予定なの?」

「二月の最初の日に」

「薬が必要なの。アルビンが薬草や書物をしまっている場所を知っている?」

「寝室の戸口の近くにある小さな箱を探したら見つかると思います」

「ありがとう、ウルスス。お父様は元気?」

「苦しんでおられます。あなたが修道院を飛び出して、トゥールに行ったのは間違いだと言っていました。自分のもとに逃げてくるべきだったのに、と」

「それは考えたわ。でも、お父様が司教や修道院長の怒りをかうことになるんじゃないかって思ったの。帰ってきたら、聖ヒラリウスの教会に会いに来て頂戴って伝えておいてね」

ヴァンダは探していた薬を見つけると、悲しい気持ちでポワチエへ向った。カリウルフとアンソルドはヴァンダの気を紛らわそうとしたが、かえってその陽気さに苛立ったヴァンダは突然森のほうに馬で駆け出した。やがて、冷たい風や木々の静けさに憂鬱な気持ちが和らいできた。馬を止めると空気を嗅ぎながら辺りを見回した。近くに群れがいる。アヴァの群れだろうか？　ヴァンダはアヴァを呼んだ。灰色の毛のかたまりが稲妻のように木々の間をぬって走ってきた。ヴァンダは馬から下りると、後ろ立ちする馬を声でなだめながら木の幹につないだ。手を伸ばす。アヴァがそこに飛び込んで、ヴァンダを硬い地面に押し倒した。ほんの一瞬離れ、喜びをおさえて敏感な耳と鼻で辺りをうかがう。大丈夫、敵ではないぞ。そう安心すると、ふたたび飛び跳ね始めた。カリウルフとアンソルドとウリオンは、この驚くべき光景をじっと見ていた。娘とオオカミが一緒にじゃれあうなんて……

「どうもこういうのには慣れないな」アンソルドが言った。「あそこには悪魔がいるんじゃないか」

「あなたは修道院長みたいなことを言う」従者が自分の意見を言うべきでない、ということを忘れて、怒ったようにウリオンが言った。

「悪魔にしろ、なんにしろ、背筋が寒くなるな」と、カリウルフ。「私なら一〇匹の飢えたオオカミよりも一〇人の勇敢な兵士と戦うほうがましだ」

「オオカミよりましかどうかはわからんが」そう叫びながらアンソルドは剣を抜いた。すぐにカリウルフもそれに従った。武装した一団が彼らのほうに襲い掛かってきたからである。アンソルドの叫びを聞いて、ヴァンダとアヴァは遊ぶのをやめ、ウリオンはポケットから石投げを取り出した。

「どうする？」とカリウルフ。「われわれは手勢が足りないし、ヴァンダが傷つけられる恐れがあるぞ。逃げよう、町からそう遠くはない」

「逃げる？」言いながらヴァンダは馬にまたがった。「おじけづいたのか？」

「ああ、あなたのためならそういうこともある」カリフルフが不機嫌そうに言った。

「私の心配などするな、見ていろ。アヴァ、みんな、私のもとへおいで……」

兵士たちは三〇匹ものオオカミが自分たちに飛び掛ってくるのを見て馬を止めた。それは彼らにとって致命的だった。

ウリオンは石投げで二人の兵士と戦っていたが、すぐにその二人はオオカミたちに引き裂かれた。血の臭いに狂ったオオカミは馬の首に飛びつき、馬たちを恐怖と苦しみのどん底に突き落とした。カリウルフは落ち着いて戦い、何人もの騎士を落馬させ、オオカミの牙の餌食とした。アンソルドは若さ特有の血気と勇敢さで戦っていた。ヴァンダはといえば、戦いの女神のようだった。オオカミの群れが助太刀したおかげで勝利はヴァンダとその仲間のものになった。襲撃者のうち三人はひどく傷を負いながらもなんとか逃げたが、あとには一〇人もの死者やけが人と、武器や馬の戦利品が残った。

「ヴァンダ……」

弱々しい声が彼女を呼んだ。

「ウリオン……」

死んだ馬の下敷きになったウリオンは自分で起き上がることができなかったのだ。カリウルフとアンソルドが彼を助け出した。わき腹にひどい傷を負って、血が大量に流れていた。

「ウリオン、大事なウリオン……」

涙をいっぱいにためて、ヴァンダはこの傷口をふさげるものはないかとあたりを探した。そして傷を覆えそうなコケを見つけると短刀で自分のチュニックを切り裂き、この偶然の軟膏が外れないように包帯として巻きつけた。

オオカミたちも怪我をしていた。ヴァンダは同じように手当てをするとアヴァの血のついた鼻をしっかりと抱きしめ、教会を目指して出発した。カリウルフとアンソルドは瀕死の敵に口を割らせようとしていたが、彼らは何も知らないか、話そうとしなかった。一人だけ、死ぬ間際にちらりともらしたのが、

「司教が……」という言葉だった。

「サクソン人が言っていたことが本当だってことか?」アンソルドが心配そうに言った。

「頼む、ヴァンダにはこのことを話さないことにしよう。司教に会いに行きかねない」

「確かにそうだ、カリウルフ。黙っていよう。しかし、なぜマロヴェがこんなにラドゴンド王妃の娘に執着するのか探ってみようではないか」

ウリオンは馬の上に引き上げられた。四人は破れた衣服に血や泥をつけたまま、ポワチエの町の中に入り、人々のおびえた眼差しに迎えられた。一人はひどく傷を負っているようだし、他の三人はえらいたくさんの武器をもっているではないか。聖ヨハネ洗礼堂の前で、ウ

リオンは力尽きて馬から落ちそうになった。それを支え助けたのは、褐色の髪をした、やせた若い男だった。繊細で神経質そうな顔をしている。

「あなたの仲間を一刻も早く医者のところに連れて行ったほうがいい、出血が多いから」

男はそう言うと馬の尻に飛び乗って気を失ったウリオンの体を支えた。

「親切にありがとう」ヴァンダは言った。「この町で私たちに気遣いを見せてくれる人などめったにいないのに」

「彼らにはそれなりの理由があるのでしょう」

この返事にヴァンダは驚いた。無礼だと思ったからだ。そして、その青年の顔をさらに注意深く見つめた。

「あなたには以前お会いしたことがあるような気がします。誰かしら？」

「いや、そんなことはないでしょう、通りすがりのものです」

「待って、思い出したわ……あいつらが私の母さんを殺した夜よ。あなただけが、私にほんの少し同情してくれた」

そのことを思い出し、ヴァンダはオオカミの毛皮をぎゅっと引き寄せた。その動作を若い男は見逃さなかった。彼の整った目鼻立ちの顔に困惑したような表情が一瞬浮かんだ。

「あなたの名前は？」

「ウルバンです。私は古い文学や詩を勉強しています」

「それはグレゴリウス司教やフォルテュナットがよろこぶわ」

開けっ放しになっていた小さな戸をくぐって、彼らは教会の中に入った。クロディエルドとクルデリクが彼らの前にやってきた。

「この血はなに?どうしてウリオンが怪我をしているの?」そう言いながらクロディエルドはヴァンダが馬から下りるのに手を貸した。

「大勢の兵士たちに襲撃されたのよ。カリウルフとアンソルドとかわいそうなウリオンの勇気がなかったら、私たちはみんな殺されていたわ」

「オオカミたちを忘れてますよ。彼らが助けてくれなかったら、私たちは命を落としていたでしょう」ヴァンダが不快そうな視線を向けていることに気づかずアンソルドが言った。

「オオカミの助けとは、どのオオカミだ?」クルデリクが驚いて皆を見つめながら言った。

「ラドゴンドの娘は、たとえば他のものが鳥を飼いならすように、オオカミを飼いならしていることを知らないのね」クロディエルドが皮肉たっぷりに言って、恋人の脇をつついた。

「もういいでしょ、ウリオンを私の部屋のほうに運んでちょうだい。ウルバン、私と来てください」

当惑したサクソン人は皆が去っていくのを見送りながら、考え深げに言った。

「じゃあ、うわさは本当だったのか、彼女が魔女でオオカミの娘だっていう?」

「魔女かどうかは知らないけれど」とクロディエルド。「オオカミの子というのはほんとよ」

「しかし、王女だって言われているじゃないか？」

「そうよ、だって、ラドゴンド王妃が養女にしたんですもの」

「養女のことを言っているんじゃない。生まれだ」

「それは、フォルテュナットがそう信じているのよ。あの子が小さいときに周りに落ちていた宝石だとか書付だとかを証拠にね」

カリウルフとアンソルドが二人に近づいてきた。

「話がある、クルデリク……」


「クロディエルド、クロディエルド、早く来て……」

テオドギルドが長いベールとお下げを後ろになびかせ、毛皮で縁取りされたローブの裾をまくり上げてクロディエルドの名を呼びながら走ってきた。そして、息を切らせながらクロディエルドの前で止まった。口を開けて笑いころげている。

「おかしいったら、ないわ！　早く来て」

彼女の気が狂ったような笑いに誘われ、クロディエルドはその後を追って教会の建物のほうへと走っていった。

「一体、あの騒々しい二人はどこに行くんだろう？」カリウルフが言った。

「ほうっておけ、かけっこで温まりたいんだろう。それより、俺に何が言いたいんだ？」

クルデリクが催促した。

「われわれを襲った男たちは司教が送り込んでいた。三人が逃げた」

「確かか？」とサクソン人は言った。「新しい戦いが始まりそうだな」

「われわれは何をすべきでしょう？」アンソルドが不安そうに聞いた。

「今のところはなにもない。とりあえずは、戸口の警備を固めて、敵の出方を待つだけさ。そのうち動きがあるはずだ。修道院長は修道女たちと司教の下に逃れている。その状態をいつまでも続けるわけにもいかないだろう。気を緩めるな」


その頃、クロディエルドとテオドギルドはヴァンダのいる所へやってきていた。テオドギルドはクロディエルドに静かにするよう合図をして、先に行かせた。二人はつま先でそっと歩き、重厚なカーテンで隠された戸口に近づいた。そこを通り抜けるとさらに別の仕切りのカーテンがあったので、わずかに開けてみた。

大理石の高いテーブルの上に、ウリオンが寝かされている。体は裸で、ベッガの姿に隠れ全部は見えなかった。ベッガはかつて自分が救おうとしたウリオンを必死で手当てしていた。しかし、ベッガが来たときには、ヴァンダは年上の姉のように慕っていたウリオンの本当の性別を知ってしまっていたのだ。この恐ろしい歪曲に動転したヴァンダはベッガに真相を話すよう迫った。修道女はごく手短に事の次第を話し、修道院長がすべてを知った上でウリオンに女性の服を着せ、使用人として修道院にとどまることを許したのだと付け加えた。二人の知りたがり屋はベッガの言葉を聞き逃さなかった。一瞬、ベッガが気絶したウリオンが横たわっているテーブルから離れた。クロディエルドは驚きの声を上げそうになった。ウリオンは男だった、本当の男といえないとしても男のようなものだ！　女の服を着て隠していたのだ！　女子修道院に！　院長も同意していた！　クロディエルドはテオドギルドに合図をするとその場を離れた。

物事のおもしろいところだけをみるテオドギルドが言った。

「だからあなたを探しに行ったのよ」

「これはとてもおもしろいことになったわ」クロディエルドは何か考えながら言った。

ポワチエの町の支配権を持っていたキルデベルト王は、聖ヒラリウス教会とサントクロワ修道院で起こった事件について知らされると、マッコン伯に指示を出し、この反乱を収拾して王家の娘たちには害が及ばないようにと命じた。ゴンデジェシル大司教はといえば、自分および同席した司教たちの名でその当時グントラム王の下に招集されていた高位聖職者たちに手紙を書き、反乱者たちが神に仕える者たちに与えた恐ろしい仕打ちについて語った。これに対する返事として彼が聖職者たちから受け取ったのは、修道女たちを悔悛へと導くために主の膝元でもう一度仲介をしてほしいとなだめ助言する言葉だった。

この手紙の写しを受け取ると、マロヴェ司教はルボヴェール修道院長を呼び出し、このことを知っておくようにと命じた。

「まずなにより、祈ろうではないか。われらの迷える羊たちのために祈るようにと、この聖なる司教たちも求めておられる」

二人はひざをついて一五分ほど祈った。

「立ち上がりなさい、ルボヴェール。座って話そう。あなたやあなたの娘たちが修道院の外にとどまることは好ましくない。あなたは修道院に戻りなさい。ヴァンダやその仲間たちは自分たちが略奪した蓄えにしか関心はない。あの忌まわしき者たちが逃げ去った場所にあなたが帰還することで、裁判のとき有力な立場に立てるだろうから」

「おっしゃるとおりにします、司教様。私のもっとも切実な願いはこの醜聞が終わってほしいということ。奴隷たちの話では、あの子たちは罪に生き、不貞を犯し、ひとりは妊娠しているとか。どうしてこんなことになってしまったのでしょう？　殆どの子は善良で敬虔な娘なのに」

「あの子たちの中に悪魔が忍び込んだからだ。そいつがあの子たちの魂や良心をだめにしてしまったのだ。人々を聖なる恐怖で満たすような、誰にでもわかる見せしめとなる罰が必要となる。ルボヴェール、あなたは修道院長として幸多きラドゴンドが望んだ権限を与えられている。あの人は私の先任者に宛てた手紙で修道院、院長と修道女たちのために、もし命や財産が脅かされることがあったら神の教会と王たちに庇護してもらえるようにと頼んでいた。その手紙の写しを司教や王たちに送りなさい」

「ボードヴィニが聖ラドゴンドの遺言と呼んでいるその手紙の写しを何枚も作ってくれました、これです」

この手紙を受け取ると、それまで絶え間なく逃亡者たちと修道院の両方からの要望に責め立てられていたキルデベルト王は、司祭テウタリウスにこの両者のいさかいの決着をつけるようにと命じた。与えられた権限と、難しい事件を解決してきたその手腕に自信を持って、テウタリウスは娘たちの言い分を聞こうと召還したが、彼女たちは言い張った。

「私たちは行きません。なぜなら、私たちは聖体拝領ができない状態だからです。もし、この点で和解してもらえるということなら、急いで皆さんの前に参ります」

テウタリウスはこの返事をマロヴェに知らせた。そこで彼は至福なるヒラリウスの教会の神父であるプロカリウスに命じて、ゴンデジェシル大司教とその教区の他の司教たちの元に赴かせ、娘たちに聖体拝領の許可を与えてよいか認めてもらおうとした。司教たちの返事はノーだった。キルデベルト王の強力な後押しで、テウタリウスは自分で教皇の元にも出向いたが得られたのは同じ答えだった。

第18章　五九〇年　ルボヴェールの誘拐　アルビンの帰還　ならず者ポリュークトの恐ろしい死　審判

ペラジーの赤ん坊は男の子で、一月の最初の頃に生まれた。厳しい寒さがポワチエ地方に襲いかかり、教会の中の薪もほとんどなくなっていた。修道女の中には自分の家族や他の修道院へ隠れ家を求めて出て行くものもいた。残ったものたちはもう二度と修道院の中に閉じ込められるのはごめんだ、自由に生きてやると強く決心したものばかりだった。あまりに長く聖カエサリウスの規則に抑圧されていたためか、彼女たちの願望はいまや暴力となって爆発してしまっている。病気で弱っていたものの賢いベッガはそれを厳しい眼で見つめていた。ベッガは審判の日が来るのをひどく恐れていたし、この常軌を逸した指導者たちへの懲罰がどんなことになるのか心配でたまらなかった。たしかに、おぞましい間違いを犯したことにふさわしい懲罰になるだろうが、それによって永久に彼女たちが反乱と罪に落ち込んでいく危険性があるからだ。ヴァンダの看病で苦しみは和らいでいたが、病気そのものが治ることはなかった。医者として、自分はもう長くないとわかっていた。ベッガはとても敬虔深かったのに、近づいてくる死を恐れた。悪夢の中で愛するラドゴンドが近づいてきて彼女に言うのだ。

「私の子どもたちに何をしたの？　あなたを信じて任せたのに、悪い道へ入ろうとするあの子たちを引き止めてはくれなかったのね」

また、十字架のイエズスは血の涙を流しながら彼女に言った。

「ベッガ、ベッガ、私の花嫁たちはどこですか？」

かわいそうなベッガは泣きながら目覚めると恐ろしさにうめくのだった。

クロディエルドとバシナの間ではいさかいがますます激しくなっていた。ふたりとも、どちらがより多くの使用人や奴隷がいるか、自分がどれだけ多くの仲間に囲まれているかとかで争っていた。ヴァンダは彼女たちの口論にうんざりして、自分の部屋に引きこもるとウルバンと一緒にギリシャ語の詩を読んだり、サントクロワ修道院の創設者を称える歌を書いたり、いつかフォルテュナットに見せてあげるつもりの歌を書いたりしていた。彼は拾われた少女の出自について知りたがっているブルンヒルド王妃のところに引き止められていたため戻れなかったのだ。時間が許すと、長く部屋の中に閉じこもっている反動から、カリウルフやアンソルドと一緒に狩に出かけたり、あるいはただ野原を馬で駆けたりした。ヴァンダの周りの人間たちはこの外出を感心しなかった。敵が張り渡したわなの中をいつも支障なく潜り抜けられるというわけではなかったからだ。

ヴァンダが見た目には暢気そうに森の中を馬で歩いている間、カリウルフとアンソルドとその仲間たちは見張りを怠らず、ほんのわずかな音にも敏感に反応した。ある日、ヴァンダについてリモージュへの道を駆け足で進んでいたとき、彼らは女主人の馬の前に馬で立ちはだかったアルビンを危うく殺しそうになった。剣の先をつきつけたものの、ヴァンダが若い男の腕に飛び込んで涙を浮かべながらキスを何度もしたのでようやくその剣をおろした。カリウルフとアンソルドは瞬間その男にあまり好感を抱かなかった。ヴァンダが彼らにアルビンを紹介してもその考えは変わらなかった。露骨に二人を追い越すと、彼らは振り返らずに先を進んだ。

「アルビン、また会えて本当に嬉しいわ！　素敵になったわね、それにたくましいわ。まるで王子みたいよ」

若い医師はヴァンダの言葉に笑った。彼女も成長したものだ。

「それで、ロムルフお父様は、今どこに？」

「明日落ち合うことになっている。今日は農場でしなくてはならないことがたくさんあるから来られないんだ。お前の話を聞かせてくれよ。すっかり変わったね。ますますきれいになったなぁ、でもその目つきは好きじゃない。不安そうだし、酷《むご》い眼だ」

「私は不安なのよ、あなたの見たとおりだわ。クロディエルドのやりすぎは恐ろしいし、自分のこれからのことも怖い。酷く見える？　もっとやさしくしてみる、頑張るわ。男の人ってほんとにいじわるね」
「意地悪とは限らないよ。彼らだって怖いんだ」
「私もよ、私も怖い」

キルデベルト王はヴァンダに長い手紙を書き、自分の母であるブルンヒルド王妃の宮廷に来たほうがいい、背教者たちの集団から袂を分かつように、と言ってきた。さらに、自分はあなたがいなくては生きていけない、ロンバルトとの戦争やアプタカリウス王の使者が来なければ私が自分であなたを迎えに行くのにとも付け加えていた。

ヴァンダは王に、裁判が終わったらこの先自分が何をすればいいのかわかると思うと返事を書いた。同じ使者がクロディエルドとバシナにも手紙を同様に持ってきたが、その手紙で王は彼女たちに修道院長に帰順するように厳しく言い渡していた。院長はあなたたちを許す準備があると。

この手紙にクロディエルドは激怒した。彼女はサクソン人クルデリクとポリユークトを呼び出し、ラドゴンドの修道院を占領するわと告げた。彼らをその気にさせるために、修道院長が隠しているといううわさの宝について詳しく説明し、ヴァンダやカリウルフやアンソルドにこの派兵を気づかれないようにしなさいと命じた。

「あなたたちの中で信用できるものを選んでおいて」

夜になると、彼らは修道院に通じる地下通路を通って敷地の中に侵入した。修道院長を誘拐するためだ。ルボヴェールはこの通路をふさがせていたが、そのことをクロディエルドは前もって知っていた。ピッケルで打ち砕くと壁は簡単に崩れた。クルデリクとポリュークトは一五人の男を従え、地下通路を宝と院長を探しながらうろついた。通路はしんと静まり返っていて、打ち捨てられているように見えた。大ろうそくのかすかな光をたよりに彼らは祈祷室へと入っていった。そこで、一人が聖十字架の聖遺物の箱の前の地面に横たわり、それを囲むように修道女たちがいるのを見つけた。たちまち恐怖の叫びが上がった。

「びいびい泣き喚いているやつらには何もするな」とクルデリク。「院長だけを捕まえろ」男たちが前に出た。彼らの一人が忠告に従わずに、剣を抜いて哀れな女性の首を切ろうとしたとき、力強く放たれたナイフがその男の首の付け根に突き刺さった。血が大量に失われ、男は息絶えた。まるで神の思慮だと思えるようなこの死であたりは混乱し、それに乗じて小修道院長のユスティナは大ろうそくの火を消すと修道院長の頭を十字架の前においてあった祭壇の布で覆った。男たちは仲間を殺した犯人を見つけられずにまた戻ってきた。失望と怒りで正気を失い、修道女たちを取り押さえ、その手に切り付け、衣服を引きちぎり、はてに小修道院長を院長ではないかと勘違いして捕まえた。彼女のベールをはぎとり髪をほどくと、もっとよく見るために聖ヒラリウス教会まで連れて行った。しかし少し空が晴れて明るくなったためその間違いに気づき、ぐちゃぐちゃの髪のままのユスティナをひきずりながら修道院まで連れて戻り、ルボヴェールを捕まえた。彼女は痛風の発作で自分の椅子から動けないでいたのだ。彼らは院長を教会の中のバシナの居室へ連れていき、扉の前に見張りをおいて誰も捕らえ人に近づけるなと命令した。それからふたたび宝を探すために引き返した。明かりを持っていなかったので貯蔵室から木タールのつまった樽をひっぱりだして火をつけた。火事を起こしてあちこちを明るく照らしたにもかかわらず宝を見つけることはできなかったので、簒奪のあげくに建物のすべてを破壊してしまった。

ついにヴァンダが恐れていたことが起きてしまったのだ。この誘拐の後は、王も司教もヴァンダたちに援助を申し出ては来なくなった。この新しい罪は至急の処罰を招くことになった。それより数日前、クロディエルドが何かたくらんでいるのではと不審に思ったヴァンダは彼女を見張っていた。しかし、修道院の襲撃のことを知ったのはほんの直前になってのことで仲間に知らせる余裕は無かった。ヴァンダは一行の後を付けた。ならず者がルボヴェールの首を今にも切ろうとしているのを見て、ヴァンダはナイフを投げた。武器をなくしてしまったので後ずさりし来た道を戻ろうと走った。

道がわからず、走るスピードが落ちる。突然、くるぶしをごつごつした手でつかまれたと感じ、砂の地面に転がった。砂のおかげで怪我はしていない。ヴァンダは叫びを押し殺した。振り返るとくさい息の何かが飛び掛り体重をかけてきた。湿った冷たい手がヴァンダのチュニックの上をすべり、太ももやわらかくて温かい肌にしがみついた。ヴァンダは嫌悪を感じてうめき、力を振り絞って離れようとした。

「動くな、小娘、わしは体は不自由でも力はあるぜ。わしのことを軽蔑したり、犬のように見たり、奴隷に対するように話したりするんじゃない。お前も、あのくそ王女たちもだ。これからお前はわしのものだ。お前の美しいオオカミの体を思いっきり楽しんでやる」

「ポリュークト……」

「そうさ、魔女め、おれさ、お前が最初に従うのはこのわしだ」

「だれが、お前なんかを」

「いいや、そうなるぜ、ほら見ろ、感じるだろ」

絶望的なうめき声が夜の闇を貫いた。

この遠征から戻るとき、クロディエルドと共犯者たちは修道院の最後のたくわえを山のように積み上げ、帰り道の途中にあるラドゴンドの墓の場所でにわかに宴会を始めた。クルデリクの仲間たちのいやらしい視線がクロディエルドのむき出しになった肩や胸を前にしてぎらぎらと輝いた。サクソン人は彼女を墓の後ろに連れて行くと、王女のいつもの遊び仲間を呼びにいかせた。彼女たちはお祭りをするということでわくわくしながらやってきたが、それでも心配そうだった。下品で乱暴なサクソン人の仲間たちを好きではなかったのだ。しかしワインやスパイスの香りに程なく自制心を失ってしまった。

インゴンドはふくよかな体つきのブロンドの修練女で、ちょっとさわられたくらいでも感じてしまうような敏感なその肌は、グンタリクの下品な望みに一番に応えた。テオドギルドはフニリックとエドベックの二人がかりの誘惑に屈していた。プラシディニはといえば、彼女は墓の後ろでクロディエルドとクルデリクが愛し合っているのを見つけた。ワインの入った重たいグラスを手に持ち、ごくごく飲みながら彼らをじっと見つめているうちに自分の官能に火がついたことを感じた。胸が苦しいほどに引き絞られる。恋人たちがうめくと一緒にうめき、やがて長い間眠りに落ちた二人を身じろぎもせず見つめていた。それからまるで夢を見ているように、二人のほうに這い出していくとクルデリクに近づいた。サクソン人のつややかな裸体はあまりに美しかった。墓石の角に固定されたたいまつのかすかにゆらめく光の中、男の汗の光る胸は黒い長い体毛でおおわれ、それはつやつやと光りながらへそや腹へ広がり、足の付け根や太ももの辺りでさらに濃くなっていた。柔らかくふにゃりとした性器がその黒い茂みの上で無邪気に休んでいる。プラシディニの指はあらがいようもなくその柔らかさにひきつけられた。そしてそっと愛撫しながら欲望の対象を独り占めしているうちに、それは愛撫に反応して喜びに膨らみ始めた。クルデリクは眼を開けると眠っているクロディエルドをちらっと見たが、すぐにプラシディニを自分のほうへ引き寄せた。そして、まるで海に漕ぎ出した船のように女の中に入った。プラシディニの抑え切れないうめき声は当然クロディエルドを起こしてしまった。彼女はまだ半分眠っていたので一瞬目の前の光景を理解できずに二人を見つめていたが、二人の歓喜の叫びに怒りが爆発した。クロディエルドは娘の長い髪をつかむと壁に向って投げ飛ばした。それからサクソン人の剣をつかみ、愛人の上に振りかざした。プラシディニが飛びつく。二人の女は手や足を絡めながら転がり、興奮した犬のようにわめき散らした。いきなり喧嘩が起きたので、酔っ払いながらもなんとか立っていられる他のならず者たちが集まってきて、両手や太ももを叩いてけんかしている二人をはやし立てた。二人とも半分服が脱げ、ほどけた髪には土やら藁やらこぼれたワインが混じりあっていた。プラシディニの首からは血がおびただしく流れ、片方の目は半分つぶれている。クロディエルドは耳と眉弓を怪我していて血だらけ、皮をはがれた解剖模型のようだ。男たちは喧嘩をやめさせようとしたが、その騒動の中で二人が殴りあいになり、お互いの剣で串刺しになって聖なる王妃の墓の上に瀕死で倒れこんだ。やっとのことで二人の女を引き離すと、とにかく静かにさせるためにクルデリクが二人を殴って気絶させ地下通路を教会まで運ばせることにした。一行の残りの者たちもふらふらした足取りでその後を追った。その途中で、彼らは不吉な発見をした。彼らの行く手をさえぎるように丸天井の引っ掛けのひとつに手足の無いポリュークトの死体がぶら下がっていたのである。ぱっくり開いた腹から引きちぎられた内臓があふれ出し悪臭を放っていた。性器はちぎりとられ、あざけるように死体の口の中に押し込まれていた。全身には深い噛み傷の跡があり、ところどころ肉がなくなっていた。

「神よ、だれがこんなことを?」

「悪魔しかおらん」

「これは神の怒りのしるしだ」

たいまつも戦利品も放り出して男も女も恐ろしい叫び声を上げながら、平和で安全な場所の保護を求め聖ヒラリウス教会へと逃げ去った。だが、クルデリクはグンタリクとフニリックと相変わらず気絶している二人の女とともにその場に残った。ヴァンダル人たちは無造作に彼女たちを砂の地面に降ろすと、青ざめながらぎゅっと口をかみ締め、死体に近づいた。

「野生の動物が不自由なポリュークトを執拗に襲ったようだな」たくさんの傷を調べながら、フニリックが言った。

「これはオオカミの噛み傷に似ている」グンタリクは傷のひとつを検証して言った。

「オオカミだと」サクソン人が考え深げに言った。

彼らが地下通路から出ると、日が昇るところだった。クロディエルドとプラシディニはまだ意識を取り戻していなかった。

「オオカミか」繰り返しながらクルデリクはヴァンダの居室のほうを眺めた。

復活祭の七日前のことである。

修道院長が監禁された上に、ラドゴンドの墓の近くとサントクロワ修道院の聖遺物の箱の前で人が殺されたことに、マロヴェ司教はひどく苛立ち、反乱者たちの前に人を送ってこう言わせた。

「修道院長を解放しなさい。祝日の日々に彼女が囚われ人になるなどということが無いように。でなければ私は主の復活を祝わないであろうし、この町の洗礼志願者はだれも洗礼を受けることが無いだろう。もしこれを拒否するなら、私は住人を集めて院長を解放させるだろう」

クロディエルドはルボヴェールの番人たちを呼んで、言った。

「もしだれかが院長を解放しようとしたら、すぐにそのものを気絶させなさい」仲介に入ったのはフラヴィアンという名の宮廷執事だった。彼は最近クロディエルドのそばに留まっていて主計官に任じられていたこともあり、彼女の意見を変えさせることに成功したのだ。こうして院長は解放され、修道院に戻った。

復活祭が近づくと、隊長の死にもかかわらず結束したままとどまっていたポリュークトの隊の者たちはアンソルドの隊とクルデリクの隊の者たちと一緒にポワチエの通りに繰り出しては住民たちを押しのけ、怪我をさせたり傷つけたりしていた。

クロディエルドの傲慢さも頂点に達していた。あの宴会の日以来、だれもヴァンダの姿を見たものは無いだけに、彼女は自分の好きなように命令したり行動したりできたからだ。

バシナはそれが気に入らなかった。彼女は後悔や自責の念を持ち始めていたのである。

「クロディエルドについてきたのが私の間違いだったわ。私のことを馬鹿にするし、おかげでルボヴェールに対して大きな罪を犯すことになってしまった」バシナはつぶやいた。

その表情やため息にうんざりしたクロディエルドは彼女に言った。

「あら、そう、じゃあ修道院に帰りなさいよ。院長に服従すればいいじゃない」

バシナはサントクロワ修道院まで連れてきてもらうと、かくも残酷に戦ってしまった人に受け入れてもらえるように懇願した。ルボヴェールは自分の命を救ってくれたユスティナに支えられて、悔い改め、跪いて謙虚に許しを請うている王女の前に歩み寄った。不幸にも、この時修道院長の使用人たちとバシナに付き従ってきた者たちの間に突然争いが起こった。これを見たキルペリクの娘バシナはまた引き返した。

ならず者同士の競い合いで起こるけんかは日に日に増していき、司教や伯の兵士たちに追われるようになった。傷を負っただの、死んだだのという話は数え切れなかった。このことを知ると、キルデベルト王はグントラム王の元に使者を送り、二つの王国の司教たちが一堂に会して、教会法を発令することで起こっている騒ぎを収めるよう伝えた。王はトゥール司教グレゴリウス、ケルン司教エベレジセル、ポワチエ司教マロヴェに対し、その場所へ赴くようにと命じた。一方グントラム王はボルドー大司教ゴンデジェシルとその大司教区の司教たちを召喚した。しかし、召喚された高位聖職者たちはこう反論した。

「われわれは王女たちによって引き起こされた反乱が審判という権威で収められない限りその場所には行きません」

ポワチエの伯であったマッコンは武力でこの反乱を鎮圧するよう命じた。


ラドゴンドの墓所での宴会以来、クロディエルドの振る舞いは仲間たちを不安に陥れていた。突然陽気になったり沈み込んだり、やさしいかと思えば残酷になる。クルデリクが何ヶ月も前からプラシディニの愛人になっていると知って、彼女はプラシディニを懲罰部屋に閉じ込めた。その嫉妬の怒りは、プラシディニが勝ち誇ったように自分がサクソン人の子を宿したと宣言したとき頂点に達した。怒り狂った女たちの前にいるより、戦場にいたほうが勇敢になれるとばかり、クルデリクは王女の前から逃げ出すとカリウルフやアンソルドやアルビン、ウルバンとともにヴァンダを捜索する一団に加わった。ポリュークトの恐ろしい死以来、だれもヴァンダを見ていなかったのだ。

ウリオンも同じようにいなくなっていたので、アルビンは他の者たちよりも不安そうにはしていなかった。この若い医師は、クロディエルドからヴァンダの忠実な僕の本当の性別を聞いたのだ。あまりに信じられず、彼はベッガにその事実をもう一度確認していた。いまや、ウリオンが男だとわかった以上、武器の使い手であり、石投げの名手でもあり、女主人への忠実さもわかっていたから、それまでよりは安心していたのである。しかし、果たしてヴァンダはウリオンと一緒だろうか？　彼は注意深くポリュークトの死体を調べた。最初にできたらしい噛み傷にアルビンは当惑した。それはオオカミに付けられたというにはあまりに小さくて浅い傷だったからだ。

ロムルフの苦しみは非常に大きかった。ラドゴンドが死ぬ間際に自分に託した子を守るすべも無かったと、涙を流しながら自分を責めた。

彼の弟はめめしい兄を容赦なく叱りつけた。

「泣いたところでどうにもならないじゃないか。ヴァンダがどこに逃げたのかきっとわかるさ。僕にはわかる。あの子は生きている。さあ、探しに行こう」

「アヴァか！　そうだ、群れに戻ったんだ。お前の言うとおりだ、アルビン。ヴァンダは生きている。行こう、二人だけで」

何日もの間、兄弟二人はあたりの森の中をくまなく歩き回り、獲物をとって食べたり、木の根をかじったり、泉の水を飲んでしのいだ。すると木の枝でできた屋根の下で一人の隠者に出会った。やせて、汚らしいなりをしており、体に鎖のついた苦行衣をまきつけ、カチカチのカビの生えたパンを水に浸したもの以外なにも口にしていなかった。二人はこの人から初めてヴァンダの情報を聞くことができた。

「わしはあの子に恐怖を感じたよ。あの子は人間とオオカミの間で揺れ動いていた。わしはあの子が神から離れていくんじゃないかと心配した。わしは見たんじゃ。あの子のまわりに立ち上る狂気、流れる金と血、泥沼に転がり落ちていく王冠、それでも天には遠くに光があって、ダイヤモンドのように輝いていた。わが主イエズス・キリストよ、あの子を守りたまえ！　悪の力に囚われるために生まれた子ではない、神の愛の優しさの中で光り輝くために生まれた子じゃ」

「聖者さま、私があの子の父です。母は王妃です。あの子がどこにいるかわかりますか？」

「幼馴染の者たちといっしょにいるわい。あいつらが守っている。が、魂はさまよっておる。あいつらの中にいれば危険は無いだろうが、人として造られたものがその仲間から離れたところで生きることは良くないことだ。日の沈むほうへいくが良い。そうすれば見つかるだろう。私の祝福も持っていってくれ」

その日、太陽が沈みかけ茜色の光に包まれた中、ひとつの十字架が立てられたガリアの遺跡のそばで、オオカミの群れが、ヴァンダをとりかこんで彼女の話を一生懸命聞いているかのようにしていた。ロムルフとアルビンは喜びに胸をおどらせ、音を立てないようにそっと近づこうとした。しかし、間の悪いことに、足元の小枝がぽきんと鳴ってしまった。少女とオオカミたちは、まったく同じひとつの動作で立ち上がると音のしたほうへ飛び掛ってきた。二人の兄弟は彼らの前に進み出た。ヴァンダは走るのをやめて短い叫び声で仲間たちに止まるよう命じた。それから、一人、前に出てきたが、まるで相手が誰だか知りかねて困惑しているかのように立ち止まった。ロムルフとアルビンは苦しさで胸が引き裂かれるような思いで自分たちの前に立っているその生き物を見ていた。ヴァンダの長い金髪は手入れをまるでしていないたてがみのようで、小枝や草やコケがまとわりついていた。垢だらけのために顔立ちもわからず、半分閉じられた切れ長の目は動物の眼だった。よだれが少しあごのほうに垂れているし、汚れて破れているチュニックのせいでやせたからだの線が見て取れる。腰の辺りに巻いたオオカミの毛皮は地面を引きずっていた。

「ヴァンダ、ヴァンダ、怖がらないで大丈夫だ、友達だよ」

二人の兄弟が振り向くと、やってきたのは実の付いたサクランボの枝をかかえたウリオンだった。彼はその枝をヴァンダの前に置いた。

「私たちの隠れ家がお二人以外の者に見つかったらどうしようと生きた心地がしませんでした」

アヴァはロムルフとアルビンが誰だか判ったので、臭いをかぐと、自分の仕事のほうに戻っていった。群れのオオカミたちもついていった。

アルビンはヴァンダに近づいたが、ヴァンダはぱっと飛び下がって恐怖と怒りで引きつったような顔をした。

「ヴァンダ、僕だよ、アルビンだ」

彼女は眉をひそめた。明らかに驚いているようだ。

「ウリオン、説明してくれ。彼女は僕のことがわからないらしい」

「私とオオカミ以外のだれも、わからないのです」

「僕は医者だ。彼女を診察するのを手伝ってくれ。それから、なにがあったのかを僕たちに話すんだ」

ウリオンはヴァンダを引き寄せると、自分たちだけに通じる言葉をかけながら、自分の上に座らせた。それから、ヴァンダの片方の手を取って、アルビンの手の上に置いた。最初、彼女はおびえた眼をしてさわることを拒否したので、アルビンはショックを受けた。が、少しずつ表情は和らぎ、なでられることを受け入れた。

大男のロムルフは隅のほうで泣いていた。

「私の子になにがあったのだ?」

低くこもった声で、ウリオンが話を始めた。


「日が経てば経つほど、教会の中の状態はどんどん悪くなっていきました。食べ物は殆どなくなっていたし、クロディエルドとバシナの間の喧嘩は毎日のように続いたし、ベッガは絶望して死にかけていたし、そして、ヴァンダはキルデベルト王の命令にもかかわらず、残っていた修道女たちや修練女たちをおいて立ち去ることを拒否していました。彼女は組織の見かけをなんとか維持しようとしていましたが、クロディエルドが寄せ集めたあのならず者たちのせいでそれも不可能になってしまったのです。ある夜、不安で眠れなかったヴァンダはオオカミの毛皮をまとうと自分の居室から出て行きました。私も見つからないように後を追いました。私たちは修道院と教会を結んでいる地下通路に入って、そこで、修道院長に暗殺者たちが襲い掛かるのを見たのです。ヴァンダのほうが私よりもすばやく、自分のナイフを投げてならず者の一人を殺しました。それから武器がなくなったので、逃げました。追っ手を惑わせようと思って、私はヴァンダが行ったほうと反対の方向へなるべく音を大きくたてながら逃げました。ならず者たちはみんな私の後を追ってきました。私はまんまと彼らをまいて、また地下通路のほうへ戻ったのです。ちょうど、通路の半分ぐらい行った時でした。今まで聴いたことが無いような叫び声が上がって、恐ろしさで凍りつきました。すぐに、二つ目の叫び声が、今度はもっと恐ろしい声で、それからおぞましいうめき声が丸天井の下で延々と響いて……私は声のしたほうへ走りました。そこには、転がったたいまつのかすかな光に照らされてたのは……ああ、だめです、続けられません……」

「お願いだ、続けて、ヴァンダを助けるために、僕たちは知らねばならない」アルビンが言った。

「そこにはヴァンダがいました。チュニックは引き裂かれ、裸で、顔や体には血がついていて、眼は血走っていました。その手で振りかざしていたのは……ああ恐ろしいものが……肉の塊でした。地面では、あまりの苦しさに痙攣しながら、ポリュークトが両手で股間を握り締め、あふれる血を必死で押さえていました。ヴァンダは怪我をしている男に近づくとその目の前に持っているものを振り動かしました。哀れな男は起き上がって手を伸ばし、自分のものであるそれをつかもうとしました。ヴァンダは男が欲しがっているそれを前に出したり後ろに引っ込めたりしながら、しばらく男をもてあそんでいました。疲れきったのか、彼はヴァンダをののしりながら倒れこみました。ヴァンダは笑うと足でその傷口を激しく蹴り上げました。男のうめき声は一番奥にある部屋までも聞こえたはずです。痛みのあまり、気絶してしまいました」

ウリオンは一瞬黙った。涙が顔をぬらしている。ロムルフはひざをついてむせび泣いていた。アルビンは死んだように青ざめ、天使のような微笑を口に浮かべながら眠っているオオカミの子を抱き寄せてやさしくなでた。

「それから後に起こったことは、悪魔の仕業です……ヴァンダは地面の真ん中に落ちていたオオカミの毛皮をかきよせ、前足を自分の首のところにくくり、頭は自分の頭にかぶせ、ぶるっと身震いすると意識の無い獲物の上に身をかがめました。顔を上げたときには、その歯に血の滴る肉片をくわえていて、爪で男の胸や顔をえぐっていました。この新たな痛みに意識を取り戻したポリュークトがなんとか抵抗しようとし、手でヴァンダの華奢な首を絞めたのです。私は飛び掛って、ポリュークトを気絶させました。私の主人は手を叩きながら立ち上がって、笑いながら男の周りを飛び跳ねました。その踊りに引き入れられ、私もヴァンダのように気がおかしくなっていきました。血、糞便、汗の臭い、地下通路のかびくささ、たいまつの脂の臭い、内壁の上に広がる悪魔的な暗闇、悪霊たちのせせら笑い、そうしたもののすべてに打ち負かされてしまったのです。そして、私はヴァンダのするとおり、真似したのです。私たちは歯や爪で、まだ生きている体を引き裂きました。私は恐ろしいほどの楽しさにとり付かれていました。でもその同じ場所で、重苦しい痛みも強く感じていたのです。心の中に、血に染まったイメージが次々に浮かんできました。この男のように、私にも足らないものがあるような気がしました。裸のヴァンダの体は良く見知っていましたし、彼女の体が私のとは違うということもちゃんと知っていましたが、私は使用人たちはみんなそういうものだろうと思っていたのです。けれども、あそこで、切断された体を前にして、わたしにも同じことが起こったのだとわかったのです。その先は赤いもやが心に広がってきましたが、ロムルフがヴァンダを見つけたあの『石』の下でようやくその訳がわかりました」

「私たちはアヴァの群れのなかで、寄り添って眠りました。どうやって、そこまでたどりついたのか、ですか？　わかりません。群れが移動するとついていきました。ヴァンダは幸せそうでしたが、何も話さなくなりました。少なくとも人間の言葉は」

ひときわ大きくむせび泣いて、ウリオンは話を終えた。眉をひそめながら、アルビンはあれこれと考えていた。彼はポケットから琥珀色の液体の入った小瓶を取り出すと、中の液体をヴァンダの唇の間から数滴流し込ませた。

「これで、深い眠りに落ちるだろう。ロムルフ、ヴァンダを教会に連れて行ってそこで手当てをしよう」

「なぜ、教会に？　私の家のほうがヴァンダにとってもいいのではないか？」

「いや、いつ何時、司教と伯の兵士たちが探し出し連れて行きかねない。この子を守るのに十分な人数ではないし、教会の中以外に安全なところは無い」

「たしかに、お前の言うとおりだ」と、悲しみに沈みながらロムルフは言った。

「ウリオン、アヴァに姉妹を連れて行くこと、それからアヴァと群れについてきてくれるように判らせることができるか？　戻る道中を守ってほしい」

ウリオンは半円形になって男たちを見つめている群れのほうへ歩いていった。ウリオンが近づくと彼らは立ち上がった。どうやら彼らは頼まれたことを理解したらしく、男たちについてきた。

アルビンはヴァンダを前に乗せ、長い茶色のマントでくるんだ。ロムルフは後ろにウリオンを乗せ、並足で森を後にした。

オオカミたちは教会の門の前までついてきた。門は、隠れ家を求めているものが誰か判ると開かれた。司教と伯にはヴァンダの帰還とその状況についてがすぐに報告された。

「オオカミ、またしても、オオカミだ」マロヴェはつぶやいた。「悪魔が考え出した人間の姿をしたあの娘をわれわれの同類にしたくないものだ！」

ルドヴィンと使用人たちは長い時間ヴァンダを浴槽につからせ、洗い清めた。髪は切らなければならなかった。あまりに絡み合って解くことができなかったからだ。体に香油でマッサージを施し、白い羊毛のローブと同じ色のベールをかぶせ、短くカールしている髪を覆った。額に金の紐を結ぶとまるで天から落ちてきた無垢の天使のようだった。

少しずつ、ベッガとアルビンのやさしく熱心な世話が実を結んでいき、ヴァンダは正気を取り戻した。しかしそれとともに恐怖と涙も蘇った。地下通路の夜のことは記憶が無かった。彼女にとって時はラドゴンドの墓の上にならず者が倒れた瞬間で止まっていたのだ。その後は、ぼんやりとしたものが次々に浮かんでくるだけだった。ベッガはこれほどの不安と苦しみに耐え続けることができなかった。神と修道院長に許しを請い、ヴァンダを神の御旨にゆだねると息を引き取った。

この死は三人の王女をふたたび結び合わせた。三人ともこの女性を深く愛していたからだ。ベッガは三人が子どもの頃から面倒を見、守ってくれた。彼女たちは涙をながし、お互いに抱き合い、三日間遺体のそばに付き添った。

このときを選んで、ポワチエの伯マッコンは教会に攻め込んだ。戦いは過酷を極め、ならず者たちは槍で貫かれ、棒で傷つけられ、剣で打ち据えられた。その様子を見て、クロディエルドは仲間と逃げ込んでいた教会の重い十字架を手にして、攻撃者たちの前に出て行き、言った。

「私に暴力を振るってはならぬ。私は王女である。王の娘であり、もう一人の王の従妹である。ここで引かねばいつか私に復讐される日が訪れようぞ」

兵士たちの後ろについてきた群衆はこの高慢な叫びに耳も貸さず、教会の中に殺到して反乱者たちをののしった。カリウルフ、ウルバン、アンソルド、ジュリアン、クルデリク、アルビン、フニリック、ロムルフ、グンタリク、ウリオン、そしてヴァンダは勇敢に戦ったが、多勢に無勢だった。みな、怪我を負い、ジュリアンは殺された。民衆と兵士たちによる虐殺はすさまじかった。死者とけが人は数十人にのぼった。教会はまるで巨大な戦場となり、修道女たちは相変わらず十字架を前にかかえたクロディエルドを囲んだまま恐ろしさに震えていた。

勝利を収めた兵士たちは、捕虜たちを引き出し、聖なる場所の門前につないで、激しく鞭打ち、ある者は髪を切られ、ある者は手を、他のものは耳や鼻を切り落とされた。こうして、反乱は鎮圧され、おさまったのである。

ヴァンダ、クロディエルド、バシナ、修道女たち、修練女たち、そしてその使用人たちは監視付の狭い部屋の中に閉じ込められ、裁判の日を待った。

ポワチエ伯のじめじめとした牢に囚われの身となったロムルフ、アルビン、カリウルフ、アンソルドとウルバンは逃げ出すことに成功した。それから数日後、今度はクルデリクが逃げ出した。彼はひげと長い髪を切られており、この仕打ちに必ず仕返しをしてやると誓った。すでに片目だった荒くれ者のグンタリクはあの戦いで鼻をなくして、その恐ろしい傷を汚いシフォンのマスクで隠していたが、それがさらに不気味さをかもし出していた。フニリックはというと、修道女たちの反乱に手を貸したことで両方の耳を失う犠牲を払っていた。

二つの集団は森の中で再会した。そこは唯一確実に隠れることのできる好都合な場所だった。まもなく彼らの間に不和が生じた。ロムルフの一団はヴァンダをそして最終的に他の娘たちを解放することしか考えていなかったが、クルデリックは復讐しか頭に無かったからである。しかしながら、裁判の前に行動をおこさないでおこうということでは意見が一致した。

この捕囚生活の間に、プラシディニは男の子を産み落とした。その子が父親にとてもよく似ていたので、クロディエルドをさらに怒らせ、皆がその親子の命を危ぶんだほどだった。

とうとう、審判の日が来た。その日はびっくりするくらい穏やかな日だった。ポワトーの空は雲ひとつ無い青空だった。行列を作り、修道女たちと修練女たちとヴァンダは聖ヒラリウス教会の聖堂の中に入っていった。そこで法廷が開かれるからである。彼女たちは自分の修道会のローブをまとい、ヴァンダ以外は皆長いベールをかぶっていた。三人の王女は額に王家の印であるバンドを巻きつけていた。ポワチエ伯の兵士たちは群集と修道女たちの間に、壁となって立ちはだかり、お互いに攻撃できないようにしていたが、その必要はなかった。彼女たちは驚くほどの沈黙の中を通り過ぎ、それはある意味、ののしりを受けるよりもひどかった。夏の昼間の太陽が照らしているのにまるで冷え切ったような教会の中を歩いていったのである。

法廷はタペストリーで覆われた祭壇の一番高いところにしつらえてあった。黒っぽい彫刻を施した肘掛け椅子に座っているのは王と司教の代理人たちで聖職者の衣を着ていた。その後ろに、司祭と助祭、前には腰掛けに書記が座っていて、膝の上に書物を載せていた。この集団に向かい合うように二列のベンチが修道女たちのために置かれていた。彼女たちの後ろには兵士たちが背中を法廷に向け、顔を群集に向けて黙って立っていた。祭壇の右手にルボヴェールと彼女のお付きの修道女たちがいた。

ヴァンダが最初に呼ばれた。彼女にかつて強烈な印象を与えたあの司祭が質問した。

「ヴァンダ、聖なるラドゴンドとガリア人ロムルフの娘、なぜ神の娘の印であるベールをつけていないのか?」

「私にはヴェールをつける資格はありません。修道女ではありませんから」

「その目的のために育てられたのではないのか?」

「いいえ、私の愛する母は私が良い修道女にはなれないと考えていました」

群衆の中から笑い声が起きた。

「静粛に」隊長が一喝した。

マロヴェ司教が口を開いた。

「この娘の件についてはべつに審議することを提案いたします。この娘の罪は大きいのですが、しかしながらここに出廷しているほかの修道女たちの罪に比べるとそこまでではないのです。なぜならこの娘はまだ誓いを立てていないということが真実ですから」

「しかし」と法廷の代表者であるボルドー司教のゴンデジェシルが言った。「彼女はまさにここでわれわれを叩き出した連中の共犯者ですぞ」

「その件についてなら裁かれるでしょうが、神との契約を汚したかどうかについては否です」

「もし、皆に罪があるなら」ヴァンダはひざをついている仲間たちを指差しながら言った。

「私も皆と同罪です……」

「下がりなさい、ラドゴンドの娘よ。心配しなくともあなたはあなたの過ちの大きさに従って裁かれるであろう」

ヴァンダは自分の席に戻った。クロディエルドが呼ばれた。彼女は修道院長に対して侮辱的な言葉を口にしたが法廷はそれを不愉快と受け止め、ヴァンダは無意味だと思った。法廷はクロディエルドに対し、修道院長にどのような具体的な告発があるのか、それが知りたいのだと追求した。彼女は一瞬ためらっているように見え、それから群集のほうを振り向いた。

法廷のほうに視線を戻したとき、勝ち誇ったような雰囲気がその美しい顔に広がっていた。

「私は修道院長を修道院に女装した男を隠していた罪で告発します。とりわけその男を」振り返った彼女はウリオンをさしながら付け加えた。ウリオンは逃げ出そうとしていた。しかし敵対する群集にさえぎられ、ウリオンは兵士たちに引き渡された。

「その男をここに連れてくるように」ボルドー司教が叫んだ。

ヴァンダはクロディエルドに近づいた。

「あなたにそんなことをする権利はないわ。こんなことして、決して許さないから」

ウリオンは女性の服を着ており、裁判官たちに向ってぎこちなさそうに立っていた。

「さあ述べよ、この女の言ったことは本当か?」

「私は本当のあたりは少ししか知らないのです。私が本当には男ではないがために、アグネス修道院長は私が女性の服を着てヴァンダ様のそばにとどまることを許してくださったのです。ルボヴェール修道院長は何も知らないはずです」

クロディエルドは法廷の面々が困惑しているのを見て言葉を続けた。

「この男は動転して自分の言っていることがわかっていません。どうして全権を持っているはずの修道院長が自分の修道院の中のことで知らないはずがあるでしょう? 男を去勢し、皇帝の習慣のように一緒に住むよう命じるような修道女にどんな聖性がありえるでしょう?」

質問された修道院長は、この件については何も知らないのです、ただウリオンがヴァンダと一緒の場所で見つかったことと彼女と同じ国の出身ということしか知りませんと答えた。去勢された使用人の名前を聞いて、群衆の中にいた医長のレオヴァルはベッガの手を借りて行ったあの壮絶な手術のことを思い出し、出廷することを求めて証言した。

「六歳かそこらだったのですが、オオカミに傷つけられた子どもがラドゴンドの修道院に連れてこられました。連れてきたのは、その子を引き取ったガリア人の女です。治療することができなかったベッガはアグネス院長の許可を得て私とその頃キルペリク王の侍医であったマリレイフを呼び寄せました。悪い部分がどんどん広がっていくため、私は彼を手術しなければなりませんでした。東方の医師がやっているのを見たことがあったのです。養母が死んでしまったので、聖なるラドゴンド王妃とアグネス院長は彼にヴァンダのそばに残って、以後は女性の服を着せることを許したのです。ルボヴェール院長はこれについて知らされていませんでした」

法廷はレオヴァルの証言に感謝をした。裁判長が休廷を宣言し、司教たちが立ち上がり休憩しようとしたそのとき、つぶやき声が、そして叫びが群集のほうから起ったのでみなはそちらを見た。

「通すんだよ、ちくしょう、あの性悪女を見せておくれ」

人波が分かれると、一人のやせ細った生き物が見えた。ぼろをまとい、薄い灰色の逆立った髪の下は想像できないほど醜い顔で、杖をついていた。女は盛んに身振りをしながら、呆然としている司教たちのほうに向って棒を振り回しつつ前に進んだ。歩くたびにあまりにひどい臭いを放つので、繊細とはいえない兵士たちでさえ後ずさって道を開けた。女はそうして祭壇の下にたどり着くと、丸まった背中を伸ばし、ルボヴェールを細く曲がった指で指しながら法廷に話しかけた。

「この女を悪魔と交わった罪で告発する」

恐怖の叫びが人々の口からもれ、修道院長は天に向って腕を伸ばしながら膝をついた。

「全能の神よ、この錯乱したものの言葉から私を守りたまえ」

「幼子を殺し、聖なる杯をユダヤ人に売った罪で訴えてやる」

そういいながら、恐ろしげでみだらな踊りのようなものをして見せた。

「神の名において、女よ、やめなさい、あなたは一体誰なのだ」

「私を閉じ込め、食べ物を奪ったのはこの女だ。おお、なんて悪い女！　ラドゴンドもアグネス院長もどっちも悪いやつだ！　院長め、ああ、院長め、あああああ」

女はずるずると倒れこみ、よだれを浮かべながら痙攣した。全身が四方八方に震える。気を取り直し、裁判長は、修道院長に問いかけた。院長の涙に濡れた顔は苦しみの限りを物語っていた。

「この女を知っているのか？」

聞き取れないほどの声で、嗚咽で途切れ途切れになりながらルボヴェールは答えた。

「これは、隠遁者のヴェネランドです……ある日、ラドゴンド様とアグネス院長が彼女の元を訪ねると、彼女は自分の部屋からひどい言葉や冒瀆を口にしながら飛び出したのです……王妃様の優しい言葉にもかかわらず、彼女は逃げ出し塀の上から身を投げました……私たちはすぐに駆けつけたのですが、姿がありませんでした……あれ以来、一度も会ったことが無かったのですが……」

「私はこの哀れな者を知っている。彼女が狂っていることはずっと前から知られています。この者の言うことを真剣に取り合う必要はありません」そういったのはマロヴェ司教だった。

「私も司教の口から出たことをすべてにおいて保証する」グレゴリウス司教が言った。

「それでは、法廷はこの正気を失った女の言葉は考慮しないこととする。彼女が悪魔を知っているとは思いたくは無いが。兵士よ、この女を連れて行け」

しかし、兵士たちが女を捕まえようと近づいたとき、彼女は大きな叫びを上げると体を激しく弓ぞりにし、壊れたかのように倒れた。レオヴァル医師が近づき彼女にかがみこんだ。

「死んでいます」起き上がりながら彼は言った。

「運んで行くように。われらは、限りない主の慈しみにおいてヴェネランドが許されるように神に祈ろう。狂気のためにその魂が曇ってしまうまでは、長い間主の忠実な僕だったのだから」ゴンデジェシル司教が言った。

修道女たちに支えられ、ようやくルボヴェールは食堂に赴いた。そこでは審問の再開までに食べられるよう軽食が用意されていた。修道院長は水を少し飲むのがやっとだった。

厳重に警備された中で、被告の修道女たちも連れられてきた。殆どの者はなにものどを通らないようだったが、ヴァンダとクロディエルドだけは目の前の料理をがつがつと食べた。

「ヴェネランドの証言を無視するなんて、いやな司教たちだわ」クロディエルドがうなった。

「あなたって、あの狂った女の言うことを彼らに真剣に取り合ってもらうことしか考えていなかったの?」ヴァンダは肩をすくめた。

「そうよ、おかしい? 神も狂人の声を通じて話すことがあるじゃない?」

「何を言い出すやら。修道院長を弾劾するためにはほかの事を見つけたほうがいいわよ」

「もう何も思いつかないわ。ちっともうまくいかない」クロディエルドは哀れっぽく言った。

「うまくいかないのは、そもそもすべてが間違っていたからだわ。法廷はあなたの悪巧みにだまされたりしないからよ」

「わたしにどうしろというの?」

「おとなしくして、逃げることを考えるのね」

「逃げる? どうやって? 友人たちは死んだか、逃げたか、つかまっているかだし。だいいち法廷は私を断罪したりしないでしょうよ。私は王の娘であり親戚なんだもの」

「あなたの立場に司教たちがそれほど寛大かどうか疑わしいわ。私に対しては、何が待っているのか……」

「あなたが？　あなたに不利なことなんてある？　修道女ではないってことを確認していたじゃない」

「すべてが不利よ。グレゴリウス様側の人たちはみんな私を魔女だと信じているし、マロヴェ司教のほうはもっとややこしい。私が魔女であってほしいと思っているでしょうね」

「もしそれが本当だったら？　もしあなたが魔女だったら？　あなたオオカミに命令することができるし……」

「オオカミ！　馬鹿を言わないで。もしわたしが魔女なら、こんなところにいないわ」

そこで会話を中断しなくてはならなかった。審問の再開のために、呼び出しがかかったからである。

「修道院長に対して、他に訴えることはあるか？」悲しげな皮肉をこめて、裁判長が聞いた。

「さいころ遊びをしていました」

「私たちが貧しさにあえいでもしらぬ顔でした」

「修道院の中で婚約式をしていました」

「自分の姪のために、祭壇の布で服を作りました」

「私たちの浴場を男たちに使わせていました」

「私たちに何も食べさせてくれませんでした」

訴えは口々にとびだし、三人の王女だけが黙っていた。相次ぐ怒りで真っ青になり、ゴンデジェシル司教は立ち上がった。

「だまりなさい、愚かな者たちよ。あなたたちの恐ろしい振る舞いにさらにうそを付け加えるつもりか?」

「うそを言ってはおりません、司教様。修道院長に尋ねてみてください」クロディエルドは肩を怒らせ言った。

年老いた司教はのろのろと腰を下ろすと、うんざりしたようにルボヴェールのほうを向いた。彼女は二人の修道女に支えられていた。

「これに何か言うことは?」

ふらふらと前に進み出た修道院長は、涙を流しながら裁判官たちの前にひざをついた。

「司教様方、私を祝福してください。確かに、なんどかさいころ遊びはしました。けれどもそれがそんなに悪いことだとは思っていませんでした。規則でも禁じていませんし……私たちの愛する創立者であるラドゴンド王妃の頃にもやっていたのです……この娘たちが着る

もの も食べるものも無かったというのは嘘です……規則で定められているように、粗末な服で、質素な食事をしなければならないのですから……修道院の中で婚約式をしたことはありません……私の姪が、婚約をしていたのですが、結婚前に滞在したことはあります……姪のローブのために使われた布はある修道女からもらったもので、彼女はそれを両親から受け取ったのです……浴場のことは、四旬節の間工事中で。石灰の臭いがあまりにひどかったので、臭いが消えるまで作業夫や使用人たちに使うように言ったのです……」

「その後も、使い続けていたわ」クロディエルドが口を挟んだ。

「もしそうなら、どうして私に何も言わなかったのですか?」

「ルボヴェール、他に付け加えることは?」裁判長が言った。

「もし、私が大きな過ちを犯したなら、正しいお裁きを受けます。そうでなければ、この娘たちを罪から守ることができなかった私のために祈ってください」

「あなた方は修道院長が不貞を犯したり魔法を使ったり殺人を犯した疑いがあると思うか?」あの司祭が反乱者たちに尋ねた。

彼女たちはわからないと答え、ほかに付け加えることはありませんと言った。

裁判は審議に入った。判決は翌日言い渡されることになった。

翌日、被告人たちはやつれた顔をしていた。ルボヴェールや司教たちも晴れやかな状態とはいえなかった。ヴァンダだけが元気そうだった。

法廷は判決を言い渡した。破門であることを確認し、反乱者たちにはその罪の場所に決して戻らぬこと、もし両親らが同意するならその元に戻ってよいこと、あるいは遠い修道院に隠遁するか、望むなら自由に行きたいところに行ってよいと命じた。

判決が読み上げられた後には重苦しい沈黙が続いた。断罪されたものたちは涙を流していた。群衆の中の女性たちも泣いていた。信心深く迷信を信じやすい魂にとって、聖体拝領ができなくなること、聖なる教会から締め出されることほど恐ろしいことは無いのだ。グレゴリウス司教が口を切った。

「娘たちよ、神は真摯な悔悛を望んでおられる！　かならずや、われらの聖なる母である教会はあなたたちを再びその胸に抱くことだろう」

第19章　バシナ修道院に帰る
マロヴェに囚われたヴァンダがその出生の真実を知る
ロムルフの死　アルビンの旅立ち

破門されたものたちは、町の外の司教が持っている館に連れて行かれ、体格のよい厳しい中年女たちが見張りの役についた。奴隷や使用人たちに手伝わせ、女たちは修道女の髪を短く切った。クロディエルドの髪を切るにあたっては数人がかりで行わなければならなかった。クロディエルドが復讐してやるとののろいながら抵抗したからだ。クロディエルドは栗色の髪を失ったことを三日間嘆き続け、四日目になると行動を起こした。キルデベルト王に宛てて請願書をしたため、ある者たちが修道院長と不貞を犯しているだけでなく、毎日のように王の敵であるフレデゴンド王妃に使いを出していると密告したのだ。この知らせに王は兵士を遣わしてこの人々を捕らえさせたが、取調べの結果すべてうそだということがわかった。

二人の従姉妹の間では激しい言い合いが絶え間なく起るようになった。バシナはクロディエルドが修道院長への反乱に自分を引き入れたと非難し、泣きながらこんな終わりの無い罪の中で死んでいくのだわと嘆いた。バシナは叔父であるグントラム王に手紙を書いて、司教たちから許しを受けるために仲介してほしいと頼んだ。そして、修道院長と和解して修道院に戻ったらもう二度と規則を犯すことはしないと約束した。まだポワチエにとどまっていた司教たちの前に引き出されると、キルペリクの娘は彼らの足元に身を投げ出し、その許しをこいねがった。王たちのとりなしのおかげで、彼女は破門を取り消されたが、クロディエルドはというと、ルボヴェール修道院長がその修道院にいる限り決して戻らないわと厳かに宣言したのだった。

二人の王女の道は分かれたのだ。長いこと、二人は見つめあい、泣きながら抱きしめ合った。

バシナは修道院に戻り、一方クロディエルドはとある別荘に移された。それはグントラム王の贈り物で、ガルタンプの郊外にあった。二人は再び会うことは無かった。ウルトロゴートとテオドギルドはクロディエルドのおしゃれな亡命先に付いていった。グントラム王は至れり尽くせりのことをしてくれたのである。大地は豊かでよく手入れされ、奴隷や使用人たちも大勢いたし、建物はローマ風の設備を供えた快適な家だった。

数ヶ月が過ぎた。クロディエルドは退屈していた。彼女はクルデリクに手紙を書いて、自分の代理人としてそばにいてほしいと願った。しかしその手紙を出してからまもなく、クロディエルドは彼の死を知った。悲嘆は大きく、仲間たちを驚かせた。その悲しみの中で、クロディエルドはサクソン人の息子のことを思い出し、従者にプラシディニとその赤子を探すように命じた。

幾日かが過ぎ、いらいらしながら彼女は待った。ある夜、雨の降りしきる中、使者が帰ってきた。クロディエルドは彼らの前に飛んできた。

「見つけたの？」

返事が無かった。そのとき、貧しい身なりをした年齢不詳の女が隊長に背中を押されながら入ってきた。髪は短く、汚れた額に張り付いている。足は裸足だった。胸に抱え込んでいるぼろきれでくるんだ包みからか細い鳴き声が漏れていた。王女の前まで来ると、不幸な女は言葉もなくその足元に倒れこんだ。

「プラシディニ……」

かわいそうにと思う気持ちはまったくなかった。恋敵の落ちぶれようを前にしてゆがんだ喜びがじわじわと広がった。彼女はプラシディニのほうへかがんだが、プラシディニは子どもを抱え込んで後ずさった。

「怖がらなくていいわ。あなたを助けるために探させたのよ。さあ、その子をこっちに」

プラシディニの表情から恐怖と疑いと希望がかわるがわる湧き起こっているのがわかった。のろのろとだが、彼女は子どもを渡した。クロディエルドは子どもを受け取ると、覆っていた布をめくり、動いている赤ん坊を長い間じっと見つめていた。

「なんて父親に似てるんでしょう」

プラシディニが立ち上がった。

「返していただけますか。お乳をやらなくては」

「心配要らないわ。私がちゃんと世話をしてあげる。この子をお風呂に入れて、きれいな服を着せましょう。番人よ、この子の母親をあちらへ。私の指示通りにもてなすように」

泣き叫ぼうが、懇願しようがお構いなしに、彼らはプラシディニを連れ出して、いくつもの小部屋に分かれた穴倉の奥に投げ込んだ。そこには、光も新鮮な空気も無かった。彼女の目の前で扉を閉める前に、看守は地面に置かれた一杯の水とひとかけらのパンを指し示した。

幽閉された女は何時間も何時間も牢の壁を叩いたり、岩を爪でかきむしり、木の扉に口を押し付けたりしながら、声を張り上げ、懇願し、泣き叫んだ。やがて疲れ果てた彼女は独房のじめじめとした冷たい中で気を失った。その間に、クロディエルドは自分が母親になれると思うようになっていた。


訴訟の後、ヴァンダは仲間たちと引き離され、侍女のルドヴァンと一緒にポワチエの司教の館の中にある部屋に連れて行かれた。トゥールの司教は、ヴァンダをグントラム王のところに連れて行くべきだ、それがラドゴンド王妃のはっきりとした望みであるのだからと意見したが無駄だった。マロヴェがまだ明確になっていないいくつかの事柄があるので、ヴァンダと話し合わなくてはならないと言ったのである。自分の司教区にいるわけではないので、グレゴリウスは引き下がるを得ず、そのかわりブルンヒルド王妃に手紙を書いて、今の状況を説明し、介入してくれるよう頼んだ。司教はロムルフにも使者を送り、彼の娘が今どこにいるのかを知らせた。

ヴァンダはウリオンに会いたいと言った。司教は、たとえもはや男ではないとしても、ウリオンをそばに仕えさせることはできないと答えた。せめてその消息を聞かせてほしいとヴァンダがくいさがると、法廷はウリオンに非難するべきところは何も無いとした上で、ポワチエを去り今後は女性の格好をするのは慎むように助言したと告げた。以来誰もウリオンを見てはいなかった。

マロヴェ司教はヴァンダを夕食に招待した。司教の心をひきつけるために、ヴァンダは着るものに細心の注意を払った。まず明るい緑の袖なしの服をつける。それには服の色よりも濃い緑の縁取りに重ねて、さらに赤い縁取りがしてあった。その上には大きな袖のついた赤いドレスを着た。白い下着の細い腕が透けて見える。赤と緑の花が刺繍してある長いベールはまだ伸びきっていない短い髪をつつみ、足元まで垂れていた。前はあげて、無造作に腕にかけている。額には王家のバンドが光っていた。彼女の後ろには、赤い羊毛の短い服を着たルドヴィンが付き従った。

ヴァンダは敵とわかっている相手に向って突き進んでいったが、食堂に入る時一瞬その足をピタリと止めた。マロヴェ司教は一人ではなく、彼のそばにあの司祭がいた。その顔を見たとたんにヴァンダは気分が悪くなった。

「さあさあ、こちらへ、わが子よ、怖がらなくても良い。われわれはそなたの幸福だけを望んでいるのだから。しかし、とりあえずは食べようではないか。いつもフォルテュナットが言っていたようにね」

その名前がでると、彼がどうしているのか知らないままだったヴァンダは、涙を抑えることができなかった。

「席に座りなさい。このご馳走はわれらの詩人の食道楽にふさわしいものじゃないかな」

食事の作法はローマ風だった。ヴァンダは息を殺しながら、警戒すべき二人の男の間に寝そべった。薄いカーテンの向こうからフルートの音とともに歌が流れていた。

「私は音楽を聞きながら食事をするのが好きでね」マロヴェは快楽的に言った。

若い奴隷がヴァンダに、微妙なばら色の飲み物が入っているグラスを渡そうとしたが、ヴァンダは断った。

「心配せずとも飲んでも大丈夫、ラドゴンドの娘よ。その飲み物には不思議な力がある。飲めば真実を語るのも聞くのもたやすくなるのだ。さあ、お飲み」

いやいやながらもヴァンダは一口飲んでみた。するとそのたとえようも無く甘美な味と漂う香りにうっとりとしてしまった。すっかり味をしめたヴァンダはさらに飲んだ。その様子を司教は満足そうに見ていた。あっという間に、ヴァンダは気分がほぐれてゆったりとした気持ちになり、司祭の質問ににこやかに答えていた。

「お前は自分の出身地を知っているのか?」

「いいえ、フォルテュナットは私がアヴァールの国から来たと思っていました」

「お前は、クトリグール族の王ザメルガンの娘なのだ。お前の父はウトリグール族との戦いで死んだ。敵の総大将は彼のいとこで、サンディルクの息子だ。お前の母はアラン族の王サロスとアヴァール族の王女の娘だったが、一族の侍女とその四歳の息子と一緒に逃げた。それからまもなく、貧しいとある家でお前が生まれた。母親はお前の命を守るために東ローマ皇帝に隠れ家をしぶしぶ求めたが、敵に追われ、ガリアまでやってきた。どうしてポワチエの近くにたどり着いたのか、誰もわからない。ただ確かなのはお前が高貴な生まれだということだ。おお、だがそれだけではない。お前の血管にはあの世界を荒らしまわったフン族の王アッチラの忌まわしい血も流れているのだ」

「アッチラ? ……」そういいながらヴァンダは大笑いした。「アッチラだなんて……それなら、確かに私を恐れることでしょうね、司祭様。アッチラの娘で……オオカミの娘で……これは恐ろしくも強力な血筋だこと」

「笑うな、不届きものめ、お前など、生まれなかったほうが良かったのだ」

「説明してくれますか、どうたどると、フン族の首領に行き着くのです？」

「アッチラの息子、デンギジグが死ぬと、フン族の族長たちはばらばらになって遊牧の生活に戻った。デンギジグの孫が率いたクトリグール族は、長い放浪の挙句にアゾフ海の北西部の土地に定着した。クトリグール族の長キニアルクとお前の祖父は一万二千の仲間を連れロンバルド族と戦っていたゲピート族を支援するために土地を離れた。和平が結ばれると、彼らはドナウ川を渡ったのだ。これがユスティニアヌス帝を怒らせ、皇帝は彼らに対してその兄弟であるウトリグール族を派兵した。女や子どもは捕らえられ、男たちの多くは殺された。それから一〇年の間は穏やかに過ぎたのだが、五五九年の冬になり、お前の父ザメルガン王はブルガール族とスラブ族と一緒になって凍結したドナウ川を渡ったのだ。ザメルガンはその兵を三つに分け、一団はギリシャに、もう一団はトラキアのケルソネスに、そして三つ目の一団は自ら率いてコンスタンティノープルへと向った。人々はアッチラの時代の再来だと思った。彼らが通った道筋には、死体を引き裂く野生の動物しか残らなかったという。彼らの兵はコンスタンティノープルの城壁の下で野営した。そしてベリサリウス将軍によって打ち負かされた。お前の父はクトリグール族の住むステップ地帯へ帰っていった。彼が何人もの妻との間にもうけた子どもたちは誰も生き残らなかったから、お前が彼の唯一の子孫であり、おそるべきアッチラの唯一の子孫なのだ。お前の忌まわしい一族ならオオカミへの支配も説明できる」

「支配ではなく、愛です。彼らは私を仲間として認めてくれているのです。アヴァは群れの頭ですが、私の乳兄弟です」

「オオカミの言葉を話すというのは本当か？」

「いいえ、でも、彼らには私の言うことが判るのです」

「やつらのどれかと、肉体の交わりをしたのか？」

グラスの中の麻薬にもかかわらず、ヴァンダは激しく反論した。

「そのようなことを想像したり、そんな質問をするとは、お前の魂は邪悪に満ちている」

司祭は怒りを抑えていった。

「魔術師や魔女が雄ヤギとかロバと交尾するのはよくあることだ。どうしてオオカミが含まれないと言える？」

「司祭よ、たわごとを言うな。お前は私が魔女だということを前提に話しているが、どうしてそう思うのだ？　忘れたのか？　私が神を恐れ、その法を敬い、母ラドゴンドによって育てられたことを」

「恐れと敬いだとな。それを忘れ、修道女たちを反乱へと連れ出したではないか」

「私は誰も連れ出していない。私がいなくても、彼女たちは同じように出ていただろう」

「信じられないな。彼女たちはその誓いを否定するためにお前の力を必要としていたのだ」

「なんの力？　私には何もないのに」

「お前が生まれた日に、悪魔たちがお前に与えた力だ」司祭は傲然とした態度で断言した。麻薬の効力のためかそれともこの会話のばかばかしさに嫌気がさしたのか、ヴァンダは話し相手の意地悪で容赦の無い態度に再び笑い出した。司祭は不気味なほど青ざめた。

「アッチラの娘よ、今は笑っているが、明日は泣くことになるぞ。このような宗教の事柄の軽視を罰しないままにさせては置けない。あの日、偶像崇拝の遺跡である引き起こされた石の元でオオカミたちがお前に近づき乳を与えたことで、お前は二重にのろわれたのだ。なにも、ラドゴンドの聖なる教育も、高潔な修道女の手本も、聖なる聖体拝領でさえ、お前の魂から住み着いた悪魔を追い払うことはできなかった。私はここにいるマロヴェ司教に頼んで司教たちや学識のある司祭たちを招集してもらい、この問題について予審を行ってもらう。そして、拷問によって吐かせてやる。悪との関係や待ち合わせの場所や共犯者の名前をな」

ヴァンダはグラスを飲み干し、怒り狂っている司祭の、不吉な日々を予告する言葉ににやりと笑った。そして、少しずつ眼を閉じると、しなやかにクッションの上に崩れ落ちた。

同席者たちにその存在を忘れられていたルドヴィンは、司祭の言葉を聞いているうちにどんどんと不安になっていった。この二人の男の憎しみから逃げ出さなくては、ヴァンダ様は命を落とすに違いないと見抜いたのだ。どうしても、ロムルフに知らせなくては。でも、どうやって？　ヴァンダも自分も、常に見張られているのだ。司教の声に、彼女は不吉な予感がした。

「娘を部屋へ連れて行って閉じ込めておけ」

警護のものが侍女を監視することを忘れていたので、ルドヴィンに逃げるチャンスができた。見つからないように部屋や廊下に紛れ込み、ある戸口の前までやってきた。それが近くの教会に入る隠し戸であることを知っていたのだ。

教会にはだれもいないようだった。ドキドキしながら出口に近づいたとき、突然後の柱から伸びた手がルドヴィンの腕をつかみ、暗がりへと引っ張り込んだかと思うと、もう片方の手が彼女の口をふさいだ。足をばたばたさせたが、耳にささやきかけてきた声を聞くと希望がわきあがった。

「ウルバン……」

「そうです、私です。声を落として。どこに行くつもりだったのです?」

「外に出て助けを呼ぼうとしていたのです。あの人たちはヴァンダ様を拷問にかけて、悪魔との関係を吐かせようとしています」

「そんなことはさせない。私はあなたたちを探しに来たんだ」

「ひとりで? 無理です。私たちは昼も夜も見張られています」

「私は偵察です。あなた方の居場所を特定するために来ました。昨日になって初めてどこにいるのか判ったのです。警戒されるとまずいから、あなたはヴァンダのところに戻って、準備をしておくように伝えてください。でもその前に、今どこにいるのか正確な場所を教えてくれますか」

ルドヴィンは詳しく自分たちが監禁されている場所と礼拝堂までの道筋を紙に書いた。

「明日からは、毎日運ばれてくるパンを良く調べて。二つのうち一つにメッセージが入っているから」

「急いでくださいな。彼らはヴァンダ様を魔女だと断罪するつもりです」

ウルバンの顔がゆがんだ。

「たしかに、無駄にできる時間は無い。さようなら、味方に知らせてきます」

ウルバンはルドヴィンが気づかなかった足元の戸口から姿を消した。ルドヴィンは見つからないように教会を離れると、ヴァンダのいる建物のほうへ向った。大柄な女が廊下の曲がり角に現れた。

「どこにいたのです？　あちこち探していたのに」

「庭を散歩していたのです」

「どうして見つからなかったのかしら、おかしいわね」女は疑わしそうにそう言って、彼女を部屋のほうへ押しやってから注意深く扉を閉めた。

口元に微笑みを浮かべながら、ヴァンダは眠っていた。

三日目にルドヴィンはメッセージを見つけた。それはアルビンからだった。侵入はその日の夜に予定されており、ヴァンダは礼拝堂に祈りを捧げに行く許可を取るよう指示してあった。そうすれば少し時間が稼げるからだ。しかし、司教から許可を得ることができず、ヴァンダは服を着たままオオカミの毛皮を丸めて胸に抱きしめ友を待った。ルドヴィンも短いくすんだ色の服を着て一緒にいた。晩課の最後の言葉が唱えられ、何事も無く過ぎた。

突然、夕暮れにぱっと光が差し込み、同時に様々な叫び声や物音がした。ざわめきの中に叫び声が混じり、彼女たちのところまで聞こえてくる。

「火事だ、火事だ」

人々が走りながらヴァンダの部屋の戸の前を通過し遠ざかっていったので、見張りたちや召使たちは大声を上げながら、こっちに来て中の者たちを解放してくれと頼んだ。鍵を持っている大柄の女は戸を開けることを拒んでいた。

「私たちをこのまま蒸し焼きにしろと命令されたわけじゃないでしょう」一人の召使が言って、彼女から鍵束をもぎ取ろうとした。

ふたりの女の間でものすごいけんかが始まり、髪の毛をつかんでの取っ組み合いになった。それを見て、召使たちは仲間の助太刀に入ろうとし、見張りの女たちは自分たちの主人の味方になった。混乱の中で、彼女たちは誰が誰か判らないまま争いあった。激しい衝撃が戸口を揺らし、争いは中断した。斧が打ち下ろされ木の扉が少しずつ壊れていった。隙間が十分に開くと、血だらけになった女たちは押し合いへし合いしながら外に飛び出した。それほど火事への恐怖が大きかったからだ。この喧騒が過ぎ去ると、ヴァンダはカリウルフとアンソルドとロムルフがやってきたのを知った。彼女は父親の腕の中に嬉しさに狂喜して飛び込んだ。

「抱き合うのはそれくらいに」カリウルフが言った。「司教の兵士たちがすぐにやってくる」

それを証明するかのように、武器がカチャカチャいう音が聞こえてきた。

「早く、礼拝堂へ」

ヴァンダは走った。後から叫び声が追いかけてくる。

「魔女を捕まえろ」

「オオカミを逃がすな」

「悪魔の娘を殺せ」

ヴァンダは教会の入り口をひと飛びで越え、アンソルドとカリウルフが続いた。アンソルドは息を切らしているルドヴィンの手を引いている。そこには、アルビンとウリオンとウルバンと他にも見知らぬものがいて、みな剣やつるはしや斧で武装していた。

ウリオンは男の服を着ており、ヴァンダに剣を差し出した。

「急げ」ウルバンが言ってヴァンダを足元の扉のほうへうながし、それと同時にロムルフは三人の兵士と戦いながら教会の奥へと入っていった。

その剣でガリア人は三人のうち一人の頭を割ったが、すぐにもう一人が襲い掛かった。

ロムルフの敵はいまや一〇人になっていた。斧がぐるぐる回りながら、腕を切り落とし、胴や頭に切りつけた。相手の攻撃にさらされ、彼らの血にまみれたたくましい胸から激しい雄たけびが発せられると勇敢な戦士たちさえひるんだ。彼は受けた傷をものともせずに前へ前へと進んだ。すさまじいほどの荒々しさだった。血で手袋のように染まった腕が一人残らず殺すことを望んでいた。瞳からは激しい憎しみの光がほとばしる。足で殺戮の道をふさごうとする兵士たちの体を押しやる。教会は瀕死のものたちのうめき声と傷ついたものの呼び声と武器の触れ合う音に満ちていた。血まみれの兵士たちがそこかしこに転がっている神聖な床から湯気がたちのぼりそれが長い間奥底に眠っていた本能を酔わせ呼び覚ましたのだ。司教や伯の兵士たちは数で迫ってきた。ロムルフは彼らをにらみつけ、戦いの雄たけびが勇者の心を動かした。わき腹からは血がだらだらと流れていた。傷を受けた額から真っ赤なしずくがぽたぽたと流れ落ち、視界をさえぎる。敵の数に圧倒されかかっていた。アルビンとカリウルフが助太刀に入った。

「お前たちは行くんだ、わしの娘を守ってくれ。あいつらを殺すにはわし一人で十分だ」

その言葉を証明するように、敵の一人を剣で叩き切った。

「早く、わしの言うとおりにしてくれ、後生だから」

その言葉に従う前に、カリウルフが一人を倒し、二人を切った。

「兄さん、お願いだから、僕と一緒に行こう。あまりに敵が多すぎる」アルビンが叫びながら敵の一撃を肩に受ける前にそののどを掻き切った。

迫ってくる大勢の敵を前に、二人は後ずさりした。彼らの周りには死体や傷ついたものたちが山積みになっていた。またロムルフが額を切られた。血が大量に流れるために眼がくらんで、腰に攻撃が来るのがわからなかった。ロムルフはがくりと膝をついた。アルビンがその敵を殺した。

「弟よ」ロムルフは立ち上がりながら言った。「ここで二人とも死んでしまっては意味が無い。お前はまだずっと若い。ヴァンダにはお前が必要だ。行け……これは命令だ……」

アルビンが最後に見た生きている兄の姿は、血に染まったガリアの勇敢な戦士だった。殺戮の場に立ちはだかり、斧を振り回し、わが身の周りにおびただしい死を撒きちらし、ローマの兵士たちに屈した祖先たちのように自分も最後の一撃まで戦ったのだ。

こうして、愛の犠牲となったロムルフは死んだ。あの冬の日、引き起こされた石の近くでオオカミの群れの中にいる幼い少女を拾った男の死だった。

マロヴェ司教の怒りは例の反逆、拷問、火あぶりを口にしていた司祭の怒りに比べればたいしたことは無かった。が、この一件で多くの兵士を失った司教は自制することができなくなった。こうなったら神とその教会への奉仕のためなら何でもしよう、たかが一人の司祭の痛烈な皮肉に耐えるつもりはない……たかが司祭？　そういえば一体彼は誰なのだ？　彼の前ではもっとも賢明でもっとも力のある高位の聖職者たちが震え上がるではないか？　あの男は測り知れぬ聖性を持っているという評判をひっさげてある日やってきた。木の根を食べ、水を飲み、体中に自分で痛めつけた傷があり、教皇や多くの司教や王の信頼を得ている。群衆はうやうやしく彼の前に道を開け、母親たちは幼子を祝福してもらおうと差し出し、病人たちは彼のもとに来て、癒してもらっていた。彼は主であるイエズスは自分に大いなる使命を与えられたといっていた。「ガリアから最も古い信仰を持つものを追い出し、キリスト教信仰に栄冠をもたらすこと」だと。

マロヴェはヴァンダとその仲間を追うために自分のもっとも優れた隊長と兵士たちを道に放った。彼が敵と呼ぶものたちに衝撃を与えるため、ポワチエ司教は司祭にそそのかされ、ガリア人の死体を城壁にさらさせた。

たった一人、ロムルフだけがこの救出作戦で殺された。ヴァンダとアルビンにとって、父をそして兄を失ったことは計り知れなかった。二日の間、二人は抱き合って泣き続けた。そして、彼らが愛したものの亡骸に死後も待ち受けている運命を知ったとき、涙を振り払った。

「連れ戻さなくては」二人は同時に言った。

仲間を説得するのは難しくなかった。みなキリスト教徒の聖職者にふさわしくない司教の態度に不満を持っていたからだ。彼らは日没とともに攻撃することに決めた。ヴァンダはオオカミたちを呼び集めた。

秋になっていた。この美しい季節は初夏の頃のかぐわしい香りのように金色を放散していた。森の木々は王家のような装いに衣替えし、真紅と黄色く色づいた紫が競い合っていた。傾きかけた太陽が、ポワチエの城壁をばら色に染めている。まもなく町の城門が閉じられる時間だった。見張りの任についている兵士たちが、飼いならされたクマを踊らせている旅芸人を見ながら気晴らしをしていた。けばけばしい色のボロ着をきた少女がタンバリンを鳴らしながら彼の周りをくるくる回っている。男はフルートを吹いていた。クマはとてもこっけいで、少女はかわいらしくしなやかだったので、周りの者たちは皆そこで繰り広げられている光景に目を奪われていた。その上には死体が、ロムルフのだ、さらされている。

クマの行動が皆の注意を引いた。突然クマは動きを止め、後ろ足で立ち上がるとうなりながら震えだした。少女も立ち止まり、それから指さしながら悲鳴を上げた。見物人たちは少女の視線の先をたどり、恐ろしさに痺れあがった。

彼らの目の前、入口の丸天井の下に、馬に乗ったヴァンダと仲間たちがいた。全員黒い羊毛の衣服を着ている。馬の足元には今にも飛びかかれるように構えているアヴァの群れがいた。兵士たちがようやく動き出し、剣を抜いた。ヴァンダの合図でオオカミたちが前に出た。

「誰も動かないで、そうすれば誰も傷つけません。ここにいる王女ヴァンダは父のために墓を立てることしか望んでいないのです。よきキリスト教徒なら同じ思いを持つでしょう。われわれを助けさえするでしょう」そういったのはカリウルフだった。

一人の兵士が剣を手に突然現れた。すぐに彼はアヴァの牙にやられた。

「はしごを持ってきて、遺体をおろしてください」カリウルフはさらに言って、二人の兵士に指図した。

武器とオオカミに脅され、兵士たちは言われたとおりにして死者をおろした。ヴァンダは馬から飛び降りると、泣きながら父親の血に染まった長い髪の頭を胸に抱いた。長い間傷口の一つ一つに口づけをし、自分のせいで彼を死に追いやったことを詫びた。アルビンが死体にしがみついているヴァンダを引き離し、馬に乗せた。それから、兄の遺体を抱きかかえると自分の前に横向きに載せた。ヴァンダが涙を流しながら群集を見ると、何人かの女が泣いていることに気づいた。

「哀れみ深いあなた方、私の父の魂の安息のために祈ってください。あなたたちの守護者であった私の母ラドゴンド王妃を思い出しながら」

「そしてお前はどうなのだ、オオカミの娘、魔女よ？　お前のために誰が祈る？」

恐ろしい顔で、あの司祭が群衆の後ろから現れ、人々は道を開けた。

「心配ない、司祭よ。今日から私は神のみ手に立ち戻るのだから」

「それを言うなら悪魔のもとにであろう」

「私のオオカミたちにお前を引き裂かせないのもどうかしてるわ」ぼんやりとヴァンダはつぶやいた。

それから仲間たちのほうを振り返って言った。

「友よ。わが父の墓を立てるために行こう。アヴァはもう少しここにいるのよ」

同じ動きで騎士たちは回れ右をし、ポーチの前を駆け足で通り過ぎると夕焼けに染まった空の下を最後の太陽の光に照らされて遠ざかっていった。

オオカミたちは馬の蹄の音が聞こえなくなるまで待って、それから自分たちも森のほうへ走り去っていった。ロムルフは引き起こされた石からそれほど遠くない、泉の近くの朝日が当たる小さな丘の上に埋葬された。遺体はきれいに洗われて服を着せられ、白い帷子で包まれた。頭のところには香草の枕をあてがい、この地方の石で作られた柩の中に、武器と一緒に横たえられた。彼をよく知り、愛していた隠遁者が祈りをとなえ、墓に祝福することを引き受けた。髪に灰を塗り、頭も体も黒いベールですっぽりと隠したヴァンダは悲しみがあふれ出て止まらなかった。


ロムルフを埋葬した数日後、照りつける日差しの中でアルビンとヴァンダは森の中を散歩していた。アヴァと一匹の息子が遠くから後に従っていた。二人はゆっくりと歩いていた。お互いによりそい、若者の腕は娘の腰に回されていた。

「昨日ポワチエの町にこっそりといって来た。町の中ではお前やオオカミのことで持ちきりだ。ある隊長から、ビールを飲みながら聞いた話だが、司教はわれらを探し出すためにマッコン伯に助けを求めたようだ。伯のほうでも、お前をグントラム王のもとに連れてくるようにという命令をそのうち受けるだろう。このことはカリウルフに話したんだが、彼も僕と同じようにお前があいつらの手に落ちることはないと考えている。彼はお前を王のところに連れて行くことを提案したよ」

「あなたと離れたくはないわ」

「いや、そうするべきだ。僕も行かなくてはならない。何週間も前にレカレッド王から手紙を受け取っているんだ。王が僕に戻ってくるようにとおっしゃっている。これ以上出発を延ばせない」

「私を一緒に連れて行って」

「それも考えたよ、でも無理だ。お前がグントラム王の庇護にあることをレカレッド王が知ったら送り返してしまうだろう。そうなると危険だ、道中が安全とは限らないから」

「私にとって確かなものなんてないのよ」ヴァンダは悲しそうにいって友のそばを離れた。アルビンは彼女を引き寄せ顔を上げさせて涙の光る瞳を覗き込んだ。そして頬や鼻やあごや唇を優しくなでた。ヴァンダの唇はゆっくりと半開きになり、次第に兄妹のキスは恋人の激しいくちづけに変わっていった。男の手は夢中になってヴァンダの美しい体をあらわにさせ、娘の手はチュニックをまくり上げてアルビンの上半身に口を這わせ押し当てた。突然、彼はヴァンダを押しやりつぶやいた。

「間違っているよ」

「なぜ?」そういいながらヴァンダはまた彼を抱きしめた。

「お前は王女で、僕はガリア人の農民だ」

「あなたはアルビンで私はヴァンダ、私はあなたに初めての人になって欲しい」

何も知らないにもかかわらず、ヴァンダの手はまるで愛に熟練しているもののようだった。彼女の激しさとキスの嵐にうろたえたアルビンは、ヴァンダの軽いチュニックをまるで引き剥がすように脱がせた。一瞬、彼は震えているヴァンダの体の壊れそうなやわらかさや美しさに見とれて立ち尽くしたが、二人して地面に倒れるとヴァンダの腕が彼をとりこにし、絹のようなふくらみが迫った。

長いこと若い二人は裸のまま抱き合ってそうしていた。やがて夜の風に寒さを感じるようになり、ゆっくりと名残惜しそうに起き上がると、お互いに手を貸しながら服を着て、野営地のほうへと戻っていった。そこでは、ルドヴィンが準備している食事の煙が立ち上っていた。

皆の視線がこちらを振り向き、会話がとまった。カリウルフが青ざめて引きつったように剣を抱き寄せた。アンソルドも同じように青ざめ、涙を隠すために背を向けた。ウルバンの顔つきはこわばり苦しさが口元に漂っていた。ウリオンは頭を垂れている。仲間たちは何もかもわかったように微笑んだ。ルドヴィンはといえば、茫然としたまま木のスプーンを握り締めていた。二人が愛し合っていることは明らかだ。二人は恋人になって、幸せなのだ。

夕食の間沈黙が流れた。お互いにちらちらと見ながらだれも視線を合わせないようにしていた。勇気を振り絞って最初にアルビンに向って口を開いたのはカリウルフだった。

「今日森の中で大勢の兵士たちを見た。なるべく早くここを出発してヴァンダをグントラム王のところに連れて行くべきだ」

「そうだな、しかし前にも話したように、僕はマッコン伯の支配の及ぶ領地を出たところまでしか付いていけない。それからヒスパニアに出発するつもりだ」

カリウルフと他のものたちはびっくりして彼を見つめた。なんと言った？　彼は今になって王女をあきらめるつもりなのか？

ヴァンダは何も言わなかった。ただ涙が一粒頬をつたった。

「そのほうがいいんだ。僕はあなたを完全に信頼しているよ、カリウルフ。それからわれらの友みんなをね。いつかまた戻ってくるつもりだ。もしそうしてくれるなら、ヴァンダに忠誠を誓おうじゃないか」

そして、踊る炎に照された夜の帳の中で荒々しい男たちは一人一人オオカミの娘の前にひざをついて彼女の手の中にその手をゆだねた。アルビンが最後にひざまずいていった。

「私はこの先ずっとあなたに忠実であることを誓う。われらの運命が同じでないことはわかっている。しかしながらあなたが私を必要とするときはいつも私は駆けつけよう。それが私の命を脅かすことになっても」

ヴァンダは立ち上がって周りを取り巻く男たちをずっと見つめ続けた。

「友よ、感謝します。私はあなた方の忠誠の誓いを受け取り、主なる神に祈ります。あなたたちの誰もその誓いを破らないようにと。運命と状況がそう決めたようだから、私はグントラム王のところに行きます。明日夜明けに出発しましょう。それまではしばらくの間休息を」ヴァンダはルドヴィンに付き添われ、松のたいまつを持って洞穴の中に引き下がった。そこは森にやってくる知らない者の視線から完全に身を隠すことができた。ルドヴィンは彼女を手伝って服をぬがせ母親のように優しく体を洗った。わが子と呼んでいるヴァンダの太ももの血を水で洗い流すときルドヴィンの手は震えた。けれども彼女は何も言わなかった。ヴァンダは上等の白い羊毛のローブをさっと着るとそのまま横になったので、ルドヴィンが毛皮の毛布を上にかけてやった。自分も横になろうとしていると、ヴァンダが寝台の上に起き上がって声をかけた。

「アルビンを呼んできて、二人にしてくれる」

何も言わずに、侍女は出て行った。しばらくして、アルビンが洞窟の天井に頭をぶつけないように高い背をかがめながら入ってきた。ヴァンダは毛皮を持ち上げていった。

「最後の夜は私と」

ヴァンダはすでにローブを脱いでいた。何も答えずに、アルビンも服を脱ぎ、彼女の傍らに横になった。

ヴァンダが歓喜の叫びを押し殺しているのを、アヴァが遠吠えしているのだと思った者もいた。


ヴァンダの要望で相変わらず黒い衣服をまとった一団は、よく晴れた午後の輝くばかりの光の中を進んでいた。ありがたいことに、悪い出会いもなく彼らはマッコン伯の領地の境界にたどり着いた。カリウルフの合図で、全員の足が止まった。

「あなたが今もそう望むならここが分かれ道ですね」

アルビンは答えないで頭を下げ、自分の馬をヴァンダの馬の前に進めた。

ヴァンダは突然この上ないほど真っ青な顔になったが、震えもしない声で言った。

「神のご加護が兄さんにありますように」

「神のご加護を、ロムルフとアッチラの娘よ」

ヴァンダは馬の手綱を引き、振り返らずに駆け足で走り出した。そのあとを一団の残りが追いかけた。
　雲のような土煙が見えなくなるまでアルビンは動かずにヴァンダの去っていった方向をじっと見ていた。自分でもわからない痛みが心に広がってきた。兄を失ったときに感じたものとも違う痛みだった。落ち葉を踏む音が彼を悲しい夢想から引き戻した。馬に乗ったアルビンから程遠くないところをアヴァとその群れが通っていた。レカレッド王の若き侍医は微笑んで、馬のきびすを返しながら静かにその場を離れた。オオカミの子にとって、彼らほどぴったりな護衛はいないだろう。

終わり

解説

秋山知子

この小説『サントクロワ修道院異変――狼を率いる王女――』（原題「La révolte des nonnes」）は六世紀終わりごろのフランク王国（現在のフランス）にあった、実在修道院を舞台にした史実に基づくフィクションです。

フランク王国とは

西ヨーロッパは地中海を中心に長い間ローマ帝国の支配下にありましたが、四世紀に入るとゲルマン民族と総称される様々な民族が北部や東部から大移動を始めたためその勢力分布が大きく変化しました。この大移動の間接的要因は土地不足でしたが、直接的要因はアジア系遊牧民フン族の勢力拡大による圧力でした。

（図1・ゲルマン人とスラヴ人の移動　参照）

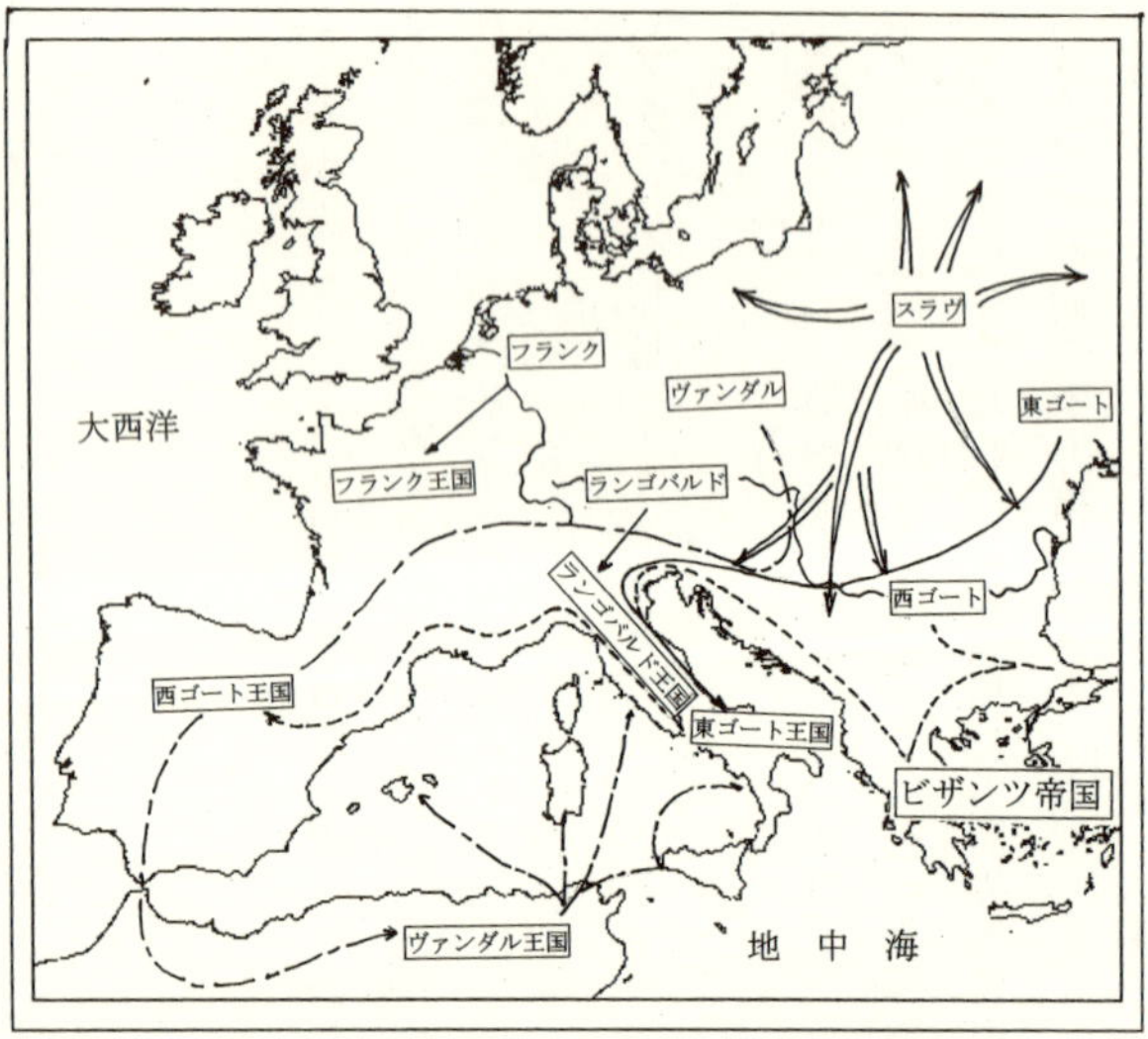

図１　ゲルマン人とスラヴ人の移動
（移動前の居住地と定住建国地）

現在のフランスに定着したのはもともとライン川下流域に居住していたフランクと呼ばれる部族でした。フランク族の有力者クロヴィスは五世紀後半にメロヴィング朝を開き、ここから八世紀後半まで彼の血筋がこの一帯を支配し続けました。この小説の時代である六世紀後半は、クロヴィスの子であるクロタール一世が五六一年に没したので、彼の四人の息子たちが王国を分割して統治しています。ネウストラシア分王国はキルペリク（在位五六一—五八四）、ブルグンド分王国はグントラム

（在位五六一―五九二）、アウストラシア分王国はシギベルト（在位五六一―五七五）そして、パリはカリベルト（在位五六一―五六七）が譲り受けていました。しかし、お互いの領土にしろ、他の民族との争いにしろ、それぞれの王たちは互いに手を結んだり争ったりを繰り返す不安定な情勢が続いていた時代でした。

（図2・原書一〇Pメロヴィング期のガリア）

ラドゴンドとグレゴリウス

小説の舞台となったサントクロワ修道院を創設したのはラドゴンドという名前の女性です。日本ではあまり知られていませんが、フランスではこの聖女に捧げられた聖堂もあります。

ラドゴンドはチューリンゲン族の王女でしたがフランク族との戦いの際に捕虜としてフランク族の王クロタール一世の宮廷に連れてこられました。彼女の美しさに惹かれた王は、ラドゴンドに教育を受けさせ自分の妻としましたが、一時の怒りで彼女の弟を虐殺してしまいました。もともと宮廷の生活よりも信心深い生き方にあこがれていたラドゴンドは王の下か

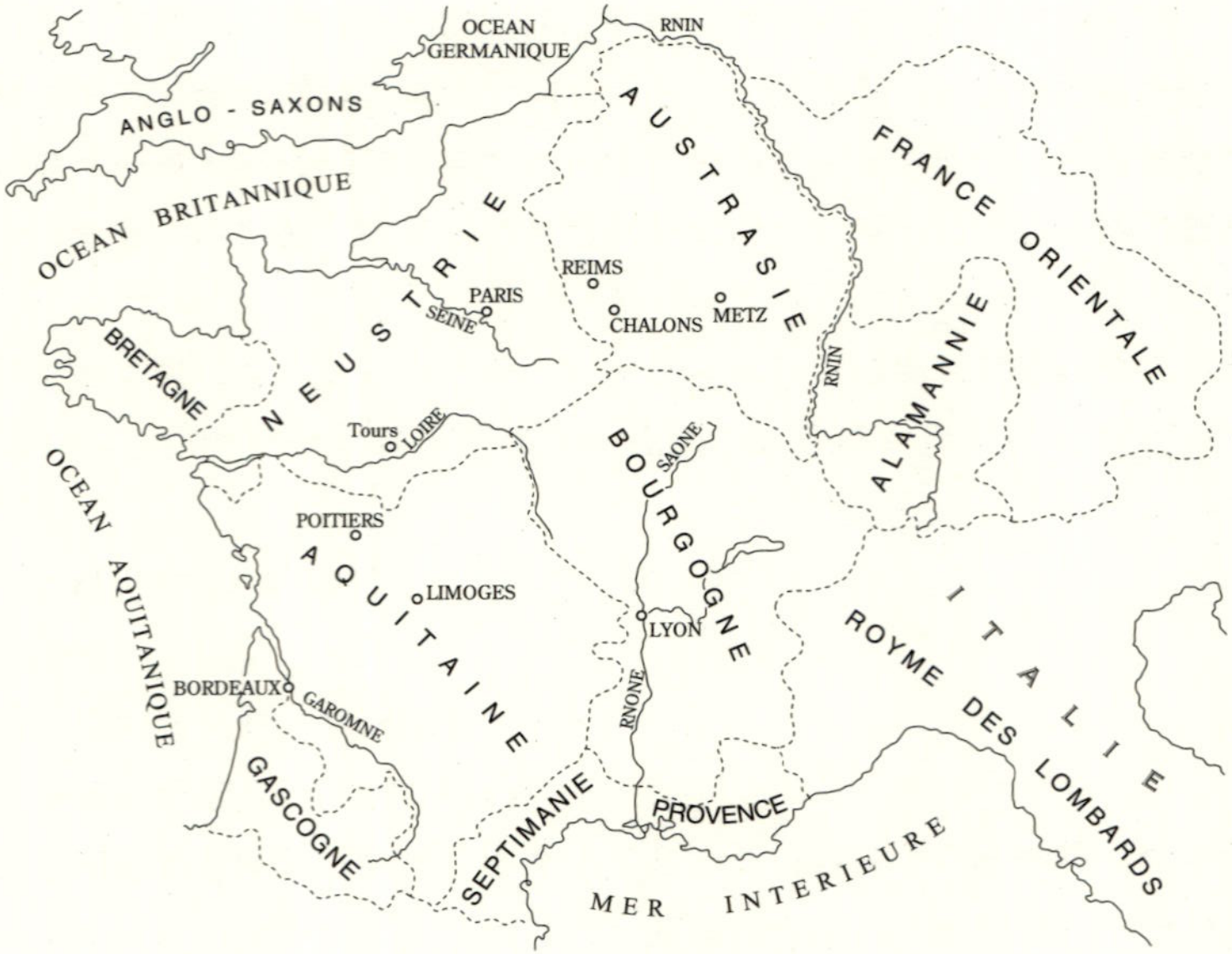

図2　メロヴィング朝のガリア

ら逃げ出し、ノワイヨンの聖メダルドゥス司教を頼って助祭に任じてもらい、さらにトゥール、ポワチエへと逃れました。王は何度も連れ戻そうと画策しましたが、結局彼女が修道生活を送ることを認めたのでした。

ラドゴンドがポワチエに建てた修道院は、庭園、回廊、浴室、祈祷室をそなえた、ローマ風の建物でした。また、周囲の壁には数多くの塔がしつらえられ、敷地の一部は町の中に、一部は町の外にまたがるという一風変わった趣向でした。

ラドゴンドは自分が創設したこのサントクロワ修道院で長い間望んでいた平穏な生活を手に入れたのです。ただ、彼女は修道女たちの精神的な導き手としての役割を果たしながらも、修道院長としてではなく一介の修道女として生きる道を選び、年の若いアグネスという女性を院長に指名して、自分は掃除、針仕事、食事の支度などにいそしみながら、日々を過ごしました。五八七年にこの世を去った時、亡骸は彼女自身が望んだように城壁の外に立てられた聖マリア教会（Sainte-Marie-hors-les-Murs）に葬られましたが、この教会はその後幾多の侵入者たちにより何度も破壊と焼き討ちの憂き目にあい、一一世紀に再建されました。今では聖ラドゴンド教会と呼ばれているこの聖堂の地下墳墓にラドゴンドの石棺が納められています。

（写真・聖ラドゴンド教会クリプト）

彼女と共に同時代を生きながら、その生涯について書き記した人間が少なくとも三人いました。ラドゴンドと親交を深め、彼女の修道院において対外的な交渉を引き受け、同時に修道院内部のあらゆる仲裁役もかってでたヴェナンチウス・フォルテュナット。本文中にも出てきますが、イタリア出身でラテン語に長けたこの詩人は、生まれつき聡明で高度の人文学教育を受けたラドゴンドにとってはかけがえのない学友であり相談役だったのです。彼はラドゴンドの死の直後に、彼女の伝記を書きました。そして、修道女の一人であり、図書室の責任者であり写本に長けたボードヴィニもまた、ラドゴンドの死後（六世紀初頭）にこの聖女についての伝記を残しています。

こうした二人の伝記はラドゴンドについてプライベートな面を描写していることもあり、とても貴重なものですが、一方で、伝記とはいえ主にラドゴンドの聖性を際立たせていることから聖人伝としての色彩が濃く、生身の女性を描くための原典としては少し偏りが出ることでしょう。これに対して三人目の証言者であるトゥールの司教グレゴリウスの著書『フランク史（歴史十巻）』は趣が異なります。グレゴリウスは個人的に親交のあったラドゴンドの葬儀にも関り、その埋葬の様子については別の書にも記しているのですが、『フランク史

ポワチエ　ラドゴンド教会内部（Cojicoさん撮影）

クリプト（地下聖堂）の聖ラドゴンドの墓が見える

地下聖堂にあるラドゴンドの墓

(歴史十巻)』の中では、ラドゴンドは彼が見渡す世界の中の一女性にすぎないからです。
実際『フランク史(歴史十巻)』はヨーロッパにおいては六世紀のガリア(現在のフランス)を知るための重要な資料として、また読み物として、馴染み深い書物です。同時代については拠るべき資料が少ないこともありますが、著者の幅広い知識と関心、驚異的な情報網はこれまで研究者によるゲルマン民族国家の初期社会の探求に大きく貢献してきたのです。
全部で一〇の書からなるこの書物を簡単に紹介しましょう。
第1書　天地創造から聖マルティヌスの誕生と死まで
第2書　聖マルティヌスの後継者についての記述からフランク最初の王クロヴィスの死まで
第3書　クロヴィスの四人の息子による分割継承と王国をとりまく種族の記述
第4書　クロヴィスの孫の世代の統治時代の出来事
第5書　キルペリク王とその一族の暴虐
第6書　王国内の不穏な情勢とキルペリク王の暗殺
第7書　グンドヴァルドゥス簒奪事件
第8書　ブルグンド分王国のグントラムによる王国全体への支配の拡大

第9書　グレゴリウスを悩ませる諸事件と異常気象
第10書　歴代トゥール司教たちの回顧

グレゴリウスは五三八年、クレルモン（現在のフランス中部の都市クレルモンフェラン）に生まれました。父親の一門はセナトール門閥であり、親戚に多くの司教を輩出している名門家系でした。アウストラシア王シギベルトの後ろ盾により五七三年に三五歳でトゥールの司教に叙任されてからは終生アウストラシア宮廷に忠誠を誓いつつもトゥールの町の利益を守り、司教としての職務に力を注ぎ、五九四年にこの世を去りました。ラドゴンドが没した七年後のことでした。

『フランク史（歴史十巻）』の全体としての構成は、ある視点を持った作品といえるのかもしれませんが、少なくとも一〇の書のうち第四書あたりからは彼の同時代の事柄ですから、この書以降の記述については自分の目で見、耳で聞いたことをつぶさに書き記したことになり、同時代を知る資料としてのこの書物の魅力を遺憾なく発揮していると思います。特にこの小説の舞台となったサントクロワ修道院の反乱騒動については、第九書の中でかなりの章をさいています。

実は、この小説の著者は『フランク史』のこの部分を歴史的記述の根拠としており、それによって小説自体のおもしろさが増しているのです。これ以外にも、小説のさまざまなエピソードがこの『フランク史（歴史十巻）』から引用されています。やや脚色されている箇所もありますが、全編で三〇箇所以上の引用を眺めていると、この小説が『フランク史（歴史十巻）』を土台にしていることがよくわかります。それはちょうど、大筋では確かな歴史をたどりながら、その行間に自由な想像をめぐらすたのしい遊びのようでもあります。ぜひ、そのおもしろさを味わっていただきたく、それぞれの根拠となっている箇所を巻番号と節番号で示しておきました。（「『フランク史』と本書に共通するエピソード」参照）

様々な要素が織り込まれた世界

そうはいっても、もちろんこの小説の魅力は史実の多さだけではありません。主人公であるヴァンダという少女は森の中でオオカミに育てられました。彼女が最初に発見された場所は古代の巨石建造物ですが、フランス北部（特にブルターニュ地方）には今でも数多くの巨石群が残されています。その形状により、ストーンサークル（環状）・メンヒル（石柱）・

ドルメン（石舞台）などと呼ばれ、後の時代になるとガリアの先住民たち（ケルト民族）によって祭祀に利用されていたようです。古代の遺跡、ガリア人であるロムルフやアルビン、生活にのこるローマ風の風習、新しい支配者層であるフランクの王たち。つまり、この土地には（今ではフランスとひと言で表わされているこの場所には）数世紀の歴史の中で様々な文化が起り、息づいているのだと気づかされるのです。

主人公ヴァンダは、キリスト教が広がっていくこの時代において闇の部分になっていく巨石群（先住民の宗教）やオオカミ、そしてアッチラ率いるフン族と深いかかわりを持ちながら、一方で関っていく人々を照らし出す光のような役割を担っているように見えます。彼女の姿を通して、修道院の生活、農村の暮らし、王の宮廷、聖職者たちが生き生きと描き出されていくからです。

キリスト教の広がりと女子修道院について

キリスト教はローマ帝国時代において成立した後は断続的に迫害を受けながらも伝道を続け、教会の数を増やしていきました。三一三年のミラノ勅令でコンスタンティヌス帝がキリ

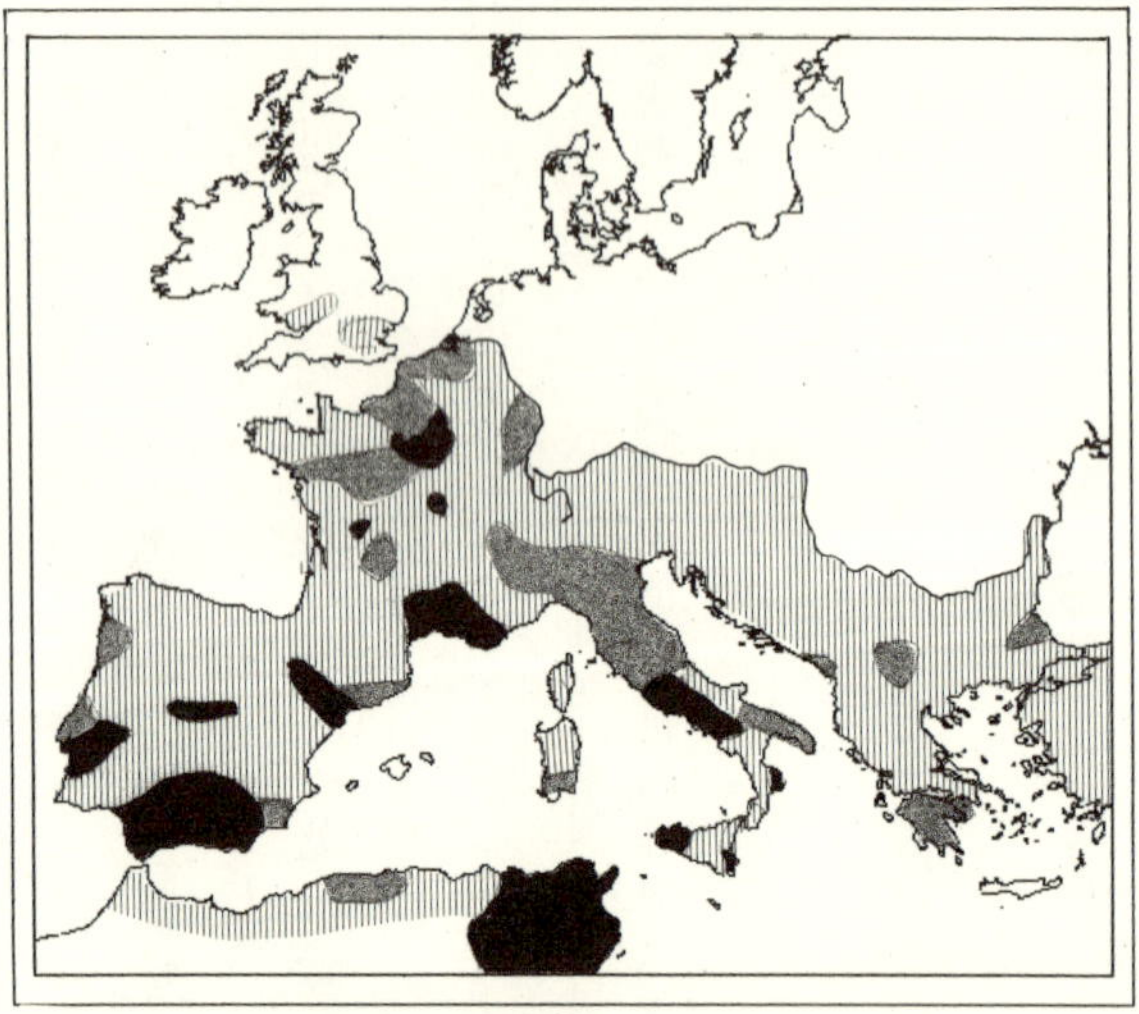

図3　初期キリスト教の広がり

3世紀
4世紀
5世紀

スト教を公認したのに続き、三九二年に国教と認められてからは皇帝の支援をうけさらに組織を大きくし、信徒も増えました。

（図3・初期キリスト教の広がり　参照）

ゲルマン民族の大移動によってローマ勢力が衰退したことでキリスト教の広がりも一時期停滞しましたが、新しい権力者たちにとって人々に影響力のある教会と手を結ぶことは有効な手段であったため、王たちの多くはキリスト教を受け入れ、ゲルマン民族の諸王国においても教会はその地位を高めていったのです。

キリスト教の広がりの中で、修道制という新しい活動も起りました。最初はエジプトで四世紀頃、現世から離れた生活を送る徳のある隠修士のまわりに集まった修行者たちが自分の独房を作り孤独の中に労働、苦行、祈りを行う共同生活でしたが、次第に共同体として発展し、自分たちで作った規則の下でしっかりとした組織を作るようになります。そうした共同体（修道院）の中には同じ系列の娘修道院を創設していくものもあり、女子修道院も出現しました。修道制は小アジア、イタリア、ヒスパニア、ガリアへと広がり、三六〇年ごろ、聖マルティヌスがポワチエ近くのリギュジェ（Liguge）にガリアで最初の修道院を立てました。四〇〇年ごろに聖ホノラトゥスがプロヴァンス沿岸のレランス（Lerins）に建てた修道院は有名なアルルの聖カエサリウスをはじめとする数々の修道制のリーダーたちを輩出していきます。ゲルマン民族の大移動以降、特に農村部において彼らが持ち込んだ異教的な風習を前に布教に力を注いだのは主に修道士たちでした。優れた修道士の中には司教になるものも多く、彼らはさらなる修道院を創設して聖職者を育てる一方で、王たちに対しては時に強い発言権を持つようになっていったのです。

とはいっても、六世紀後半のガリアにおいて、女子修道院はまだそれほど発展していませんでした。この時代の女子修道院はアルルのサン・ジャン修道院、ポワチエのサントクロワ修道院、トゥールのインギトルードが建てた修道院、メロヴィング朝最初の王クロヴィスの妃であったクロチルドが設立したレ・ザンドリュスの修道院などを数えるほどでした。

ラドゴンドも修道院を創設するにあたって、その財産と平和の維持のために王と司教団の両方に庇護を求めていますが、個人の立てた私設の修道院はどの権威に守られるのがもっとも安全であるか、そこから始めなくてはならなかった時代だったと考えられます。

人名などの表記について

人名についてはフランス語読みとラテン語読みの折衷をとりました。V（ヴ）B（ブ）TI（ティ）DE（デ）J（ユ）CH（ク）を基本としましたが、親しまれている呼び名はこれを優先しています。たとえば、RADEGONDEはラデゴンデとなりますが、フランスで献堂されている教会の名前は聖ラドゴンド教会とされているので、ラドゴンドに統一しました。グレゴリウスも同様です。また人名の最後のDEは読みやすいようにすべて「ド」にしています。

最後に著者レジーヌ・ドゥフオルジュ Régine Deforges を簡単に紹介しておきます。彼女は一九三五年フランス、ヴィエンヌのモンモリヨン生まれ。自由で放埓ともいえる小説の著者として活躍しつつ、出版者、映画人としても話題を呼んだことで知られています。一九八一年にパリの Fayard 社から出版された本書は、一九九一年に「オオカミの子」L' Enfant des Loups というタイトルでテレビ番組にもなっています。

稲垣良典

追記

「解説」をここまで書き終った時、娘　秋山知子は不慮の病いに倒れたため、色々と資料を整えた上で、訳文をこの小説の舞台となった時代・地域の人々の生活ぶりをより忠実に伝えることができるものにしたい、という願いを実現できませんでした。訳の誤まり、読みづらさにつきましては読者の御寛恕と御教示をいただければ幸いであります。御自身で撮影されたポワチエ　ラドゴンド教会の写真を掲載することを許可してくださった Cojico さんにはこの機会をかりてあつく御礼申し上げます。終りになりましたが、この訳書の出版について仲介の労をとって下さった広島大学　水田英実教授、快よく出版を引受けて下さった溪水社の木村逸司社長に心からの感謝の意を表したいと存じます。

平成二十二年　春

付録　参考資料

1．本書に出てくる登場人物（架空人物は＊印）

アエテリウス　リヨン司教
アグネス　サントクロワ修道院長
アグリキウス　トロワ司教
アグリコラ　ヌヴェール司教
アルビン　ロムルフの弟、レカレッド王の侍医＊
アルボフレード　修道女＊
アルキマ　キルデベルト王の愛人
アルシム　修道女＊
アニモドゥス　助祭、トゥール伯のlieutenant
アンソルド　野盗、ヴァンダの仲間＊
アンソヴァルドス　宮廷伯（palatin）＊
アプタカリウス　ロンバルド王
アシア　ヴァンダの養育係、侍女＊
アッチラ　フン族の王
アウドヴェラ　キルペリク王の前妻、バシナの母
アウナカリウス　オーセール司教
バデギシルス　マン司教
バシナ　キルペリク王の娘
ボードヴィニ　修道女、聖ラドゴンド

の伝記作者

ベッガ　修道女、医者＊

ベリサリウス　ビザンツ帝国の将軍

ベッポラムス　侯

ベルテール　チューリンゲン王、ラドゴンドの父

ベルタ　修道女＊

ベルテゴンド　修道女インギトルードの娘

ベルトランド　マン司教

ベルトランド　ボルドー司教、修道女インギトルードの息子

ボボン　侯

ブレギット　修練女＊

ブルンヒルド　西ゴート王アタナギルドの娘、シギベルトの妻、後にキルペリク王の息子メロヴェの妻

カリベルト　ネウストラシア王、キルペリク王の兄、クロディエルドの父

カリウルフ　野盗、ヴァンダの仲間＊

キルデベルト　アウストラシア王、シギベルトとブルンハルトの息子

キルペリク1世　ネウストラシア王、アウドヴェラ、ガルスウィント、フレデゴンドを次々に娶る、バシナの父

クロディエルド　カリベルト王の娘

サクソン人クルデリク　野盗

クッパ　キルペリク王の配下

クロード　グントラム王が放った刺客

クロドベルト　キルペリク王とフレデ

クロタール1世　ゴンドの息子
クロチルド　フランクの王、ラドゴンドの夫
クロヴィス　修道女＊
コンスタンティヌ　キルペリク王とアウドヴェラの息子
クレパン（聖）　修道女＊
クレピニアン（聖）　殉教者
デインギジク　殉教者
ドートーリー　アッチラの息子
ディディエ　修道女＊
ディディエ　侯
ディディマ　オータン司教シアクルの助祭
ディスチオラ　修道女＊
ドモレヌス　修道女＊
収税人

エベレジセル　ケルン司教
エベルルフ　キルペリク王のchambrier
エドベック　野盗＊
フェループ　キルデベルト王の妻
ファメロルフ　修道女＊
フェリクス　ベリー司教
フェリクス　ナント司教
フラヴィ　修道女＊
フラヴィアン　宮廷伯
フロレンチウス　ブルンハルトの宮廷のmaire
フレデゴンド　キルペリク王の妻
フォルテュナット　宮廷詩人、のちにポワチエ司教
ガルスウィント　ブルンハルトの姉、キルペリク王の妻

ジュヌヴィエーヴ	修道女＊
ジェノボウド	野盗
ゲルマヌス	パリ司教
グロドシンド	修道女＊
ゴンドベルグ	修道女＊
ゴンデギシルス	ボルドー司教
グントラム	ブルグンド王、クロタール1世の息子
グレゴリウス	トゥール司教
グンタリク	野盗＊
エルスイント	修道女＊
エシキウス	グルノーブル司教
ヒラリウス（聖）	ポワチエ司教
ヒルデガルド	修道女＊
フニリック	野盗
インゲブルグ	修道女＊
インギトルード	修道女、グントラム王の親戚
インゴンド	修練女＊
イッタ	修道女＊
ジュリアン	野盗、ヴァンダの仲間
ユニアン（聖）	ラドゴンドの友人
ユスティヌス	東ローマ皇帝
ユスティナ	小修道院長、トゥールのグレゴリウスの姪
ユスティニアヌス	東ローマ皇帝
キニアルク	クトリグール族の長
ルボヴェール	修道院長
ルドヴァルド	バイユー司教
ルドヴァルド	ポワチエの裕福な商人＊
レウヴィギルド	ヒスパニアの西ゴート王

ルドヴィン　奴隷、ヴァンダの侍女＊
マッコン　ポワチエ伯
マグナトルード　マン司教バデジェシルの娘
マルコフェヴ　侍女、クロディエルドの母
マルコネフ　修道女＊
マリレイフ　キルペリク王の侍医
マロヴェ　ポワチエ司教
マルシアル　キルデベルト王の側近
マルタン（聖）　トゥール司教
モーリス　東ローマ皇帝
メダルドゥス（聖）　ノワイヨン司教
メレーヌ　司教
メラニー　修道女＊
メロヴェ　キルペリク王とアウドヴェラの息子、ブルン

ハルトの夫
ナンチルド　修道女＊
ネハレンニア　ガリア人の女性＊
ニケーゼ　アングレーム司教
オヌアヴァ　ガリア人、ロムルフとアルビンの曾祖母＊
ペラジー　修道女＊
プラシディア　預言者＊占い師
プラシディ　ラドゴンドの奴隷＊
プラシディニ　修道女＊
プレクトルード　修道女＊
ポリユークト　野盗の頭＊
プラエテクスタトゥス　ルーアン司教
ラドゴンド
ラグナカリウス　Intendant
レカレッド　ヒスパニアの西ゴート

レオヴァルド　王、リュヴィギルドの息子
ログヌモッド　医師
ロムルフ　司教
　ガリア人、ヴァンダの養父＊
サファリウス　ペリグー司教
サルヴィ　アルビ司教
サモ　ならず者＊
サロス　アラン族の王
サリュク　ならず者＊
セノック　ならず者、ヴァンダの仲間＊
シアクル　オータン司教
シギベルト　アウストラシア王、クロタールの息子、ブルンハルトの夫
ソフィア　東ローマ皇后
スザンヌ　修道女＊

テオドギルド　修道女＊
テウタリウス　司祭、キルデベルト王の使者
チエリー　キルペリク王とフレデゴンドの息子
トランキル　奴隷＊
ウルトロゴート　修道女＊
ウルバン　学生、ヴァンダの仲間＊
ウルビクス　リッツ司教
ウリオン　ヴァンダの仲間＊
ウルスス　ロムルフの奴隷＊
ヴァンダ　ラドゴンド王妃とガリア人ロムルフを養父母にもつ娘＊
ヴェネランド　隠遁者＊
ヴェラヌス　カヴァイヨン司教

ヴィダスト　兵士＊　ウェロック　肉屋＊
ヴィジガルド　奴隷＊　ザメルガンまたはザベルガン　クトリグール族の王

2.『フランク史』と本書に共通するエピソード

第3巻7章　クロタールがラドゴンドを捕虜として連行し妻にした
第4巻26章　クロディエルドの両親（カリベルトとマルコヴェフ）の罪
28章　キルペリクがガルスウィントを娶ったものの暗殺したこと
第5巻33章　天変地異
34章　疫病とキルペリク王の息子の死
39章　フレデゴンド、クロヴィスを謀り暗殺する
アウドヴェラの暗殺、バシナへの乱暴
41章　ポワチエの町にオオカミが出現する
第6巻29章　ディスキオラの幻視
44章　旱魃と家畜の疫病

46章　キルペリク王の暗殺
第7巻7章　フレデゴンドへの疑惑
21章　キルペリク暗殺の下手人エベルルフス
29章　エベルルフスの最後
第8巻10章　クロヴィスの遺体の発見
31章　プラエテクスタトゥス司教とフレデゴンドの確執と暗殺
41章　暗殺の露見
第9巻2章　ラドゴンドの死
11章　グントラム王とキルデベルト王の和平
30章　ポワチエの収税問題
33章　インギトルードと娘の確執
39章　ポワチエの尼僧院からクロディエルド、バシナら四〇人ほどの尼僧が脱出する（〜43章）
第10巻5章　クッパ、トゥールの略奪に失敗し、逃走する
15章　ポワチエ尼僧院の反乱の鎮圧と判決（〜17章）
20章　クロディエルドとバシナのその後
22章　サクソン人クルデリクの死

3. 参考文献

レジーヌ・ペルヌー、福本秀子訳『中世を生きぬく女たち』 白水社 一九八八
トゥールのグレゴリウス、杉本正俊訳『フランク史 一〇巻の歴史』 新評論 二〇〇七
オーギュスタン・ティエリ、小島輝正訳『メロヴィング王朝史話』上・下 (岩波文庫) 岩波書店 一九九二
ルイ・アンビス、安斎和雄訳『アッチラとフン族』(文庫クセジュ) 白水社 一九七三
テレーズ・シャルマソン、福本直之訳『フランス中世史年表 四八一～一五一五年』(文庫クセジュ) 白水社 二〇〇七
ジュヌヴィエーヴ・ドークール、大島誠訳『中世ヨーロッパの生活』(文庫クセジュ) 白水社 一九七五
ミシェル・ボーリュウ、中村裕三訳『服飾の歴史―古代・中世 篇―』(文庫クセジュ) 白水社 一九七四
H・I・マルー、上智大学中世思想研究所編訳／監修『キリスト教史2 教父時代』 講談社 一九八一
佐藤彰一「歴史書を読む 『歴史十書』のテクスト科学」 山川出版社 二〇〇五

Jean Favier, *La Vie De Sainte Radegonde*　Seuil, 1995
デイヴィド・クリスタル編『岩波=ケンブリッジ　世界人名事典』　岩波書店　二〇〇一

訳者略歴

秋　山　知　子（あきやま・ともこ）

1960年名古屋市に生まれる。1983年九州大学文学部史学科（西洋中世史専攻）卒業。
（訳書）ピエール・リシェ『聖ベルナール小伝』創文社、ポール・エフドキモフ『神の狂おしいほどの愛』（共訳）新世社

サントクロワ修道院異変
——狼を率いる王女——

2010年5月20日　発　行

著　者　Régine Deforges
訳　者　秋山 知子
発行所　㈱溪水社

広島市中区小町1－4（〒730-0041）
電話　082-246-7909
Fax　082-246-7876
Eメール　info@keisui.co.jp

ISBN978－4－86327－095－4　C0097